翔鷺

歐洲暨紐澳華文女作家文集

林婷婷　劉慧琴——主編

序
世界公民的天涯寫作

／黃碧端

黃碧端

生於福建，成長於台灣。國立臺灣大學政治學學士、碩士；美國威斯康辛大學文學博士。曾任國立中山大學外文系主任、國立暨南大學人文學院院長、教育部高教司長、國立台南藝術大學校長、國家兩廳院藝術總監、總統府國策顧問、文建會主任委員、教育部政務次長等。現為中華民國國際筆會會長。著有散文評論多種，並長期為《聯合報》副刊專欄主筆。

「加拿大華人文學學會」顯然是個非常有凝聚力和行動力的文學組織。幾個月前，林婷婷女士為編就歐洲、澳洲和紐西蘭等地女作家作品集，商我為之作序，我才知道這個學會近年已經陸續出版了加拿大及東南亞等地區的文集。婷婷女士和共同編者劉慧琴女士的辛勞可以想見，而學會的指導者詩人瘂弦，想來也必以他的詩壇重鎮加編輯高手的功力，給予不少協助。

我的青少年期，是臺灣的「留學生文學」蔚為文類的時候。當時的臺灣，民生仍相當困蹇，觀光更未開放，出國留學因而不僅是為深造知識、追求前程，事實上也是走出去看見世界的僅有管道。這些「看見世界」的知識分子，或所見所聞不吐不快，或鄉思沉重只能藉文字抒發，卻因緣際會，為島上的閱讀者打開了一扇望向世界的窗，事實上對臺灣日後的經濟發展、社會開放，也發揮了重大影響。

當年的海外書寫，當然，除了留學生，也有出自一九四九年以後，因大陸易幟而流亡海外的知識分子和其他外移人口。當時他們能一吐塊壘的園地，只有臺灣和少數香港報刊或僑報。回想起來，這些書寫真是感時悲懷多於歡悅。家國之思、文化重負，和「江東父老」的期待，往往使書寫者鄉思如縷、筆觸沉重。其中心緒，用唐君毅先生的話是「花果飄零」，陳之藩則喻之為「失根的蘭花」，我們感受到的自多是無奈和感傷。

是的，去國失鄉之悲曾是民族的共同重負，使孔夫子遲遲其行，使屈原憔悴澤畔，使王粲嘆息「雖信美而非吾土」。即使到了上世紀的九〇年初，大陸流亡法國的蘇曉康還寫下過題為〈在美麗的巴黎的那種痛苦〉的篇章。

相對之下，我們才更能看出這冊《翔鷺——歐洲暨紐澳華文女作家選集》的時空意義。這冊文集裡收了歐、紐、澳地區華文女作家的四十九篇作品，概分為散文小說和論述文。除了少數議論性文字，絕大多數篇章裡，作者寫的都是自己的生活情境、旅居地的文化，或和親人友人、工作夥伴相處的經驗……。偶有不諧的異國婚姻，或碰到了難處的工作主管、挑剔的居所房東，大致亦視之為人情之一環，並不引發身世的感懷。

這些作者不乏名家，即使有些名字還不廣為人知，也都有很好的華文駕馭和觀察析理的能力；共同的是她們幾乎都幸運地卸下了感時憂國、失根流離的重擔。我讀集裡的作品，特別感覺到這些域外篇章，「域外」對作者只是諸多選擇的一個，不是不得不；選擇有其理由，但她們返家的路也暢通無阻；更重要的是，如果選擇不回故土，異鄉在感情上也可以成為故鄉；……我們幾乎可以說，這本文集見證的是，華文作者如今是站在世界公民的基點上寫他／她的人生，異地也許吸引她久居或暫留，但家回得去，選擇既不難，回首也無傷。

我喜歡這樣的文字裡的歡悅陽光，雖然也追念曾經的，那離亂過後旅人濃重的鄉思和百轉的愁腸。

導讀

走近歐澳紐華文文學

／趙淑俠

趙淑俠

祖籍黑龍江，生於北平。一九四九年到台灣。一九六〇年赴巴黎。美術學院畢業。曾擔任美術設計師，一九七〇年開始專業寫作。著有長短篇小說及散文，出版作品近四十種，其中包括三本德語譯本小說。一九八〇年獲中國文藝協會小說創作獎，一九九一年獲中山文藝小說創作獎，二〇〇八年獲世界華文作家協會終身成就獎。旅居歐洲三十餘年後移民美國。一九九一年，趙淑俠首創歐洲百年華僑史以來，第一個全歐性的文學團體：「歐洲華文作家協會」，被選為首任會長。二〇〇二至二〇〇六年，任「海外華文女作家協會」副會長，會長。二〇一一年被推舉為「世界華文作家協會名譽副會長」。大陸自一九八三年出版趙氏作品多部，並受聘為人民大學、浙江大學、華中師範大學、南昌大學、黑龍江大學、鄭州大學等院校的客座教授。

加拿大的林婷婷女士來電說：她與老搭檔劉慧琴女士擔綱主編的：歐洲，澳洲，及紐西蘭華文女作家的選集，已完成作業，即將出版問世。選集的全名是《翔鷺——歐洲暨紐澳女作家文集》。與她倆此前編輯的《漂鳥——加拿大華文女作家選集》，《歸雁——東南亞華文女作家選集》，恰好三足鼎立。以飛禽類象徵作家們悠遠的思維，翎毛美麗，用以形容女性的婉約和多姿多采，整個結構非常和諧完整。婷婷辦事幹練，待人的態度卻是一脈謙虛，從組稿開始，就不斷與我聯繫，向我「報告」，並請「指教」，著實令我感動。

西方有句名言：「移民便是文化的擴張」。在漫長的華文文學發展史上，原本並沒有「海外」這一塊，直到二十世紀的下半期，中華文化才隨著中國國情的變動，呈現漸進性的向外擴張。六〇年代初起始，臺灣有大批青年前往美國留學。異國生活寂寞潦落思鄉情切，能提筆為文的就以文學的方式，將他們的苦悶抒發出來，寫成散文或小說，寄回臺灣發表。造成一時的文學時尚，被稱做「留學生文學」。

那時的臺灣青年最大的夢想是到美國留學，到歐洲去的少之又少，因此所謂「留學生文學」，其實就是美國的華人留學生，寫他們在美國的生活。當「留學生文學」在美國和臺灣發展得如火如荼的時候，歐洲的華文文學還停留在靠三、五個人艱難的開疆拓土。至於澳洲和紐西蘭，更是連華人的足跡亦難見到。但文化風潮是動態的，自七、八〇年代到如今，歐、澳、紐大地成了華人最喜選擇的新鄉，也成為海外華文文學發展得最快的區域。

「翔鷺」，給我最明顯的感覺是題材的轉換，和作者們身份的轉換。早期的海外華文文學，作者的身份主要是留學生，內容多是作者自身進行中的經歷，不外鄉愁，孤寂，經濟困難，家國之思，漂泊無根，心情失落等等。氣氛是憂傷且消極的。如今作者們的身份已轉換為移民，書寫的題材雖也離不開自身進行中的經歷，相比之下，卻已很少見到那種漂泊失根，寄身天涯的無奈。他們從一開始，就抱著到異鄉打天下，擇土而居，落地扎根的盤算，以平實的心情，輕鬆的筆觸，道出在新鄉的追求，立業立命的順逆與悲喜。應屬於海外華文文學中新移民文學的範疇。

婷婷和慧琴是編輯熟手，巧妙的把「翔鷺」集中文章分為六輯。每個輯名，引用一篇文章的題目。其中除五分之一小說，兩、三篇評論之外，多是他鄉生活，人物特寫，對子女的教育方式，如何融入主流社會等類的隨筆雜感式記實散文。如〈提鄉村九號〉、〈遺憾不再有〉、〈恭喜發財〉、〈那裡的聖誕靜悄悄〉，寫的都是生活實境。〈貓狗這檔事〉、〈牧羊犬的雕像〉、〈一隻來訪的貓〉，顯示出東方與西方對待家畜小動物觀念的異同。〈為人之母〉、〈亞美尼亞幼兒園〉，著眼在下一代的培育。郭鳳西現身說法，談她給孩子的中文教育，楊翠屏一針見血的指出：「精通外語是華文作家融入當地社會之利器。」劉瑛的〈誰是好孩子？〉、張月琴的〈牛奶潑了以後……〉，討論的是，同樣的一件事，東西方社會對待的不同態度。譚綠屏是畫家，〈紅妝仕女〉題目就富色彩。瑞瑤在〈淺議婚戀之今昔〉中，對當前社會的貪婪，虛榮，性開放的問題，直言批評，呼籲「恢復人類應有的文明與聖潔，讓世界真正充滿愛」。這些作者忠實的介紹了他們寄命他鄉，怎樣安排適合自身，又不與當地文化衝突的生活方式。〈民國才女潘柳黛〉是篇很好的人物特寫，潘柳黛在她的那個時代，還是有些代表性的。文俊雅的〈書香飄飄的島國〉，描寫英國的書香門第藏書之豐。胡仄佳記述了「滑雪的感覺」，有「飛的體驗」，文字很是輕鬆幽默。〈團圓在望〉，描寫僑民悲歡離合的故事，身不由己的客旅人生。〈三世同堂的日子〉道出了中華文化中老有所依的概念，但新鄉不同於故園，我們該怎麼辦？是不易解決的問題。林凱瑜的〈入境隨俗〉、蔡文琪的〈土耳其掠影〉、池元蓮的〈回顧：中西婚姻四十載〉、張琴的〈五月，地中海風情〉、高蓓明的〈我的德國朋友〉、丘彥明寫她的「畫室」情趣，都文字簡潔清麗，散發著淡淡的文化幽香，是非常耐讀的小品文。

瑞士的朱頌瑜是近幾年才登文壇的新手，卻是一出現就亮眼，已經得獎數次，二〇一四年「首屆世界華文文學大會」舉辦的：「文化中國•四海文馨」首屆全球華文散文大賽。參賽者眾，競爭激烈。最後，第一名從缺，她以〈揮春，遊子紅色的夢〉，在多名競爭者中以第二名勝出，很是難得。〈天地暉映契闊情〉是朱頌瑜懷念她的瑞士公公的溫馨散文。阿爽寫她的好鄰居，住在「紫園」中的潘美拉的一家三口。初至「紫園」，只見「奼紫嫣紅花兒」，還有「幽幽沁香的紫玉蘭」以及鵝黃小草、碧綠大樹。她的筆端色彩豐滿，呈現出一園春色。奈何人世無常，七天之間，潘美拉失去了丈夫和婆婆，最後她選擇了回英國老家去。黃昏籠罩下的「紫園」，只剩下空寂悽涼。這是一篇情文並茂的散文。

集中文評兩篇，麥勝梅介紹呂大明的散文創作特色，稱她「建起一座溢滿古典書香的塔」。顏敏如是位極有個性的作家，〈愛情價，高不高？〉算得是篇嚴肅的書評，她以前衛的女性視覺，尖銳的語言，犀利的筆鋒，表達了她對「全是愛情故事」的小說集：《土豆也叫馬鈴薯》的看法。

多篇小說：〈麵包和伏特加〉、〈潮起潮落的時候〉寫出婚姻中的無奈。〈心心相印〉寫情殺。〈協議臨終關懷〉謳歌善良的人性。〈黃昏戀歌〉中兩位配偶去世的老人，勇敢的追求相濡以沫的幸福生活。〈心動如水〉述說年輕夫妻感情的偶起漣漪。愛情與婚姻是六位女作家小說的主調。

作者夢娜的名字對我很陌生，她的小說〈摩卡〉卻引起我的注意。「摩卡」原是一種咖啡的名字，也是小說中男主角的名字。在義大利某個小鎮的一家咖啡廳裡，她邂逅過一位瀟灑的男子，他自我介紹說：「我叫摩卡。自由作家。」他對自由作家的解釋是「能夠和時間、空間、宇宙講話的人就是自由作家」。那之後的整個星期裡，他們每天在那家咖啡店裡相見，「交談的密度只能是一杯咖啡。話題也只有一個：如何寫作。」一星期後，離開義大利的前一天，她沒去赴約。只因她無法回答摩卡先生的問題：「什麼時候我們再見？」因為「沒有人知道將來」。但第二年，她又去了義大利，藉故到了曾經邂逅摩卡的那個城市，當然也去了那家咖啡廳——那家他說天天要來的咖啡廳。

咖啡依舊，唯不見故人。整個一星期，她每天一個人興匆匆地去，怏怏地回。「第三年，還是這樣。第四年，第五年……好多年過去了，她已經不想再去了。她老了，他當然更老了。」「一杯咖啡的時間早已過了，就像人生中最好的年華一晃而過一樣。」直到很多年以後，她又去了那個義大利小鎮，居然發現有家咖啡廳叫「摩卡」，她進去了，「習慣性地靠窗坐下後要了一杯摩卡咖啡。打開筆記本電腦，翻開她正在撰寫的一部小說《摩卡》，敲擊起中文字來。」這時有人來跟她相認。她卻發現他：曾經磁性的聲音裡，滿是滄桑氣息，雖然掩蓋不住驚喜的聲浪，卻透露著老者的頹傷。而「他寬闊的肩背已經有些彎曲，但仍然看得出是屈服在一件褪色的褐色T恤裡。一條洗舊了的橄欖色長褲將兩條已經不太健美的長腿籠罩著，看上去只是一副支架把整個身體硬撐在那裡」。他一頭灰白的頭髮，正像她的一頭銀絲。他說：「我叫摩卡。」她明白這家咖啡廳是他的！但她沒與「摩卡」相認。搖搖頭，「大步走出了咖啡廳」。雖然眼裡充滿淚光。

最後她引用勃朗寧夫人的詩句來做為結束：「捨下我，走吧！可是我覺得，從此，我就一直徘徊在你的身影裡。在那孤獨的生命的邊緣，從今再不能掌握自己的心靈，……」

這個故事使我想起叔本華的那句：「曾經發生的事已過去，就像從來沒發生過一樣。」也使我想起清朝大才子納蘭性德的詩句：「為怕花殘卻怕開」。

〈摩卡〉是一篇非常不寫實的小說，但做到了委婉唯美，語言裡透著詩的韻味，動人而不隨流俗。

穆紫荊的小說〈說聲再見情猶濃〉，故事其實很平常，在德國的某城。「一個是新來的上司，一個是出色的部下。從外調來新上任的阿東和公司的員工夏子彼此握手做自我介紹的時候……，當彼此在對方的眼睛裡看到一對同樣的瞳孔以及從那同樣的瞳孔裡所映照出的自己的影子時，一次握手便成了從此相互吸引和關注的開始。」從這一段對兩人的身份和相遇的敘述，就能看出作者經營文字的功力，她的寫法是掌握重點，不離文學語言軌道。

說到男女主角友誼變質，彼此有異樣感覺時，她這樣處理：「如此一點一點地延續著和擴展著，從上班到下班，從白天到晚上，從結束時的『祝你晚安！』到突然有一天變成了『祝你睡個好覺！』而當這第一個『祝你睡個好覺』從阿東那裡傳入夏子的眼裡時，那一夜，兩個人不約而同地都失眠了。」這使讀者已預感到即將天下大亂。作者說「這樣的情景發生，用一句德語來說就是蠢。如果其中的一方或雙方是有家的人，那甚至就是蠢到家了」。因此夏子為了徹底地不影響阿東的前途和其在公司裡的威信，開始著手從阿東眼前消失的準備。

幾個月後，夏子在另一個州找到了新的工作，於是在最後的幾週內便休假在家。夏子所面對的就是真正的冷清和寂寞了。只要自己不發出聲音，整個世界就是一片寂靜。就在這一片持續的寂靜之中，夏子的生日那天，阿東來電話了。夏子表現出興奮的樣子向阿東描述自己是如何幸運地找到了新的工作又如何幸運地租到了新的房子之類的種種「幸運」，一句接著一句地，夏子說得有點上氣不接下氣，因為她「唯恐一停頓下來，兩個人之間的通話就從此徹底結束。他們便永遠也不會再聽到對方的聲音了」，看來兩人之間情還是很深的。都在極力的控制著自己。

幾個星期以後，公司裡的員工為夏子舉行告別會的那天，很多其他部門所認識夏子的人都來了。大家在一起吃喝互相開著玩笑。到最後，她才從很多人頭的後面，「瞥見了阿東的臉。他看上去汗涔涔地連大衣也沒有脫。顯然是剛剛趕到的樣子。此時他正站在距離夏子很遠的地方，但是夏子看到了他，卻裝作沒看到的樣子，把自己的目光抬高了半分，定到了阿東後面的牆上。然而，心卻在那一刻把阿東那一副關注的模樣，永遠且生生地刻寫了下來。」

故事便這樣結束了。從頭到尾沒提愛情兩字，但濃情厚意力透紙背。爽利的語言，精巧的情節調度，意在言外的敘述，製成這篇三千餘字的精緻小說。

《翔鷺》集內共有四十九篇文章，出自四十八位作家之手。其中不乏佳品，可惜為篇幅所限，無法一一評介。在出書艱難的當今。歷史悠久、聲名卓著的商務印書館，印行這本包含三大洲女作家的選集，是富有意義的文壇盛事。

目錄

第三輯　建起一座溢滿古典書香的塔

澳大利亞篇

第四輯　遺憾不再有

第五輯　心動如水

歐洲篇

第一輯

入境隨俗

提鄉村九號

／方麗娜（奧地利）

方麗娜

祖籍河南，現居奧地利維也納，《歐洲時報》特約記者。奧地利多瑙大學工商管理碩士，著有散文集《遠方有詩意》。小說、散文常見於中港大型文學刊物。作品被收入《世界華人作家》及歐洲華人作家文集。微型小說《婚事》獲「黔台杯‧第二屆世界華文微型小說大賽」優秀獎，並入選《二〇一三中國微型小說年選》。

夏季剛過，由於實習公司的變故，我離開漢堡來到德國西南一個叫海倫堡的偏僻小鎮。經公司同事拉赫曼介紹，我租住了小鎮遠郊一棟咖啡色別墅的地下室。

這是一個門前帶天井的小房子，雖說處於半地下狀態，但布局精巧，傢俱、廚房、浴室，連同廁所，一應俱全，且已收拾得井井有條，一塵不染。我最喜歡的是床前空地上，鋪著一張四四方方的象牙色羊毛地毯——儘管舊得泛了黃，可赤腳踏上去，心裡暖融融的。據說，房子和人是有緣分的。我真是對它一見鍾情。除此之外，房租五百馬克，包水電暖氣，這是我踏上德國以來，遇到的最便宜的單居室。

我二話不說，當即就搬了進來。

週末的早晨，陽光透過厚厚的茶色玻璃牆，影影綽綽地瀉在地毯上。我起身拉開房門，一股氤氳的法國香水味兒瀰散過來——原來是我的房東瓦格納太太，正沿窄窄的鐵製樓梯一個臺階一個臺階地往下走。老太太身著果綠色西裝套裙，透明玻璃絲襪在細瘦的腿上閃閃爍爍，又濃又密的煙灰色短髮，被吹得一絲不苟。我趕忙整了整凌亂的長髮，微笑著迎了出來。

老太太用純正的德語向我問好，並告訴我從下個月起，我得補交五百馬克的住房押金。我心裡咯噔一下：講好了的房租，我到月轉賬給您就是了，幹嘛還要我交押金？說是押金，一旦脫了手，就是肉包子打狗——幾乎所有的中國留學生都在這個問題上吃過虧，因為退房時，德國房東總是抱怨衛生打掃得不夠徹底，抽油煙機骯髒不堪等等，以此來扣掉我們的押金。瓦格納太太見我沒反應，立馬改用英語重複了一遍，我依然故作驚訝地眨眼，不屈不撓地裝傻。老太太感覺自己白費口舌，無可奈何地搖搖頭，在灑滿陽光的小天井裡踱了幾步，又朝我的臥室認真掃了一眼，掉頭朝樓梯方向走——這時，我的德國同事拉赫曼剛好趕來。前些天在公司裡，他說抽時間帶我到小鎮周圍的森林裡去看看。隔著花枝盤繞的籬笆，拉赫曼向瓦格納太太和我同時招了招手，老太太不失風度地回應著，轉而厲聲對我說：「我的房子只供您一個人，不可以帶男朋友來住的！」

我不明究竟，抬頭和拉赫曼面面相覷。

有一天，我攀上露天小樓梯來到地面上，見瓦格納太太正和一個年齡相仿的老頭兒，戴著橡皮手套在門前的大花園裡除草。這一定是她的丈夫了，我心裡想。因而經過花園的籬笆牆時，我一邊和他們打著招呼，一邊疾步往小區盡頭的公交車站走，腦子裡卻一路閃爍著紅的楓葉，綠的海棠，紫的矢車菊，還有一對恩愛的德國老夫妻。德國的冬季，來的真早，十月剛過就紛紛揚揚飄了一場雪。晚上回到屋裡我感到冷颼颼的，一摸暖氣片，冰涼冰涼的。我當即打開，卻不知為什麼，挨到半夜才感覺到暖意。第二天晚上下班回來，發覺屋子裡冰涼如初。再一看暖氣，開關已被擰得死死的。我很納悶：這樣富有的人家，幹嘛在電費上如此摳門？我心裡窩著火，披衣在房間裡轉來轉去——突然計上心來。為了使房間裡迅速升溫，我旋即擰開爐灶上的一只電爐，以便身心舒展地坐在桌前，從容續寫我的論文。接下來的幾天我都如法炮製，可這個夜裡，我完成了十幾頁的論文之後倒頭睡去，竟忘記關電爐，恍惚間好似被人推入一片火海，死到臨頭地掙扎著……我霍然醒來，發覺電爐上餘煙裊裊，爐灶周邊已被燒成了黑褐色。我驚出一身冷汗，嚇得睡意全無，盯著黑魆魆的天花板直輾轉到天亮。

到了公司，我憂心忡忡地把夜間發生的事兒告訴拉赫曼，他卻義憤填膺地說，「瓦格納太太不可以隨便走進你的房間，更不應該關掉你的暖氣，這是違法的。」下班後拉赫曼跟我一起回到住處，親身體驗到我房間裡的陰冷。他腰一掐，提筆給瓦格納太太寫了張紙條，並聲明說，電爐是他不小心弄壞的，他的保險公司會來估價賠償。完了，拉赫曼叮囑我次日早晨離開時，就把這張紙條擱在房間的顯眼處。

此後的房間裡果然比平時暖和了許多，這讓我每天早晨出門時，情不自禁地哼起了享譽西方的《茉莉花》小調。聖誕節期間，德國連續一週雨雪交加，奇冷無比。有天晚上回來，瓦格納太太居然在園子裡攔住我，問：「可有洗過的衣服需要烘乾？」轉眼到了春節，同學們互相邀約著，在異國他鄉歡度這個屬於我們自己的節日。除夕之夜，我興致勃勃地燒了幾個家鄉菜，請小鎮附近的三、四個中國留學生來到我的住處，我們舉杯暢飲，笑談人在他鄉的孤寂、落寞和疲憊，不知不覺，眼裡都儲滿了淚，最終哭作一團。鄉愁，如同撿拾不盡的珠子，一串接一串，連綿不絕。我們當即決定出門踏雪，爬山，繼而買了張週末廉價車票，一窩蜂似地扎到柏林，痛痛快快地玩了兩天。

這個午後我出門時，見瓦格納太太縮著頭，獨自站在籬笆牆外絲絲地抽煙。看到我出來她隨招手問道，是到鎮上去吧，可否幫她複印幾頁材料？難得碰到老太太張口要我幫忙，我不假思索就答應了。帶上瓦格納太太的重託，我從鎮上徑直去了我的實習公司，趁老闆不在，我操縱起打印室的複印機，蹭蹭蹭，蹭蹭蹭，複印好就帶了回來。當我興高采烈地把複印件交給瓦格納太太時，她鄭重表達了感謝之後，隨口又問，原件呢？這一問，把我給怔住了。是啊，原件呢？我翻來覆去都找遍了——最終恍然大悟，原件被我落在複印機上，匆忙中竟忘了抽回來。瓦格納太太聽後扭頭回了自己的屋子，出來時已穿得亭亭玉立，滿是皺紋的臉上還打了一層淡淡的腮紅。她眉毛一挑，招呼我坐進她的寶石藍小奔馳，她要我立刻跟她去取回來。——謝天謝地，瓦格納太太的原件，安然無恙地躺在公司的複印機上！

然而就在那個月末，我收到了實習公司的解聘書，並附帶一封瓦格納太太寫給我公司的親筆署名信，大意是：我違背合同隨便在她的房間裡接待男人過夜，男人幾月幾日幾時來，幾點幾分離開——都做了詳細記錄。她不僅拍下了我的中國同胞離開時，在雪地上留下的大腳印，還羅列了我不講衛生的諸多事實：不及時打掃淋浴間，不定時清除冰箱的異味，廚房的瓷片上油跡斑斑，除此之外，還說我不顧她的尊嚴和臉面，把內衣內褲晾曬在樓梯的欄桿上……當著同事的面，我木然讀著這些內容，身上像驟然間爬上一窩螞蟻，從頭到腳，被啃噬得片甲不留，自尊心如同廢紙一般，被揉搓了一地。我衝出辦公樓，一口氣奔到瓦格納太太的房門前，狠命按響了她的門鈴——門開了，是那位常和她一起在園子裡除草的德國老頭兒。我收起一臉的憤怒，問道：「您太太在家嗎？」老人和顏悅色地答道：「哦，她不是我太太，是我的女朋友。她前天夜裡突然中風，正在醫院搶救呢！」我腦子裡閃出一連串類似幸災樂禍的字眼，卻無法找到與之對應的德語。我一時身陷霧裡，失掉自主，只說：「哦，對不起，我沒什麼特殊事。」

一閃身，退回到花草蔓延的園子裡。透過一簇蘆葦我發現自己居住的地下室，正好在瓦格納太太的廚房下，而廚房的那扇垂掛著白色紗簾的窗戶，就對著通往地下室的樓梯口——一切進出地下室的人，統統在這個小窗口的視力範圍內！

復活節前後，我在東德找到一家新的實習公司。整理好行囊，我推開這間住了九個月的地下室的房門，越過天井到了地面上。我忍不住回頭張望——提鄉村九號，就在這時，套著睡袍的瓦格納太太，耷拉著腦袋斜靠在廊檐下的黑色輪椅上，她顫顫巍巍地舉起右手，朝我晃了晃。我拉著行李箱怔在那裡，與白髮蒼蒼的瓦格納太太四目相對，淚水滂沱。

當時間的塵埃紛紛落下，我慶幸自己在漫無邊際的蒼白地帶找到一線亮光，憑藉它，我堅韌地走出生命的低谷。十五年過去了，歲月如同一件被打碎的瓷器，一片一片，散落在記憶深處——伴隨著生命中的隱痛。遙遠而凌亂的碎片裡，其中包括提鄉村那兩百七十五個日日夜夜。不知年過九旬的瓦格納太太，還在人世否？

書香飄飄的島國

／文俊雅（英國）

文俊雅

祖籍廣東，歐洲華文作家協會會員，應用心理學碩士畢業。曾擔任過十年的電台及電視節目主持人，二〇〇七年隨夫旅居倫敦四年，現居北京。英倫寧靜閒暇的生活氛圍激發著文思，數十篇作品陸續見諸於中國大陸、臺灣的歐華教育文集等報刊、雜誌。

很多人驚訝於英國人脫口成文的口才。上到訓練有素的政治家，下至我們值夜班的門房大衛，都能思辨清晰、博古論今。在這裡，先不討論每週在議會大廈舉行的兩黨精彩辯論會，就說說我熟悉的大衛吧！他出生在東倫敦，在英國海軍當過十幾年兵，來我們大廈物業工作也有十個年頭了。我那經常很晚才從辦公室回來的先生愛跟大衛神聊一通，話題天南地北，涵蓋宗教、政治、哲學、心理學、歷史等。大衛皆能信手拈來，即題發揮，滔滔不絕，儼然一位不得意的博學教授。

能出口成章是需要積累的。積累的方式有很多，我想英國人的積累主要來源於閱讀。大概是因為天氣陰冷的緣故，英國人很少願意走出家門與人交流，大部分時間愛躲在家裡在書海裡感受其他同類的悲歡離合。當閱讀成為一種習慣時，那就書不離手了。天氣好的週末，帶上一方布毯、一本書，到公園的綠地上攤開，那就是最好的消遣。

在英國，我參觀過不少大宅小院，有王公貴族的豪宅，也有尋常百姓家。深印腦海的不是那些古老的壁爐或者考究的裝潢細節，而是他們的藏書。條件允許的話，有錢人家會設置圖書館兼作書房用。位於倫敦漢普特斯西斯公園（Hampstead Heath）內的肯伍德宅第（Kenwood house，房子原主人是貴族）就有那麼一個小型圖書館。約六十平方米，四面牆都有高達天花的大書櫃，厚碩的典籍滿滿地占據了所有空間，內容涉及法律、哲學、歷史和文學等。燈光有點暗，看不清楚這些「大部頭」的發行年份，但從褪色的封面和發黃的紙張判斷，估計至少也是一百多年前的印刷品了。可以想像，曾經住在這裡的主人就這麼在「沙沙」作響的翻書聲中一代又一代地變老了。

到過一些英國友人家，他們的房子不大，會客廳往往兼具圖書館的功能，或者說圖書館兼具會客用。幾張舒服的沙發是必不可少的，前面地毯上再安放一兩張別致的茶几。除此之外，就是一排排井然有序地擺在書架上的書，看不到電視機、音響等，甚至連收音機也沒有。如果不是角落裡桌子上擺放著電腦，我以為英國人還活在兩個世紀前的「文明」水平。

這麼說英國人的閱讀空間很大，那麼閱讀時間呢？他們是最懂得「時間擠一擠總會有」這條黃金準則的了！在等或坐公交、地鐵、飛機時，大部分英國人都會從包裡掏出一本夾著書簽的書津津有味地看起來。別以為這些喜歡看書的都是年紀比較大的人，恰恰相反，敢在顛簸不穩的交通工具上閱讀的往往是小夥子或女孩子。他們甚至站在擁擠的人群裡，也能沉浸在書中精彩的故事情節裡。上了年紀的人因為視力不好，頂多看看報紙的標題，或動手做做報紙最後一版的「數獨」遊戲。

英國ＢＢＣ電視臺曾做過一項關於「為什麼喜歡閱讀」的調查，有的被訪者說為了拓展視野，有的說是職業需要，更多的是為了興趣或者進行自我完善。難怪我認識的一位七十多歲老太太每個星期會拉著她的購物車到二手書店去淘寶。她涉獵的內容很雜，有科學、藝術和廚藝等。每次她都會滿載而歸，慢性哮喘的呼吸聲因興奮而變得越發粗重了。我心想，這老人家的閱讀速度和消化能力可是非同小可啊！

英國跟其他很多國家一樣，傳統出版業也受到了高科技發展（例如電子圖書等）的衝擊；然而，英國悠久的閱讀傳統相對保持穩定。不曉得英政府是否說過一些諸如「站在巨人的肩膀上」之類的豪言壯語，可是他們早已建成了一整套優質完備的公共圖書館網絡，並對公眾無償開放。以我的住所為例，十分鐘的步行距離內我能找到兩家圖書館，最近的那家就在我家對面。

如有必要，憑藉圖書證我可以到區內任何一家圖書館免費借閱書籍。館內還有一個小網吧，上網半個小時內是免費的，這也是不少中學生喜歡光顧圖書館的部分原因。圖書館也是小朋友課後的好去處。很多家長在下午三點半接到孩子後先奔就近圖書館。館方細心地設置了「兒童閱覽區」，裡面有袖珍滑梯、小一號的鮮豔桌椅。孩子們或三兩成群地玩樂，或安靜地翻閱著彩色故事書，或靜靜聽著媽媽小聲地講故事。

見過一位推著嬰兒車的年輕媽媽正在購買一摞兒童畫冊。她一邊在掏錢包，一邊自言自語，說：「買完這批，我就要節制了。不能想像，我已經給這小傢伙買了很多書。」說完，她俯下身子去吻車子裡一歲左右的孩子。我還碰到過一位專心致志地在二手書店裡找書的中年母親。她說當律師的兒子下個月生日，正準備挑一本書作為生日禮物送給他。我終於恍然大悟：英國人的閱讀習慣正是被當作一種禮物在代代甜蜜地傳承著。

「84畫室」與「極品客人」

／丘彥明（荷蘭）

丘彥明

原籍福建，生於臺灣，現居荷蘭從事寫作、繪畫。曾任臺灣中國時報記者、編輯，聯合報副刊編輯，聯合文學雜誌總編輯等。現為深圳商報文化副刊專欄作家，藝術家雜誌、藝術收藏和設計雜誌海外特約撰述。一九八七年獲臺灣金鼎獎最佳雜誌編輯獎。著有《人情之美》、《家住聖安哈塔村》、《荷蘭牧歌》、《在荷蘭過日子》、《踏尋梵谷的足跡》、《翻開梵谷的時代》等書。二〇〇〇年獲聯合報十大好書獎及中國時報十大好書獎。

84畫室

每兩星期的一個週六上午，我在荷妮家閣樓上固定有一段Happy Hour，已持續十多年之久。

一九九〇年離開比利時布魯塞爾皇家美術學院，一九九五年在荷蘭考克鎮畫展上巧遇雕塑家荷妮與肖像畫家柯碧並成為朋友。她倆都是素描小團體「84畫室」（Atelier'84）的成員。一九八四年，居住在考克鎮周圍的一些藝術家共同發起創立「84畫室」，聚在一起素描人體模特兒，分攤聘用模特兒費用、保持練筆與相互交流。由於不成文的默契——會員不超過十人，直至九七年我方才等到一席空位。

每回素描活動都是從喝咖啡展開序幕，在馥郁的咖啡香中，藝術家與新來的模特兒建立感情、培養默契；或和相熟的模特兒閒話；或交換創作中的領會、觀看展覽的心得……等等，氣氛隨和自由。

模特兒寬衣解帶擺好姿勢後，藝術家就專注於捕捉形貌和筆下的表現了。依喜好不同，每個人採用的畫材也不同，例如：安東尼、瑪友蘭使用黑色炭筆，漢斯用蠟筆、粉彩，柯碧直接以油畫顏料畫在畫布上，荷妮以壓克力顏料將線條畫在薄木板上，艾米爾鉛筆、炭筆、蠟筆混用，蜜莉安、佩特拉握針筆勾勒；而我呢，在嘗試鉛筆、針筆、蠟筆、炭筆之後，回歸宣紙與毛筆素描的中國形式。

「84畫室」成員素描過不少專業模特兒，安德莉亞是最支持畫會的一位，多年來不棄不離，定期為大家擺姿勢。波也是較常出現的模特兒，攜六歲的小兒子狼（仿印第安人命名）隨行；狼對母親在人前赤身裸體毫不以為意，在旁自顧玩耍，有時拿起紙筆跟隨著畫，他把媽媽的乳房畫成三個，有時是四個。也有大學生打工來擔任模特兒，這類沒有長性，來幾回就消失了。我最喜歡瘦小的肚皮舞女郎蘇菲亞，每次她一落定，我就立刻能捕捉住她的神韻，表達無遺；可惜幾年後她生病離開就沒了消息。另有一年得到一對母女做模特兒，母親很胖，女兒十一、二歲正在發育，兩人合作是難能可貴的人體題材。其他，佩特拉小女兒在小學跳芭蕾舞時期、蜜莉安女兒剛拿到大學文憑回家度假、荷妮的南斯拉夫難民女友、鄰居老太太都被央求擔任過模特兒。也曾有過幾回男模特兒，可惜機會不多。不久前荷妮領養了一隻小狗取名萊卡，和著名的照相機牌子同名。萊卡喜歡跟隨眾人登上閣樓，我們畫畫時，牠會主動貼近模特兒或坐或臥，很有姿態，成了意想不到的搭配人體素描的好題材。偶然聘請的模特兒出缺，藝術家們便輪流出場充當臨時模特兒，但不脫衣，這樣互畫另有一番趣味。

每次兩小時作畫期間，人體模特兒先五分鐘變換一次姿勢，讓藝術家速寫幾回，訓練捉住線條的準確度；隨後改成十五分鐘變化姿態，讓藝術家有足夠時間去處理肌膚與光影的關係。偶而，模特兒會一分鐘變一次動作，這是對藝術家極大的考驗，必須以最快速的眼力和筆力勾勒下人體形貌，不容絲毫遲疑。

模特兒除了自選姿態，常被要求擺一些特殊的姿勢，有的難度頗大。藝術家與模特兒之間保持著尊重，藝術家必須接受模特兒短暫的姿勢，而模特兒得接受她是藝術家研究的一個物體，兩者關係緊密卻沒有曖昧。長年以來，我、「84畫室」的朋友、模特兒們共享藝術中：看與被看、學習與被學習、畫與被畫的美妙樂趣。

「84畫室」成員如俠客閉門辛勤練劍，持之以恆安靜的練筆，偶爾舉辦展覽。曾租借博克斯梅爾鎮古堡、考克鎮派克展覽中心等地舉行聯展。除了我把宣紙呈現的黑白、彩色水墨人體模特兒素描及再創造的油畫、絲畫，懸掛其中；每回總有一些訪客喜歡，詢問價錢意欲收藏，我只是搖頭抱歉道：「不賣。」每幅畫對我而言，都是不捨的心血。

極品客人

大學同學朱玲留學德國，嫁了德國丈夫，長住德國。我住荷蘭，朱玲說，我是她在歐洲唯一的親戚。

朱玲來電話：「柏楊和我休假，可以來探親住一個星期嗎？絕對不給你們添麻煩。」「怎麼可能不麻煩，我們的胃麻煩大了。」唐效半開玩笑地回答。柏楊有一手好廚藝，法國餐、義大利菜皆拿手。吃過他做的煮牛舌、烤海鱸魚，佳肴美味難忘。

火車站接駕，與朱玲擁抱後，柏楊非常紳士地握住我的手，認真的以英語微笑說道："Chef is on board."（主廚來了！）

沒想到柏楊當真要來展現廚藝。從火車站上汽車，我引擎還沒發動，他已開始詢問，何處可購得小牛肝?這是晚上他想上桌的主菜。回到家，第一件事從行李箱中取出七、八個小玻璃瓶，分別裝了稀奇的香料，展示他的寶貝。不到一小時我的廚房已被他接管，速度與二次世界大戰德國占領荷蘭幾乎不相上下。

隨後到附近農家購買新鮮蔬菜，他邊挑選邊對我熟識的農家婦人說：「彥明是我的碧婭翠克絲（荷蘭女王的名字），我是她專門的御用廚師。」哇！我真是長足了臉。

柏楊先將小牛肝醃漬一個下午，烹調時在小火上低溫慢煎，因此外酥內軟。淋醬主要以蘋果片及蘋果汁熬製，搭配小牛肝食用，除了能品嘗出肝的鮮嫩質感還增添了香氣繚繞的果味。

一星期之中，朱玲非讓我坐到電腦前安心寫作不可。她接手家事和花園雜活：清掃屋子、洗碗，修整花木、去除雜草。我只能把荷蘭老先生曾經警告的話轉贈：「別做太過了，否則到晚上你的背就不見了。」

柏楊呢?分別做了紅酒燜牛肉野菇，煎干貝、庸鰈魚、舌鰨魚，涼拌鴨胸脯肉沙拉，烤鯛魚與海鱸魚、炸魴鮄魚等。每道皆令我們讚不絕口。他真是熱愛烹飪，食材必選最上等的新鮮好貨，往往前一日開始調醬醃物，當日午後則穿上圍裙坐在廚房的小飯桌前，很專心地做他的準備工作，幾小時下來不但不心浮氣躁，反而流露出很享受這些細節的表情。

下午柏楊備製精美別致的晚餐，但他的上午並不清閒。他發現花園的鑄鐵扶手、雙人木椅斷裂了一根木條，馬上自告奮勇要做一張新椅子。依照德國人的習慣，先行設計，計算材料尺寸，然後選購木料、工具開始製作。兩天完成了雛形，接下來將木條磨沙上漆，四天之後一張嶄新漂亮的花園椅子完成了。柏楊問：「有沒有牢固的鍊條和鎖？可以把椅子圈鎖在園子的木樁上，防止被偷。」我想了想說：「那就不把新椅子放在開放式的花園裡，改放在屋後隱蔽的小天井裡吧！」他聽了很高興，叮囑每年入冬前，務必把椅子油漆一次，再用塑膠布蒙起來；春暖後揭開罩蓋，再重新油漆一回。這樣椅子可以保護得很好。

數年前花五十歐元左右買回家的花園木椅，這次柏楊親手重做，單單材料費已花三百多歐元，如果加上他的工錢（這位公司老闆每小時的薪水可不低），椅子的價格早就上千歐元。我感慨說：「這張手工椅子放戶外日曬雨淋，想留它一輩子，壓力太大。」柏楊樂呵了。

住附近的朋友知道我有訪客，路過看見家中花園有陌生面孔的東方婦人蹲著除雜草，又是有陌生面孔的西方男子做木工，進屋來見我安坐電腦前，驚訝問：「這是什麼情景？怎麼回事？」我聳聳肩：「命好唄！」朱玲、柏楊幽默笑道：「我們是專門從德國來的長工。」

他倆假期結束時，花園呈現另一番有秩序的清新面貌。我向朱玲道謝，她回道：「我要謝妳，原來的肩頸痛現在完全消除了！」

回顧：中西婚姻四十載

／池元蓮（丹麥）

池元蓮

生於香港，臺灣大學外文系學士，美國加州柏克萊大學碩士，與丹麥人結婚，長居丹麥四十年，本為英文作家，一九九〇年回歸華文寫作。在美國紐約、新加坡、中國大陸、臺灣等地出版了《春之影》、《黑色秘密》、《歐洲另類風情——北歐五國》、《北歐繽紛》、《兩性風暴》、《多元的女性》等英、中著作十餘種。

四十年前，我離開美國加州柏克萊大學，飛到北歐的丹麥，與一位丹麥男士結婚，朋友親戚的反應不是驚奇，便是為我擔憂。

那時，我在美國有好幾個女朋友，都是從臺北二女中直到臺大外文系的老同學，然後在美國留學又異地重逢。對我與外籍同學結婚，這幾位老同學都認為我有勇氣，異口同聲說：「池元蓮是現代王昭君，出塞和番去！」

我母親的反應則極為負面：嫁外國人已經可怕，生活習慣不一樣；還嫁到一個靠近北極的遙遠國度，那裡無親無戚，孤單一人，婚姻怎能長久！

我和奧維的中西婚姻延續了四十年之久。回顧過去的四十載，可以說，我們的婚姻是成功的，我們的感情生活猶如一個和諧、歡愉、花木茂盛的大花園，是我們夫妻倆悉心栽培的。婚姻是兩個性格不同的人的結合。中西婚姻更不簡單，除了性格，還可以說是兩種不同文化的結合，性格要適應，文化要融合。

奧維和我是在一艘從歐洲航行到香港去的義大利郵船上邂逅的，一段如夢似的船上羅曼史經過五年的考驗，終於落地生根。我在一個冰天雪海的嚴冬日來到丹麥與奧維結婚，婚禮在奧維出生城愛新羅（**Elsinore**）的千年古堡教堂裡舉行。那古堡就是莎士比亞戲劇《漢姆雷特》（**Hamlet**）的發生地。當年，我是第一個在丹麥本土與丹麥人結婚的華人女子。

當初，我選擇奧維為丈夫的最主要因素是他的高尚人格。他性情平穩有恆、溫柔大度；像他這樣的男子最適合做我的丈夫。經過四十年的共同生活，他沒有使我失望。我對已經離開人世的奧維的最終評語是：他是一個真正的紳士，不但在外表、衣著、行為、禮貌各方面是個紳士，他待人接物、處世做事也是個紳士；甚至在家裡的生活舉止，對待妻子的態度也處處表達出紳士風範，終其生不渝。

我們的性格在很多方面都有天壤之別的差異：他有耐性，我性急；他保守，我愛冒險；他珍惜物件，小心保存，我對財物粗心大意，隨便扔東西。可是，我們能夠接納和尊重對方與自己的不同處，不加以挑剔、批評、冷嘲熱諷；更不要求對方為自己改變本性。

這裡舉一個我們夫妻倆以幽默和笑聲來緩和衝突的例子：

奧維捨不得扔東西，衣櫃裡掛著許多舊衣服，已經多年沒見天日。一次，他到外地出差去了，我便把那些舊衣服扔進屋外的大垃圾箱。待他回來了，我笑著告訴他，你的舊衣服已全部給扔掉；他立刻朝大門走去：「我出去把它們撿回來。」我哈哈大笑：「太晚了！垃圾車前天已經來過，都給搬走了。」這時，他也笑起來，還來一句幽默：「我連太太老了也捨不得扔掉。」

說真話，我非常欣賞奧維對物件珍惜，他去世後，我收拾他的物件，發現一個盒子，裡面收藏著我幾十年前寫給他的一大堆信；我父母和親戚多年前送他的禮物，仍然好好地保存著。我非常的感動。

奧維跟我結婚純粹出於愛情，並不是因為他仰慕中華文化才找個中國太太。結婚後，我不要求他中國化，因為不是他遷移到中國去生活，而是我自願來到丹麥過異鄉生活。我是帶著文化適應的心理而來的。

膳食是生活中很實在、很重要的一環。我採取在家裡大部分吃洋菜的習慣。我不但吃丹麥菜，而且學會做丹麥菜。我的丹麥烹飪老師就是我的丹麥公公；他有下廚燒菜的嗜好，每逢星期日用心做個好菜，待奧維和我到他們家吃午餐；只要他看到我吃得開心就高興萬分。後來我要拜他為師，他更感到莫大的光榮。我偶而也做幾道中國菜請我的洋公公、洋婆婆來我們家吃飯。可是，我只做簡單的菜，如咕嚕肉、青椒炒肉片、廣東炒飯等，因為這些正是適合丹麥人口味的中國菜；他們果然吃得樂呵呵，還稱讚我是個好廚子！我也不要求他們用筷子和飯碗來吃中國菜，而是採用中菜西吃法，用刀叉、盤子，讓大家吃得舒服自在。

在文化融合中，語言的溝通是很重要的一環。奧維與我相識、談戀愛時用的是英文。當我開始在丹麥生活，就領悟到精通英文在事業上有大幫助，但要融入丹麥社會，被丹麥人接納則必須懂得丹麥文。當我把丹麥文學好以後，社會的門處處為我而開；自己也像近視眼戴上眼鏡，一切看得清楚，連以前覺得不好看的也變得悅目可愛。

奧維和我都喜歡看書，對歷史有濃厚的興趣。這兩個嗜好就是我們思想世界的交匯處。因為我，奧維開始閱讀有關中國的歷史書，看有關中國文化的電視片；多年下來，他從一個對中華文化幾乎毫無所知的門外漢變成了半個中國通。同樣的，我熱心研究北歐的風土人情、福利社會、北歐維京人的歷史，得到豐碩的文化給養；尤其是北歐古神話的宇宙觀和戲劇性令我心醉神迷。

奧維和我對歷史的興趣也深深影響我們的度假方式。我們最喜歡兩人駕著敞篷跑車漫遊歐洲，躲開煩囂的高速公路，只選擇風景漂亮的鄉村路逍遙自在地駛去，晚上投宿情調優雅的歐洲鄉村旅館，吃頓當地土菜。漫遊途中必經過富有歷史性的地方；尤其是二次大戰的戰場遺跡、名將足跡所經之地，我們一定在那裡停留一段時間，緬懷過去的滄桑歷史。這些駕車逍遙遊歐洲的日子在我們的記憶裡留下了許多難忘的美好時光。

在日常生活中，奧維向來照顧我、呵護我，如早上把維他命丸放在我前面，要我記得吃；走路時做我的照明燈：「小心，前頭有個泥坑！」衣服替我燙，鞋子替我刷。本來不贊成我嫁外國人的母親看到奧維對我的愛惜，很羨慕地說：「妳命好，有個體貼的丈夫！」

可是，到了婚姻的最後兩年，我們在日常生活中慣常扮演的角色完全掉反過來，輪到我大事小事都照顧他。奧維患了世界上最稀有、最恐怖的病：肌肉萎縮性側索硬化病症，是一種腦科病；但醫術界至今不知此病的病源，故也不知如何治療。奧維被宣布患此病等於得到死刑，而且是很殘忍的死刑：在一至三年之內身體失去所有的肌肉，變成像嬰兒般無助的殘障者，就像一個頭腦清醒的人，看著自己的身體一節又一節的被割掉；最後，連吞食和呼吸的機能也失去而告死亡。

丹麥是世界上福利制度最優良的國家之一。來幫助我們的地方政府人士紛紛勸我把奧維送到療養院，理由是如果我親自照顧他，連我自己也會被他的恐怖病症「壓碎」的。但，奧維與我有同樣的願望：他自己向醫生說，他希望留在家裡，與妻子度過最後的日子；我也決心陪他走完這段痛苦不堪的人生路，他走了以後我不會有任何的遺憾。

這段痛苦不堪的路程延續了兩年的時間。在我的眼中，奧維走得很有勇氣；鄰居、護士、醫生看到我照顧他的辛苦勞累，也都認為我是個很有勇氣的女子。自始至終，我們沒有痛哭流淚，沒有怨天尤人；每天每夜用理智和勇氣面對極為殘酷的病魔，一步一步朝黑暗的終點走去。

奧維去世的那個晚上是我人生最黑暗的一夜；但看著他如安詳睡了般的樣子，也為他感到安慰，他所忍受的痛苦結束了。我依照他的最後願望，租船出海，把他的骨灰撒入蔚藍大海裡。始於海的愛也終於海。

回顧過去，我的中西婚姻大大地豐富了我的人生，充實了我的精神文化寶庫。而且，我個人認為，若能被一個高尚的男人終其生長情、深情、真情地愛，是女人最大的福氣。我有此福氣，此生無悔！

天地暉映契闊情

／朱頌瑜（瑞士）

朱頌瑜

嶺南廣府人，現居瑞士。瑞士資訊網站官方記者，歐洲華文作家協會會員。童年時成長於草木葳蕤的中國南方大地，在佈滿荔枝花的小村莊度過人生最重要的織夢年華。傳統文化和遼闊大地是日後文藝之路的啟蒙之源。熱愛鄉村生活。熱愛以文字和美學的溫度修身，取暖。曾獲首屆全球華人長城金磚獎提名獎、第六屆「漂母杯母愛散文大賽」歐洲賽區一等獎、「文化中國‧四海文馨」首屆全球華文散文大賽二等獎。

去墓地整理靈柩的那個黃昏，暮秋的夕陽在村裡的路上灑下一片金黃的光影。教堂旁的公墓格外的寧靜，只有幾隻遊散的烏鴉，藏在墓碑的花叢間，把落日叫得綿長。

在婆婆推開停屍間房門的時候，我看到公公失去生命的身體。他全身冰冷僵硬，頭髮花白稀疏。病魔的折磨，將我們陰陽相隔，然而死神的呼喚，卻沒有把老人家慈愛善良的音容笑貌從人間帶走。輕撫著公公冰冷的手心，我開始低聲啜泣。淚光中，往事像倒流的橋段，模糊了我的視線。

初次看到我的瑞士公公，是在十二年前我剛來瑞士留學那個乍暖還寒的春天。公公穿著白背心粗布褲推著鏟草機在蘋果花盛開的園子裡勞動，一雙大水鞋黏滿了泥土，乍看像個典型的山區農民。看到兒子身後的我，他停下手中的園藝活，熱情地迎上來和我緊緊地握手，笑容格外慈愛善良。就是這樣一個平易近人的瑞士老人，通過日後朝夕相處的家庭生活讓我瞭解到，在他的生平，曾經擔任過聯合國教科文組織巴黎地區以及國際勞工局日內瓦總部的顧問和瑞士教育研究協會創始人等重要角色；曾經積極奔走熱心救助過匈牙利十月事件中逃亡瑞士的難民；曾經好多年無條件地把自己家中的房間騰出來讓給避走瑞士的難民居住；曾經為歐洲教育事業寫下蔚為可觀的學術著作，然而一生淡泊名利，談吐作風處處透視著瑞士人的質樸和低調。

這是一個人，也是一面鏡子，映照著一個社會和民族的氣息和光澤。

在高度民主的瑞士，政府公職人員都普遍這般低調樸實。國家對他們亦一視同仁不搞特權主義。我新婚早期住在日內瓦 Paquis 區的時候，當時瑞士在任女總理露特・德萊富斯（Ruth Dreifuss）也住在同一個區。那時上下班曾幾次在區內的街道見到她。她一個人走在馬路上，神態自若，身邊既沒有保鏢，也沒有隨從。過路的行人哪怕認得她，也沒有人表現得大驚小怪。

這就是瑞士，一個和諧社會的範本，一副國泰民安的模樣。據資料顯示，近幾年瑞士的人均收入曾多次名列世界第一，蘇黎世是全歐洲最富裕的城市，在世界優質居住城市十大排名中，瑞士多年來又一直憑三大城市（蘇黎世，日內瓦，伯恩）入選其中。這是一組足以讓人想入非非的資料，讓人無法把今日的瑞士和一百多年前那個窮鄉僻壤聯繫起來。可是偏偏就是這樣一個資貧勢弱國小人少的地方，在短短的近代發展史中創造出令人矚目的經濟發展與社會繁榮。

不過當你帶著所有的遐想踏足這個富甲天下的地方，你卻只會看到山巒競拔湖水漣漣般的人間仙境，找不到絲毫縈繞繁華背後的浮躁和喧囂。在阿爾卑斯山下這個山清水秀的國度，人們不僅敬畏和珍惜自然，更尊重靠自己雙手創造出來的財富。在這裡，人與人之間保持著應有的距離和尺度，彼此間不對對方的經濟話題感興趣，更沒有人熱衷於招搖炫耀自己的財富。有錢人像瑞士首富宜家家居的老闆，平日照樣旁若無人到超市買打折食品。擁有一百億瑞郎的「羅氏製藥集團」第一大股東維拉·奧埃利—霍夫曼夫人，數十年來都是自己動手料理家務從未雇過清潔工。不造作，不浪費，不攀比，這都是瑞士民族樸實無華的個性。這種民族個性，體現出公平社會的一份底氣，同時也促進了社會公平的健康發展。在這個高度民主的國家，職位不是特權的通行證。有權有職位的人像郵政局局長，後代照樣要靠自己的努力當郵差餬口。適齡兒童統統按地段入學，學校無重點非重點之分。孩子入學家長不需要出示身份證，因為國家認為非法居留的適齡兒童無論來自什麼國家，何種背景，只要他們生活在瑞士，他們也應該接受這裡的義務教育。

樸實的民風，勤勞的人民，公平的社會，把德語區，法語區，義大利語區（還有占人口約百分之一羅曼語區）這三大不同語區的多元文化在這片山多湖多的土地上組成了當今相容並蓄的瑞士，讓生活的角落，處處呈現出和諧安定的畫面。今日的瑞士，社會規章，事無大小，一切均已完善自覺的社會秩序。民風之純，細微點滴，讓人暗暗驚歎。比如說在城市，街頭自動售報機是敞開式的，市民自取報紙投幣付款靠的完全就是自覺性。公共汽車上的司機是不負責查票的，乘客購票與否靠的也是國民的自覺性。在鄉間的村落，小農戶門前自產自銷的農產品沒有人看管，蘋果、青菜、土豆、雞蛋整齊地堆在農家門口的一角，村裡前來購物的左鄰右里按指示價目表放下鈔票然後自取所需，已經成為瑞士和諧社會的一幅經典插圖。

輕輕地把玫瑰花瓣鋪在公公的身上，我慢慢地放下那雙蒼白的手。愛之憶念，縈繞心頭，切膚之痛，無以排解。回首前事，猶記得公公生前常常趁著工作的空隙伏在花園裡鋸木除草，教導我自然之可親，勤勞之可貴；猶記得當我還是外國學生身份留學瑞士的時候，公公為授予我寶貴的知識偶然會趁著外出講學的機會帶上我這個旁聽生；猶記得二〇〇一年舉家同遊雲南的時候，公公婆婆在路上提早兌好零錢送給山區需要幫助的孩子；猶記得當我決定在阿爾卑斯山下許下終身的時候，我和先生還是在校的大學生，看到我的猶豫，公公婆婆堅定地對我說：「不怕，從今以後，你是我們的中國女兒，有什麼事情，有瑞士爸爸媽媽在你身後……」

夕陽暖暖地投影在墓地上，給每一個墓碑鎖上一層璀璨的金邊。幾個弔唁者提著花灑在墓碑前的花叢間澆水。婆婆告訴我，他們都是旁邊養老院的老人，經常過來給已故的家人和朋友祭墳。

啊，養老院竟然蓋在墓地旁邊？教堂鐘聲響起的時候，聖靈般的旋律迴盪在整個村落。我在夜色漸濃的路上回望那些排列整齊的墓碑和公墓旁邊的養老院。彷彿間，過往人生的各種紛擾，來時路上的執著糾纏，都在此刻傾聽生死平和的天籟之音和一種敬畏自然的態度下，襯托得微不足道。來自自然，歸於自然。朝代來去，物慾潮流，來到瑞士，統統都是塵起塵滅，過眼雲煙。

（本文獲二〇一〇年瑞士資訊「我眼中的瑞士」徵文大賽一等獎）

入境隨俗

／林凱瑜（波蘭）

林凱瑜
定居波蘭華沙，華沙國立經濟大學及華沙私立企業管理學院的中文教師。曾任歐華作協波蘭理事。多篇散文被分別收入於《在歐洲天空下》、《迤邐文林二十年》、《東張西望——看歐洲家庭教育》、《綠色文集》。自二〇〇九年起，參與了歐華作協文庫《迤邐文林二十年》、《綠色文集》的編纂和校對。

一晃眼就是二十七個年頭過去了，當年還在襁褓中的兩個兒子現在一個是建築碩士，一個是生物系二年級學生，當年那個年輕俊逸的外子也已滿頭白髮了。而我，那個二十七年前排除父母及眾親友的反對而嫁來波蘭的我，也是半百之齡了。時間的飛逝令人無法招架，憶起當年種種經歷又有如昨日。

我一九八五年在日本京都的私立大學求學，一九八七年認識了在京都大學做研究的外子，愛情很奇妙，也不知怎麼的就愛上了。首先知道我要跟波蘭人結婚的是我的日本保證人，他二話不說拿出了世界地圖，要我指出波蘭在哪兒？二十三歲的我年輕衝動，愛情至上，哪管得上波蘭在哪兒。日本保證人說妳連波蘭在哪兒都不知道就想過去，他苦口婆心地勸我把大學唸完，可是我那時已下定決心了，絕不後悔，什麼話都聽不進去。在臺灣的父母也非常反對，親戚們也沒一個贊成的，說來說去就是波蘭是共產國家，大家都在想辦法逃出來，妳怎麼反而要跳進去呢！那時我可沒想那麼多噢，跟愛我的人在一起是多美好的事啊！把爸爸說的「愛情不能當麵包吃」這句話當耳邊風了。

一九八七年我剛到波蘭，在此之前外子告訴過我住華沙比住別的城市好，交通方便些，但是有一點，買東西比較麻煩，得走訪幾家才能買到。當時心想，可能地方大需要到遠點的地方買東西吧！可是一住下來就發現事實不是我想像得那麼簡單了。

住下後得去申請居留證，當時華沙沒有移民局，一切手續得到警察局辦理，我的所有證件被留在那兒三個多月。這期間我不能單獨出門，因路上總是有警察在巡邏，遇到外國人就要查看證件，盤問問題等等，所以，我只能待在婆婆的家。那是套五十平方米大的公寓，兩間睡房，一間廚房，一間衛浴室。住有婆婆（公公過世了），小叔一家（他們有兩個孩子）和我們。小叔他們住一間睡房，我們和婆婆住一間睡房。婆婆的床和我們的床之間隔著一個書架，當時我只能在那小小的空間活動。說實話，對這裡的新的生活，我並不覺得害怕，也許是我跟婆婆早在日本時就見過面，也相處過一個星期的關係吧！雖然我們無法用語言溝通，但親切的婆婆笑口常開，用肢體語言來讓我了解她要表達的意思。年過花甲的婆婆，為了要跟我溝通，還去學習英文，好幫我盡快融入這裡的生活，我真的好感動，也很慶幸自己有位好婆婆。那段時間我跟婆婆學習做波蘭菜，烤蛋糕，也學會了一些簡單的波蘭話。白天外子去工作，我就與婆婆在廚房裡聊天做菜，在婆婆的帶動下，我漸漸地不想家了，心情也越來越開朗。三個多月的時間也不知不覺地過去，當我去警察局領取居留證時，給我證件的警察用很肅然起敬的表情問了我兩次「妳真的要住在波蘭嗎？」當時我覺得很奇怪，為什麼他這麼問呢，後來我和外子搬出婆家開始獨立生活後，才知道這位警察為什麼要這麼問我了。

我終於體會到人們在那個年代的波蘭過的是怎樣的無奈無望的生活。我每天都感到時間的大量浪費，浪費在買麵包，浪費在買肉，浪費在買水果，浪費在買傢俱——，因為每買一樣東西就得花兩、三個鐘頭排隊，夏天還可以忍受，但零下十幾度的冬天在外頭站上兩、三個小時，就是一種酷刑了。這對住過臺灣及日本的我來說，太不能接受這種無自由、無選擇權的日子了，最可恨的是有時排了老半天的隊，最後店員告訴妳沒貨了，明天請早點來。政府讓人民每天為三餐煩心，就不會有多餘的心思來關心政治，那麼政府就能為所欲為了。那時最容易買到的東西就是酒，賣酒的商店是二十四小時開著的呢，好多人喝酒，白天晚上在路邊都能看到喝得爛醉的人，外子告訴我這些人有的是無法施展自己的抱負，有的是在工作崗位不得志，有的是對國家非常失望，就躲進酒醉的世界裡來麻痺自己，聽起來好不心酸啊！

日子好像只有在反覆地排隊、排隊，在排隊中度過，天啊！這種千篇一律無希望的日子，活人就像一具具缺乏靈魂只剩下軀殼的行屍走肉，看不到他們的笑容，這種日子有什麼希望和樂趣呢！當我已經對這裡的一切很絕望時，我開明的婆婆把我從黑暗之谷救了出來。

她溫和地抱抱我，當她知道我不適應生活而常躲在房裡偷哭時，就帶我去公園走走，看看廣大的綠地讓我心情好轉，婆婆說：「不要被環境打倒，雖然它和妳以前生活的地方很不相同，不要去反抗，試著接受它，就把它當做是上帝給妳的考驗吧。」婆婆還教我如何利用排隊的時間，譬如：排隊時打打毛線衣，繡繡花，看看書，或是和前後人談談話，就當做是免費學習波文。婆婆是在教我怎樣接受環境並融入人群中，也就是中國話說的「入境隨俗」啦！體悟到這點後我開竅了，反正我也改變不了這個大環境，接受它反而對自己有利。是啊！誰說排隊是浪費時間呢，你看我能做這麼多事哩！我開始喜歡這種生活了，每次出去買東西就認識了一些左右鄰居，常常能從他們的口中得知哪兒可以買到新鮮肉、傢俱等消息，時間不再是被浪費的了。漸漸地我也和婆婆一樣天天面帶笑容，心情愉快，再困難的事也難不倒我了。

雖然，後來因小叔弟媳的關係，我們不得不搬出來住，但婆婆沒因此和我生分，反而我們通電話通得更勤，每當弟媳回娘家，婆婆就約我去花園散步，或是去瞻仰瞻仰老城的十六世紀歷史文化，或聽婆婆訴說她年輕時的一些小故事，或到蕭邦公園聽一場露天鋼琴演奏。當我的兒子開始牙牙學語時，婆婆提醒我一定要和兒子說中文，因為婆婆提醒，我兒子從小就會說中文，在學校裡很吃香，常有一些小朋友要求他們教幾句中文，而我也托孩子們的福，在他們的學校教中文，我的漢語教學也是緣起於此。

波蘭在一九八九年底一九九九年初的無流血革命成功後，經濟突飛猛進，外來投資企業越來越多，給波蘭人帶來無窮盡的就業機會。當然啦，商店裡的東西應有盡有，只要有錢什麼都能買到了，現在的生活水準已經和西方國家看齊了。

我覺得很慶幸，一路走來一直有個慈祥寬容的婆婆陪伴著我，是她教會了我如何接受並融入當地的生活，鼓勵我做自己喜歡的事。而今我在兩所大學教漢語，編寫中波教科書等，從事自己喜歡的工作，雖然她在今年三月過世了，但她永永遠遠留在我心中。

三個女人的三句話

／株株（德國）

株株

德國美茵茨大學生物學博士，一九八九年來德，曾在中國和德國從事研究和教學工作。英特網時代轉行從事翻譯及國際諮詢，業餘寫作，二〇〇三年在新語絲發表鄉情散文《邊城的長河》，其他作品見於德國華文媒體，曾與漢學家合作出版譯著《百年奔馳》。年屆半百，欲拾回父親所予之本名「珠」，又不喜其嬌氣，取同音字「株」，意在年年春天與新葉同欣喜。

來來往往，人總會與人相遇。茗茗遇到過三個女人，每個人都讓茗茗難忘。

忘不了，就索性把它放回故事裡寫在紙上吧。

錯誤

「男怕入錯了行，女怕嫁錯了郎」，不知這世上究竟有多少女人犯了這個錯？

茗茗這次就是不跟元濤回中國探親，她真的跟他鬥氣了，一個人跑到安娜家過聖誕節。

茗茗不是不想回中國探親，而是不同意以這樣的理由回去：他居然聽從他母親安排，利用休假和聖誕假期去幫他弟弟裝修房子。氣就氣在這裡，就算哄哄我也好，說這次回去探親是為了看老人，可是他偏不這麼說，硬是照著他媽的原話說：要趕在春節之前把弟弟的新房裝修出來。哎，跟腦筋不轉彎的人結婚真是個錯誤！

一個人出門去過聖誕節真是有些孤單了。過了三十了，茗茗才真正覺得是想要孩子了。真想啊，特別是見到穿花裙子的小姑娘，真想把她們摟在懷裡。茗茗還在讀她的博士學位，她原來的想法是事情得一件一件地去做，結婚多年一直堅持計劃生育。元濤煩了，他說：茗茗你這根本不是什麼計劃生育，我看你是在計劃不生育吧。茗茗也惱了，心想我就生一個給你看看。結果這計劃要生育也不是件容易的事，一年多過去了，還真沒動靜。好在茗茗還有博士論文寫著，沒有百分之百的精力去傷心這件事。有時還可以這樣寬慰自己，幸虧晚生了幾十年，這事要趕在舊社會還不休妻啊。茗茗大部分時間是想得開的，但在夜深人靜的時候，茗茗也會想到：頑固地堅持晚育可能也是個錯誤。

錯與對的事就暫時別想了，茗茗決定要安安心心玩幾天，騎自行車野遊。安娜有一雙鷺鷥腿，騎起車來整個身子上下歡騰，她體型像媽媽，鼻子卻不高，皮膚近黃色，這是從她韓國爸爸那裡遺傳來的。安娜的媽媽把家裡的地下室安排成了修理車間，不僅是這些自行車，還有小童車、雨傘什麼的，反正夠她忙活的。當安娜媽媽在地下室搗騰的時候，安娜爸爸通常在樓上看電視或擺弄圍棋什麼的。關於安娜的父母，安娜對茗茗說過很多：他們結婚那時候，異國婚姻可不多啊。孩子都生了三個了，安娜媽媽還是覺得相互不能理解的地方太多了。韓國男人和中國北方的男人都有點大男人主義，我媽畢竟是歐洲人，你想磕磕碰碰的事會少嗎？離婚也不是辦法，韓國男人是不能接受丟老婆這回事的。哎，反正我們長大了，他們也走過來了，我們姊妹三人搬出去後，老兩口就真正地相依為伴了。

安娜爸爸說：我娶了個德國太太真是個錯誤。

安娜媽媽說：嫁給你我也犯下個錯誤。

安娜媽媽停頓了一下，微微地笑著，接著又說：「還好，我總算沒有犯下更嚴重的錯誤。」

好聽的話

瑪雅是個醫生，來自前蘇聯。和瑪雅是喝茶談心的朋友。茗茗是急性子，連走路都是很急的，急得連頭都不轉一下，人就算是走在街上，再美麗再新潮的風景也只能進入她的餘光。茗茗臉上總透著一種倔強，或者說是一種頑固。

瑪雅是那種靜靜的人，風見了她也會安靜下來。茗茗看見瑪雅的時候，心也會靜好多。瑪雅見到茗茗的時候，話就會比平時多一些。閒聊的時候，兩人的參與通常是一半對一半。她們兩個，一個是白人，一個是黃種人，但都是半道來德國的人。無論是對著夏日的清風，還是冬日的太陽，一杯清茶或咖啡在手，這兩個女子好像是分不清哪是異鄉，哪是故園了。

瑪雅有一個十歲的女兒，但沒有丈夫，不是離婚了，是從來就沒有過。這裡面應該還有一個很深的故事，但瑪雅從來沒有說起過，茗茗也從沒問。茗茗西方生活時間長了，已經養成了尊重個人隱私的習慣。

瑪雅說得最多的就是兩件事。一是女兒很喜歡德國，很快樂。二是在前蘇聯做急診醫生時，經常坐著救護車呼嘯出診的事。瑪雅說：在德國我還得從實習醫生做起，雖然我是德國後裔，是德國讓我們回來的。不過見到女兒這麼快樂，我還是決定留在德國。

儘管瑪雅不太提到男人的事，茗茗總免不了要提到一些有關男女的事。茗茗沒有姊姊，媽媽過世太早，瑪雅並不比茗茗大許多，但茗茗覺得瑪雅是那種可傾訴、可討教的人。

這回茗茗有件事要請教瑪雅，是替朋友請教一個問題。茗茗的朋友是上下鋪爬過的「閨中密友」叫夢湘，在北京做著教授。這次夢湘來了封長信，不是伊妹兒，是藍色信箋裡的長信。

夢湘在信中喊累，當年她老公調北京都是她一手操辦的。夢湘又說房子裝修完了，全身骨頭疼得麻木了。夢湘寫道：現在我總算明白了，女人給男人的只能是感情，男人給女人的就不能只是感情。這又是夢湘的「凡人名言」了。夢湘為什麼要說這個，是不是婚姻的「七年之癢」有關？

茗茗來向瑪雅討主意來了，但又怕一涉及到男人的擔子啊責任啊，會不會引發瑪雅「苦大深」的心事？但茗茗還是想在給夢湘回信前找個參謀，也好在自己「信口開河」前有個約束。茗茗決定，什麼都不多說，就將夢湘的「名言」遞給瑪雅。

茗茗把「男人、女人」、「感情」、「只能是」、「不能只是」這些詞用德文講給瑪雅聽後，舌頭都伸不直了。瑪雅聽完後，沒作聲，沒有再問，沉思了一會兒，說：「你的朋友說的確實是一個人世間的道理，男人應該養家，給女人和孩子庇護。這原本是大家都明白的道理。但你的朋友對你說這句話其實並不是在擺什麼道理，而是在抱怨。」

瑪雅停頓了一下，喝了一口茶：「茗茗，我覺得兩人若想要長相廝守，抱怨沒有用，相反兩人之間應多說些相互鼓勵相互誇獎的話。」

茗茗不由得想起她和元濤之間的種種事，一旦吵起來，茗茗會由著性子地說話，她的那些話不是一般人消受得了的。她知道，從老婆那受了氣，男人是不會找人訴苦的，頂多跑到街頭找杯啤酒把那氣吞下去。

同在一個屋簷下，都需一份好心情。茗茗不由得想起那句俗話「說的比唱的還好聽」，這話說好了興許還真能當音樂聽。

「有了你，我和孩子的日子就踏實多了。」這世上的大丈夫小丈夫聽了這句話準保長精神。

關於幸福的一個定義

幸福肯定是小概率事件。不相信？難道是大概率事件？

茗茗相信幸福是小概率事件，而且知道，其概率是六十四分之一，約等於百分之一點五六。

人們常說要追求幸福，由此可見得到幸福的難度。但在紛繁的塵世間，幸福其實是個俗字眼：招牌上可寫幸福酒家，馬路可得名幸福大道，就算是賣個雞毛撢子也可貼上個幸福牌商標。女孩子哭過了，洗把臉，把那名牌非名牌的化妝品往臉上一抹，不難妝扮出一張幸福的臉。

也常有人說自己幸福，但如果說的那人用了腦筋，聽的人也用了腦筋，那大家都用不著再往「幸福」上想了。久而久之，茗茗覺得「幸福」是一個讓人聽了沒啥反應的字眼，有時不如「高興」和「快樂」，這兩個詞至少讓人感觸到點情緒和節奏的變化。

還別說，茗茗這回還真碰上一個幸福的人，她本人自己倒沒說過怎麼幸福，是茗茗自己聽出來的。

阿麗斯卡是茗茗在市裡國際婦女研討班認識的。那次要每組兩人進行分組。主持人玩了個遊戲，拿了一大堆七七八八的畫片讓每人挑一張，然後每個人都展出自己的畫片，大家通過畫片去找自己願意結組的人。

當茗茗和阿麗斯卡相逢的時候，兩個年齡相仿的女人不約而同地站住了：茗茗看到阿麗斯卡的畫片上有碗米飯，而阿麗斯卡看到茗茗的畫片上的一個碾缽。

一個問：「為什麼要選一碗米飯？」

一個答：「因為我偏愛廚藝，看到這飯和碗我就想家。」

剛剛答完的一個又問：「選碾缽又是什麼緣故？」

另一個答道：「用過不少，這讓我想起我在巴西讀藥學系的日子，有十幾年的時光是在挨著生物試驗室度過的。」

就是這很平常的「一碗米飯」引路，茗茗找到一個不太平常的人，這不常見倒不是因為別的，只是因為一句不平常的話。

阿麗斯卡是這樣對茗茗說的：「假如我能再活一次，我願意活得跟這輩子一模一樣。」要不是茗茗親耳聽到，她壓根兒不相信這世上有人會說這樣的話。這時，「幸福」這個詞活靈活現地跳到茗茗腦海裡，不再和什麼飯店的招牌和化了妝的臉混在一起。小概率事件出現了！

沒想到阿麗斯卡的生活竟是如此幸福滿足無怨無悔，甜蜜了這輩子還不過癮，還想複製到下輩子再甜蜜一次。用她的這句話簡直就可以為幸福人生寫個定義：「一個人的一生如能這樣度過的：假如他能再活一次，他也不願改變什麼，願意活得跟這一輩子一模一樣。」這就是幸福。

如果能再活一次，再來一次的話，茗茗要改變的實在太多了。別的不說，這腰圍能收一圈也好啊。這阿麗斯卡是何許人啊？大富大貴？貌比天仙？嫁了王子？

這個阿麗斯卡貴氣不貴氣不知道，因為茗茗始終不知道用什麼指標來判斷人貴氣不貴氣。阿麗斯卡並不富有是肯定的，茗茗一誇獎她的嘴唇畫得好，她趕緊就拉著她往人行道上的小攤子上跑，硬是要把一支兩歐元的唇膏推薦給茗茗。

阿麗斯卡也談不上漂亮，一米六的身材，就算想去選美怕也是不讓報名的。對於美，阿麗斯卡有自己的見解：「我們巴西的桑巴舞娘是最漂亮的，不說那胳膊那腿，單說那有光有澤的巧克力色皮膚，不服不行。」阿麗斯卡說這番話也是表明自己不往巴西美女堆裡擠，她自己是白人，很純種的白人。

阿麗斯卡的愛情想必是十分甜美的，但她對茗茗談得很少。她只是說，在巴西完成大學學業以後，來德國實習，碰上了一個德國小夥子，一個化學工程師。用這麼一個簡單的愛情故事來說明幸福人生還是簡單了點。茗茗覺得這樣研究下去也沒什麼意思，普天下幸福的愛情都是一樣的，不幸的愛情各有各的不幸。阿麗斯卡的幸福愛情是無疑的，愛情不幸福的人是不會認為自己幸福的。

好長一段時間，茗茗對阿麗斯卡的那句話總是不能完全理解。她可以為阿麗斯卡勾畫出一幅幸福美滿圖來，但就是弄不明白為什麼「下輩子要和這輩子一模一樣」？難道是阿麗斯卡說話誇張吹了點牛？但她不是吹牛的人啊，三個孩子一個園子讓她忙得團團轉，她有心思吹牛嗎？她是個很實際的人。茗茗可以想像自己吹牛，但無法想像阿麗斯卡吹牛。

一天，她又在琢磨阿麗斯卡的那句話了。她突然想起阿麗斯卡在說那句話的那天還說了些別的。她說：「我家老三生下來的時候頭髮是紅色，天曉得，竟然是紅色。」這時，茗茗好像稍微開了點竅。她悟到：阿麗斯卡是一個天生的好母親，她的那句話不能不包括一份母子情緣，難道她是指……

幾年光陰過去了，茗茗歡天喜地做了大齡媽媽，常常推個小童車，在一條林蔭小道上走來走去。這條路也是一些老媽媽老奶奶常來散步的地方，她們中有的已經白髮蒼蒼，走路都已經顫顫巍巍了。但只要看見了茗茗和她的寶寶，她們都會特地走近這童車，把襁褓中的小傢伙看上片刻，看完了還會說：「好可愛的小寶寶！天使般的小寶寶！」茗茗暗暗得意，心想：我這孩子還真有魅力啊，人見人愛。

一晃小傢伙就能滿地跑了，也慢慢地淘氣了，茗茗有時還追不上。這時，輪到茗茗自己對別人的童車著迷了：她一看見車裡的小寶寶眼光就收不回去，非得盯著多看幾眼，然後把心中那份喜歡在心裡說出來才肯走開。

一日，茗茗又走回那條林蔭小道。小道風景依舊，但屬於茗茗的那道風景已經不在那裡了。此時此景，茗茗在腦子裡把時間飛快地回放：她好像看到了那些老奶奶還是年輕媽媽的時候，看到了老媽媽是年輕媽媽的時候。然後，她看到了自己，看到了那輛童車和寶寶的……。茗茗這時只有一個念頭：要把屬於自己的那片時光緊緊地抱住！

她多想重新走進那時光，推著寶寶在這林蔭小道上一模一樣地再走一遍，一模一樣……

五月，地中海風情

／張琴（西班牙）

張琴

祖籍河南，生於四川，現定居西班牙馬德里，為自由撰稿人。曾任歐洲時報西班牙特約記者。是西班牙作家藝術家協會、西班牙作家協會、及海外華文女作家協會的會員。曾獲海外華文作家西班牙徵文首獎，法國歐洲時報徵文三等獎，首居汪曾祺衛星小說獎，大禮堂懷舊徵文三等獎。作品有《地中海的夢》、《浪跡塵寰》、《田園牧歌》等。

五月的田野，金黃色的麥穗在微風中輕輕地搖曳，散發出一陣陣乳香。那灰色的野兔眨着一雙狡黠的目光，遇到人類急忙逃竄而去。那叫不出名的大鳥，自由自在盤旋上空，時而降落原野，時而騰飛。唯有那布穀鳥聲委婉悠揚「咕、咕、咕」地叫個不停。

儘管每天都漫步在田野的壟坎上，今兒心情卻難得放空。此時，無所思亦無所想，靜靜行走在夕陽輝映的蒼穹下。不知不覺來到一塊正在收割的麥田，躺在地裡的麥子還沒有被主人收回糧倉。

那一刻，我像孩子般跳躍起來，毫無顧忌地躺在麥田上。彎下腰，捋上幾束麥穗，如同孩提時代把它放在手心裡，雙手輕輕地揉啊揉，然後讓唇邊的風吹去麩皮，最後留在手掌心裡的麥粒，晶瑩飽滿散發著誘惑來。但最終還是迫不及待把它放進了嘴巴裡，那清香的快感，似乎又回到那遙遠的故國北方鄉村的老家。記憶的童年正是這樣度過的，沒有一絲羈絆，惟有孩子淘氣的童稚心態……

夜色已降，我依依不捨地離開了麥田，越來越遠，進入人煙稀少的社區，行走在寬敞的路面，麥香餘味猶存。

突然有一隻野豬悠悠蕩蕩穿過路面，司機毫不猶豫把車停了下來，牠很快進入路邊的草叢裡。我驚叫起來：快看，那裡有一隻野豬。而那匆忙趕路的行人似乎壓根就毫無興趣去理會這頭野豬。

我怕野豬寂寞孤獨，對著牠朗朗有聲說起話來：豬豬你好啊！你是野豬豬還是家豬豬？你在這空曠的地裡吃什麼啦？你跑出家門，主人知道嗎？趕快回家，不然主人急死了！野豬隱蔽在幾尺高的植物後，似乎害怕人類逮住成為盤中餐，所以站在遠處望著。我興奮告訴一遛狗的年輕人，對方張望之後，並沒有看野豬，而是非常平靜地說：是妳家的嗎？是我家的就好了，小灰灰又多了一個天外來客的夥伴……

我故意沿著社區繞回一圈，等再回到先前的位置，卻再也看不到野豬了。那一刻，很擔心野豬真是找不到家。這個時候，不由自主想起一年前，散步來到湖邊，看到一隻大烏龜，當時第一個念想：帶回家熬上一鍋鮮美的烏龜湯多好。千年的烏龜，萬年的鼈，牠們的修行是何等的艱難，眼前這大自然的動物，人類是不應該傷害牠們的。理智很快驅逐私欲，即刻放走了烏龜。與我一起散步的西班牙朋友，她還未來得及反應過來，我們就目送著烏龜慢慢爬進草叢。

此時，從遠處飛來一隻五彩的蝴蝶，意想不到牠盤旋在我身邊，竟然一前一後，彷彿和我耳語……

第二天清晨打開大門，又是一個驚喜。花園裡一片整潔，往日的荒草叢生不見了。原來是鄰居七十五歲的日爾曼老人，他們剛剛抵達西班牙孫女家才幾天時間，卻那麼有心發現這個一度被荒廢的家園，男主人離開之後留下一片淒涼……

一番感動之後，只想好好回報這位善良寬厚的老人。其實，即使請老人就餐一頓，送上一份禮物，這都難以報答老人的博愛精神。再過兩天，日爾曼老人夫婦就要回到德國。送上什麼樣的禮物，以表達感恩之心。我想到了先生留下的一對健身球，兩個鐵球還透著嶄新的光澤。似乎還存留著先生的體溫。那一刻，我猶豫了，實在不忍心把它送出去。就這樣，我拿著這對健身球從家裡跑出去，又從外面跑回家，整整來回跑了四次，真不知道如何是好。當我最後一次從外面折回家門時，那隻蝴蝶再次出現眼前，翅膀撲簌撲簌著好像在說：物授之他用沒有什麼不好，學會放棄也是一件美德。

當日爾曼老人接過健身球，雙眼閃爍著興奮的光芒，隨即把球分別放在兩隻手心裡旋轉起來。顯然，老人對中國這古老的保健療法還有一些陌生。在場的妻子孫輩笑呵呵，那一刻，我了卻一件心事，這對健身球終於又有了新的主人。

我的德國朋友

／高蓓明（德國）

高蓓明
五〇年代末出生於上海，七〇年代後期下放農村，改革開放後，成為首批恢復高考後的大學嬌子；八〇年代末隨著出國的潮水湧向海外，九〇年代初著灘德國。進入新世紀後，拿起手中的拙筆，寫下心頭的點點滴滴。

鋼琴老師奧拓

世界真是小啊，十六年後，我又見到了我的鋼琴老師奧拓女士。

那是在搬了新家之後，我到附近的教會找了一個興趣小組。每兩週的星期二晚上，我去參加學跳歐洲民間舞。我一去就喜歡上了它。音樂響起來，大家手拉手圍成一圈，隨著節拍踏出舞步。那個團體很有親和力，人家對我很友好，沒有歧視。他們都很好奇，總是問長問短。尤其有兩位男士，過去是這個地區大集團的高管，八〇年代時去過中國，這下我們找到了很多的話題。

一天休息時，聽他們談論起瑞納特，說是她的腿不好，住進醫院了。大家給她寫了慰問信，還讓我簽上名，說是讓瑞納特知道，來了個新成員。這組裡的人互相之間都稱名，不道姓，表示親近。

過了一陣，瑞納特的腿好多了，她又來跳舞了。大家介紹我們互相認識，我覺得她很和氣。休息時，我仔細地端詳瑞納特。總覺得她像一個人，一個我很熟悉的人。可那個人到底是誰，我一時想不起來。

有一天在家裡，我對M說，我們組裡有個人似乎很像我的鋼琴老師奧拓女士，但我有點吃不準。因此，我在活動時就越發地注意起瑞納特來了，她的舉止，她臉上的線條，讓我越發覺得她像奧拓女士。可是她好像對我很陌生，要知道我跟了她有快一年的時間了，難道她認不出我？再說，我眼中的奧拓是個悲悲切切的女人，不是眼前那個笑嘻嘻的瑞納特。

我的思緒回到了十六年前，那時我很想學鋼琴，託人找到了奧拓女士。她是個退休的音樂教師，過去在政府辦的音樂學校當老師。當她同意收下我當學生時，我很高興。從此我每到約定的時間，就帶上樂譜，坐車前往奧拓女士的家。她的家很遠，我必須換兩次公車才能到達。所以我總是早早地出門，到了那裡也不敢去奧拓的家，因為德國人很守時。我就坐在臺階上，一直等到了約定時間，才顫顫巍巍地前去敲門。

奧拓女士的丈夫剛死不久，看得出來，她很傷心。家裡冷冷清清的，一個核桃木色的三角鋼琴安放在廳的中央，只有一隻小貓很活躍，跳來跑去。奧拓對她很寵愛，有時上課時，那隻貓跳到鋼琴上，奧拓女士會對她細聲細語地說話，就好像這小貓是她的孩子，沒有一點責備的意思。我總是記不住譜，有時奧拓會顯得不耐煩。還有一次我忘了帶譜，腦子一下子一片空白，什麼都彈不出來了，我們只好學習新的樂曲。又有一次，公交車出了事故，我到達奧拓家已經很晚了，我們大約練習了十分鐘就結束了，奧拓毫不客氣地收了我四十歐元，那一次我很生氣。後來也想通了，這也不算奧拓的錯，她把時間騰出來給我，我沒到，是我的錯，還害得人家往我家打電話呢。因為那時還沒有手機，我無法通知她。

還記得有一次，練習完了，我站起來打算走了，奧拓大聲地說：你錢還沒付呢！讓我很尷尬，我不是故意的，因為那天練琴練得很緊張就忘了。有一次練完琴，我已經走出了奧拓的家好遠，只見她急急忙忙地從後邊追上來，手裡拿著一封信。追上我後，囑咐我路上幫她發掉。最讓我不開心的是，奧拓女士三天兩頭地出門旅遊。她一出門，我的課就得中斷。後來我知道她得了憂鬱症，她的丈夫過世，讓她無法面對生活。她沒有子女，沒法排遣孤獨。據我所知，奧拓的家庭成員都是高級知識分子，從前她和丈夫，妹妹、妹夫，還有朋友等等，一到週末大家都聚在一起開家庭音樂會，就為娛樂自己。學音樂的人，一般會好幾種語言，拉丁語、義大利語、法語等都是必須要懂的。這些都讓我好生羨慕。

斷斷續續地跟著奧拓女士學了一年，我看不出自己有多大的進步，也覺得無趣。有一天，我打電話給奧拓，表示了我結束學習的願望。奧拓很符合禮節地回顧總結了一下整個學習過程，表揚了我幾句。從她談話的口氣裡我也感覺到，她也不想再繼續下去了。十六年很快就過去了，這世上發生了很多的變化。尤其是現在有了因特網，許多事情變得方便了，但生活的節奏更快了，我自己也老了不少。我想像不出，我的鋼琴老師奧拓女士會變得怎樣？她那個時候已有六十多歲，現在應該快八十了吧？快樂了，還是更憂鬱？

又到了跳舞的日子，我依舊開開心心地去了。那天快結束的時候，烏法拉老師教我們跳一個很別致的舞《天地四元素：潮汐，水流，火焰和風》。烏法拉用很形象的舞蹈語言帶我們跳了兩遍，音樂很美，我們都跳出了一身的大汗。跳完後大家齊聲鼓掌，說明大家的感覺都很好。我看到瑞納特很開心。

我乘機跑到瑞納特跟前，我說：你是不是奧拓女士？她說：是。我的名字叫瑞納特，我家族的姓叫奧拓。我又說：你還認得我嗎？我從前跟你學過鋼琴？她說：好像還記得，你的父母是開中餐館的。看來奧拓教過很多學生，而且有些是中國人，所以她是張冠李戴了。我說：你從前很憂傷，現在你很快樂。我擁抱了她，她說：是的，那時我的丈夫剛過世，現在我很好。我又問：那隻貓還在嗎？瑞納特說：不在了。說時，臉上依舊一臉的笑容，過去的陰霾一掃而光。

我很高興，奧拓女士走出了生活的陰影，我們現在竟然成了舞友。

女友松雅

松雅原不是我的朋友，而是M的一個熟人，因為M同松雅的丈夫走得很近，常常拜訪聊天，共同騎摩托車出外兜風。我總覺得松雅是個特別的女人，她的身上有股與眾不同的氣質，瘦削頎長的身材，剪一頭短髮，她總是穿一身黑衣黑褲黑鞋，背一隻黑包，從上到下，是一首黑色交響曲。她告訴我，打開她的衣櫃門，裡面是清一色的黑，這就是藝術家的氣質吧？確實，她的工作同藝術有關，她是個玩具設計師。

本來松雅的工作很穩定，但是從九〇年代起，大量的中國玩具湧進德國市場，她所在的小公司日漸式微，終於頂不住了，有一天關門大吉，她便賦閒在家。松雅的生活方式很特別，她的丈夫也是藝術家，學畫畫的，所以家中到處堆滿了東西，那些在外人眼裡看來毫無意義的東西，它們都長期地陳列在走廊，牆上，櫥頂，地板上，空間顯得很擁擠，我不知松雅是如何打掃衛生的。她的丈夫還有一間工作室，我進去過一次，中間是一張大桌子，上面擺放了火車軌道和小火車。周圍就是他的畫具，牆上甚至還掛著兩人年輕時的裸體素描，他們看這些東西時神態坦然，就好像我們在看別人的一雙眼睛。

這樣一個愛好藝術的女人，我總以為她會去博物館看看畫展，可是松雅從不。她喜歡待在家裡，她的丈夫形容她，可以在家裡同自己的大腳趾頭玩半天。她不出門，就能滿足她自己一切的精神需要。她刺繡，讀小說，寫信，但她不喜歡做家務，家務活是她和丈夫共同分擔的，她的丈夫要擦玻璃窗，要熨衣服。以前我們在超市相遇時，當M同她聊天時，我故意躲得遠遠的，我是個不喜歡同別人多交往的人，尤其是在我眼裡看來比較特殊的德國人。近年來，我同松雅走得越來越近，我們有了越來越多的共同話題，我們的丈夫都有了病，我們有很多事情要去同各個機構打交道，我們相互之間交流經驗，我們定期在一起吃早飯，有時在家，有時去咖啡館。

松雅的朋友不多，除我以外，她只有兩位德國女友，她說朋友不用多，兩個夠了。一個是住在科隆的女建築師，不幸的是，青梅竹馬的男友在同她共同生活了多年之後，投入了別人的懷抱，至今孤單一人；另一個有著幸福的家庭。這三個女人一年碰三次頭，輪流做莊；平日裡基本不打電話，但是保持書信往來。松雅很喜歡寫信，我看她寄出的信，像一本書那樣厚，她常常寫，待書信積到一定厚度時才寄出。我問她，會不會去投稿，或出一本書？她說不，沒有這種必要。寫作是她的愛好，是為了表達內心的感受。她拒絕現代產品，不用手機。她的妹妹送了一支手機給她，是為了能及時找到她，但她堅決不用。她喜歡讀書，但不買書，她總是從朋友那裡借書看，下次見面時再掉換。她不喜歡拍照，但有一次我想試試新的卡片，她破例同意了。她不圖謀虛榮，也不追求金錢，很知足，這種價值觀也使得我們倆走得越來越近。

近年來，松雅成了我的生活顧問，有了問題就去請教她，她也常常幫我們。我們出外旅遊時，她幫我們看家，餵貓。但她拒絕聽福音，儘管如此，我還是要感謝上帝，為我送來了松雅這位朋友。

一隻來訪的貓

／郭蕾（挪威）

郭蕾
祖籍中國江蘇，音樂學碩士，歐洲華文作家協會會員。曾在《上海文學》、《太湖》、《光明日報》、《中國藝術報》、《北京青年報》等海內外報刊發表小說、散文作品。現居挪威。

鬧鐘鈴聲響起的時候惠芳正在做夢。

那其實是個挺荒唐的夢，她夢到自己在一艘很大的船上，那船兩頭尖尖翹起，像義大利威尼斯的岡朵拉一樣。她剛由船上踏上岸，船就像裂開的雞蛋殼一樣斷成了兩截，一個巨浪瞬間吞噬了船上她所有的親人。她哭喊著求人幫忙救助家人，心裡焦急萬分地算計著他們落水的分分秒秒，揪心著家人那可能正在逝去的生命。就在這時，有人敲門，她不知怎麼又到了一個陌生的房間裡，而當她打開房門，竟然看到她所有的親人都得救了，站在門口朝她笑。笑得最甜的妮妮站在最前面，穿著小時候那件綠紗公主裙，奇怪那裙子也彷彿長大了，那麼合身。她高興又委屈似的哭起來……她迷糊著伸手把鬧鐘按掉，夢其實已經醒了，但夢裡那份焦急和委屈還在瀰漫，她由著自己依然沉浸在夢境裡，把夢裡那份眼淚真實地流到了枕頭上。

擦擦眼角，惠芳又瞇了幾分鐘。覺得那個夢已經退回到了夢境，她也已經站回到了現實，也不想再多想夢的涵義之類的八卦，便起床了。

起床後，還沒洗漱，惠芳就下樓到廚房先把豆漿機打開，讓豆漿先打上。惠芳喜歡往黃豆裡面加一小把米，一小把核桃仁，一小把白芝麻。豆漿機的說明書上說不讓放花生米，可她有時也「違規」偷偷放一小把花生米，豆漿機也照樣工作得好好的，沒有因此罷過工。她不喜歡做純豆漿，因為要麼底下的豆渣喝起來拉嗓子，要麼得費勁用濾網把豆渣濾掉。惠芳是個六〇後，小時候吃過苦，總覺得把豆渣扔掉是糟蹋糧食。記得以前太祖母健在的時候都是拿豆渣和蘿蔔絲炒了給一大家子人當道菜吃的。妮妮也愛喝這種五穀組合。她說加了米和核桃以後，豆渣就不拉嗓子了，「媽，你看這米粒變透明啦！」她會扒拉著碗底說，「像一顆顆小珍珠一樣」。這孩子那時剛上二年級，語文課上已經開始學習比喻的修辭手法了，她寫小作文、平時說話就老愛用幾個比喻句。她說自己長大了就要當語文老師陳老師那樣的小學老師。不過她上幼稚園時也說過以後長大了要當幼稚園老師的話。妮妮特別喜歡她的陳老師，陳老師的話她都聽。有一陣子，陳老師訓練他們修改語病。在家吃飯時，她會很認真地說：「爸爸，你說了個病句！

米飯怎麼能掉在地『下』呢?」還有,「媽媽,你要講普通話,不然你說土話裡『叨菜』的『叨』字怎麼寫啊?」叫人哭笑不得。

唉,還想這些做什麼?妮妮要是不出事,今年該十二歲了。在挪威的法律裡,十二歲的孩子就可以單獨一個人在家,或幫忙照看自家或別人家的小孩了。挪威的孩子發育早,十二歲的小姑娘已經像一顆誘人的小果實一樣漸漸飽滿起來。但是妮妮,這顆全世界惠芳最愛的小果實,既沒有過到能夠飽滿起來的青春時光,也沒有過到人生的第一個本命年。命運沒有給她長大的機會。她才八歲,生命就戛然而止了。

打「五穀」豆漿需要十八分鐘。有一次惠芳專門看著錶算出來的。惠芳要等到豆漿做好之前的三分鐘才開始煎雞蛋。煎雞蛋簡單,沒有什麼要洗要切的。這中間的十五分鐘她打算收拾一下客廳。昨天太陽好,就把洗好的衣服連晾衣架一起拿到客廳「曬太陽」了。挪威人習慣用烘乾機烘乾衣服,一來這裡的太陽天太少,二來烘乾過的衣物穿著貼身。烘乾機在挪威人那裡是必選項,在惠芳這裡成了排除項。惠芳壓根就沒想買烘乾機,只買了臺洗衣機,這是她眼裡的必選項。這裡家家都是自家供暖,裝大熱水器的地下洗衣房什麼衣物「烘」不乾?要說軟和,還是太陽曬過的暖和,還有太陽味兒。再說如今她也不在乎暖和不暖和了,要是家裡有小孩子還值當買個烘乾機,妮妮小時候那小胳膊嫩得像剛剝了殼的水煮蛋,肉肉的,帶著股子奶香,多暖和呀……惠芳疊著衣服的手不知何時停止了動作,一想到妮妮,腦袋裡又嗡嗡作響了。

一愣神的工夫，客廳通向露臺的門前閃過一個小小的向裡面張望的影子。

是一隻貓。

幾天前聽老景說早上看到一隻貓蹲在他們家露臺的沙發上。那沙發是老景剛花了不少錢新買的，這裡什麼都貴，沒有不貴的。但沙發確實非常柔軟舒適，主體架子是藤製的，放在室外不怕雨淋，他們很滿意。看起來那隻貓也很滿意，縮作一團蹲在沙發墊子上，一定剛睡了個好覺。但牠在老景開門的一瞬間跑掉了。

惠芳走到玻璃門前，以為牠會再次因為「人」的接近而跑開。但牠卻沒有，非但沒有走開，還將站姿改成了坐姿——兩隻前爪握在胸前，用後腿和尾巴支撐著身體平衡。然後，牠抬起頭，貓臉形成向上的仰角和她對視。

不知怎麼，惠芳覺得在貓和她眼神接觸的短暫片刻裡，牠竟像是向她心裡拋下了一根神奇的連接線似的。這線是蜘蛛網那樣的絲線，柔韌纖細，粘黏不斷。惠芳遂不及防地把這根線接下了，她和牠之間開始靠著這根若隱若現的生物「電」線相互揣測著。

我猜你是要我開門。惠芳想。她把門輕輕在牠面前打開了。開口不算大，帶著一份試探，以免這邀請顯得過於隆重和正式，在惠芳打開的門洞前，牠沒有後退，也沒有進門。牠的一隻前爪看似隨意地搭在了門框上，流露出曖昧不明的想法，逡巡不前。惠芳又想，她也許不應該像禮貌的人類歡迎自己的朋友那樣站在門口，而應該裝作不在乎的樣子走開，省去「人」的繁文縟禮，可能更符合自然界，或說貓界的規則。她於是輕輕地挪移著步子又站到晾衣架前疊衣服去了。

果然，牠嗅嗅弄弄地進了門。惠芳的心臟敲起了密集細碎的小鼓點兒。當一隻貓八面「貓」風地站在房間中間時，平時熟悉的空間竟然微妙地起了變化。牠是一個如此天然而單純的生命，牠沒有客套、無拘無束、直截了當地闖進來，牠自然鮮活的生命力像舞臺上的一道追光，照亮了惠芳的客廳。牠略微站定環視了一下，就開始轉悠開了。惠芳的心隨著貓的腳步輕飄起來。一邊有一搭沒一搭地收拾著手裡的衣服，一邊悄悄用餘光觀察牠。

牠是一隻年輕而漂亮的貓。牠不像老貓那樣肥鈍，也不似小貓那般稚嫩。牠的個子剛剛長成，身形矯健，但眉宇間還尚存稚氣。也就是說，牠的身體已經長成成年人，噢不，成年貓了，但心智還未完全成熟。牠全身佈滿了黑灰相間的虎皮紋，走路時，身上的虎皮紋隨著不大不小的步伐華麗而耀眼地滾動著。這傲人的虎皮紋從耳朵尖兒一直延伸到尾巴尖兒上，加上俊美的貓臉，伶俐的眼神，真像一隻生氣勃勃的小老虎。

惠芳還是按照人類的待客之道為牠拿來了一塊餅乾。牠立刻眼睛亮亮地跑向她，到她手心裡聞那塊餅乾。然而不吃。惠芳想起他們老家那裡的貓喜歡人們把食物嚼了給牠們吃。她就嚼了半塊餅乾，用自己的牙齒和唾液把它「烹製」成餅乾糊糊放在手心窩裡。可小虎貓對這餅乾糊糊一樣只是聞了一下，還是不吃。難道你是一隻只吃貓糧的貓？還是我的餅乾不合貓口？惠芳直起腰來看著牠。貓像通過「連接線」明白了她的心思，走過來圍著惠芳轉。但卻不好好走路，撒嬌似的把尾巴和後腿貼到她腿上，好像在說：別擔心，我不餓。屋裡的空氣似乎都變得甜膩起來了。惠芳覺得自己的臉微微紅了。

幸虧沒有別人在，不然惠芳一定會因為這甜膩而感到萬般彆扭的。四年來，她的心外面長了硬殼，或者說她讓自己的心外面長了硬殼。女兒妮妮就是這般的甜膩的。她把惠芳心裡這塊存放甜膩的地方帶走了。惠芳只能用新長的硬殼來麻木這種撕裂的劇痛。就在出事的前幾分鐘，她還在搖晃的公車裡問妮妮自己老了以後跟誰住。妮妮說：「當然是跟我住，媽媽。」「那你結婚了怎麼辦？」「讓新郎官跟我爸住一屋，我還跟你住。」娘兒倆說著話，汽車就到了站。丈夫老景已經在三個月前去挪威上班了，她們娘兒倆的出國手續也都辦妥，就等著妮妮把這一個學期上完，全家就搬去挪威團聚。那天，惠芳剛帶妮妮去鋼琴城學完琴，下車的時候她顧著拿包和琴譜，擁擠的人流就把她和妮妮擠散了。等她下一眼再看到妮妮時，就看到一輛失控的小轎車瘋了一樣撞向了妮妮。跟在電影裡一樣。跟在夢裡一樣。卻比電影和夢境殘酷一萬倍。妮妮小小的身軀飛起來好遠，連衣裙的下襬像花瓣似地打開又閉合。這一幕沒有人比她看得更清楚，這朵由她自己帶到人世間的花朵兒像燭光一樣被風熄滅了。

妮妮一直有一個心願就是養一個小寵物。「狗！或者貓！或者老鼠！」她這樣夢想著。她舅舅家的表哥，Tony，有一個很酷的寵物，蜥蜴。他們一家人生活在美國洛杉磯。妮妮想在北京家裡養寵物，那哪成？國內學習壓力那麼大，小孩子自我控制能力又弱，玩物喪志了，怎麼辦？再說，衛生也是個問題。「我不反對你養，」她爸說，「要是我們住上你奶奶家那種有院子的房子，我就讓你養。」奶奶住在鄉下，城裡那樣的房子叫別墅，那是一般人能買得起的嗎？然而等惠芳來了挪威，卻發現一般人都能住上這種帶花園的二層小樓。前年，他們也貸款買了房。要在中國，住在這種花園洋房裡的不知得是個什麼大人物，而在這兒，他們的鄰居中多的是計程車司機、超市收銀員、水管工這樣的普通人。所以惠芳這樣的一般人也住上了「有院子的房子」，妮妮卻沒能看到這一天。簽買房合同那天，原來的房主，一個七十多歲的挪威老太太，說隔壁鄰居問她新房主家有沒有小孩子？因為老太太家的孩子都大了，搬出去住了，隔壁家的小孩子很盼望新搬來的惠芳他們家有小孩子能和他們一起玩。惠芳的心瞬間堵住了，人像傻掉了一樣。還是老景連忙接過話頭說：「沒有，沒有。」

貓出了客廳站在了樓梯前。惠芳沒動，手裡還在疊衣服，想偷偷看看牠會不會爬樓梯。惠芳有朋友養過狗，知道小狗沒經過訓練或練習是不會爬樓梯的。但她馬上知道自己大大低估了貓。在她疊了雙襪子的工夫，貓竟悄沒聲息地上了二樓。她趕忙跟著上樓。迎頭正看見貓從臥室床後面轉出來。不知為何，小貓檢查二樓有點馬馬虎虎、走馬觀花的意思。衛生間裡水聲嘩嘩作響，是老景在淋浴。

惠芳用按捺著幾分激動的音調告訴他：「有隻貓在我們家。」水聲倏地停了。「又在露臺沙發上？」「不是，進屋上二樓了。」「啊?!不能讓野貓進屋，把牠趕出去。」他的言語雖然厲害，但語氣卻很是遲疑。惠芳知道老景是在擔心衛生問題，不養貓的他們聽說貓身上有寄生蟲什麼的。貓走到衛生間門口。惠芳不知道牠跟老景的「見面」會怎樣。她有點緊張。貓的一隻前爪已經抬起來了，卻又彎回來，站在門口用牠純潔的眼神看一眼裡面洗浴的人，扭頭就一跳一跳地下樓了。

惠芳忽然意識到，牠是在找什麼嗎？上二樓不會是聽到了水聲找水喝吧？惠芳趕緊下樓到廚房裡找了個小碟子，盛上半碟水招呼牠。牠馬上朝惠芳跑來，看看她手裡的碟子，鼻子幾乎都觸到水面了，貼在上面使勁嗅，卻一點也不喝。嗯，牠不渴。惠芳伸手想摸摸牠，豆漿機卻在這時轟地一聲響起來。貓馬上警覺地俯下身子，做出隨時逃跑的姿勢。惠芳望住牠的眼睛，像安慰小孩一樣地輕聲說：「沒事，沒關係的。」考慮到牠是一隻挪威貓，惠芳又用挪威語跟牠說了一遍。貓好像真聽懂了，亦或是讀懂了惠芳眼睛和語調裡的淡定，也淡定自若起來。

惠芳的挪威語這幾年斷斷續續才學了一點點。老話說「四十不學藝」。惠芳來挪威那年四十整了，她一個上完初中就上衛校當護士的人，英語底子就初中那三年，英語一共多少個字母都說不上來了。如今四十了，再從零開始學挪威語，真比登天還難。但老景怕她一個人在家悶壞了，不由分說先把她送去學一個叫「社會課」的課程。這是挪威政府為了讓移民更好、更快地瞭解、融入挪威社會而專設的課程。政府組織了一些老師，使用各國移民的母語授課。惠芳去的這個班，就是用中文授課的，老師是一個來挪威二十年的華僑，很溫和親切，學生也都是來自中國。連老師在內，全是女人，都是丈夫在這裡工作、做生意、做訪問學者，或嫁了挪威人，跟過來的。頭一天到得早，教室門還沒開，都站在門口聊天。有個已經不年輕的女人挺了個碩大的肚子，說是從得到丈夫要來挪威的大學裡做訪問學者的消息起，兩人就抓緊做功課，在第一時間懷上了二胎，上個月剛來，下個月就要生了。老大卻放在國內等她生完老二再來。一眾女人都在說著孩子，有的跟懷二胎的女人一樣，孩子在國內暫時還沒過來，有的已經跟著來了，挪威語學得毫不費勁，跟挪威小孩打著鬧著就說得像模像樣了。「我和他爸買個菜啊，付個水電費單子啊，全靠孩子幫忙。」惠芳不吭聲在邊上站著，聽著。冷不丁懷二胎的女人問到她頭上：「你家小孩也還沒來吧？」她支吾了半天說：「……沒來。」「社會課」惠芳只上了那一回，就再不肯去了。

貓繼續東看西瞧，惠芳卻要擔起主婦職責做早飯了。等她忙乎好了一桌豐盛的早餐，老景下來問她：「貓呢？」惠芳到處看看也沒找到，「興許走了吧」，她說。他們默默無語地回到廚房，貓卻忽然伴著咕咚咕咚的聲響從下面的樓梯跑了上來。原來檢查地下室去了。牠蹲坐著又洗了洗臉，嘴邊飄落一片羽毛似的灰絮。不消說，這是鑽到哪個犄角旮旯裡去偵察的戰利品。然後，牠把目光投向遠處的露臺，慢慢地從進來的那個門洞走出去了。忽然，牠變得異常興奮和敏捷起來，跳躍著用兩個前爪去撲一隻飛蛾。只幾下，這隻可憐的飛蛾就被牠撲倒在地了。

牠一面小心地用前爪繼續捂著飛蛾，防止牠逃脫，一面伸長了脖子用嘴去叨抓捕到的活物。牠後頸一抖一抖、一叼一叼地把飛蛾吃掉了。惠芳心裡暗暗佩服牠這謀生的天賦，知道牠絕不是一隻只吃貓糧的寵物貓。牠帶著幾分捕獵成功的滿足慢慢走出了她的視野。

吃完早飯，老景出門上班，對還在廚房忙乎的惠芳說：「我走了，我幫你把門鎖上，省得你忘鎖門。」她答好，然後聽到他出了門。先是鎖門的聲音，然後又是開門鎖的聲音。惠芳以為他忘了拿什麼東西，沒想到他伸頭進來壓低聲音說：「貓還沒走，在花園草地上歇著了。」

惠芳到二樓收拾臥室的時候，從窗戶望出去，果然見牠一副愜意的樣子蹲在草坪上，瞇縫著眼睛。把惠芳和牠之間的那根蜘蛛線擱淺在了夢鄉。

收拾停當，惠芳給老家的父母打了個電話，告訴他們早上那個夢，「怪想你們的」，她說。

臨近中午的時候，老景專門打電話來問：「貓走了沒？」

惠芳看一眼空空的草坪說：「走了。」

聽出他的失落和遺憾，惠芳安慰他說：「別擔心，牠還會再來訪問我們的。」

老景說：「那我們晚上到超市買點貓糧去。」過一會兒，老景又說挪威語班又開始招生了，問惠芳要不要再去試試。

頭一回那麼痛快地，惠芳說好。

土耳其掠影

／蔡文琪（土耳其）

蔡文琪

生於基隆，長在基隆與臺北。世新大學電影系畢業，美國紐約理工學院傳播藝術碩士。曾任職紐約臺灣外貿協會翻譯，土耳其國家廣播電臺翻譯，《中國時報》與《歐洲日報》駐土耳其特約記者，北京土耳其使館文化旅遊專員，土耳其國立Hacettepe大學外語學院兼職講師。目前與先生及女兒定居於土耳其安卡拉。出版物：《TOGO土耳其》。

土耳其女人難為

土耳其在地理上算近東（雖然它一心想加入歐盟），就種族而言，它發源於中亞的突厥，屬東方人種，是以東方社會抑制女人的風俗習慣土耳其都有，再加上也是對女人諸多限制的回教信仰，在歐美女人眼中，土耳其女人是有待解放的一群。

土耳其傳統的風俗習慣將「男有分，女有歸」的角色劃分的十分清楚，傳統的菜市場、趕集市場、路邊攤、餐廳、小商店……等，都是男人服務的天下（和臺灣、東南亞正好相反），換句話說土耳其女人比中國女人更徹底執行「不拋頭露面」的舊規矩，在鄉下地方未婚女子連單獨上個雜貨店都不被鼓勵。逛街、看電影都要找女性同伴才行；即使是和已訂婚的未婚夫去看場電影也不例外。外子的姊姊已訂婚，未婚夫邀她看電影，結果來作陪的有七、八位女生，從表姊到她嬸嬸的舅媽的女兒都來了，姊夫至今提到電影仍心有餘悸。

在大城市禮俗則寬鬆多了，男女勾肩搭背，甚至擁吻也常見到，但通常認為這對男女是要走上結婚之路，如果後來發展不如預期，女的會被認為是吃了虧，替她不值。

土文中的 **Namus** 是很重要的字，相當於中文的道德、貞節。男人如果懷疑女人不貞、一槍斃了她在風俗上是被認可的，在法律上也只會被判有期徒刑。他是為了維護名譽，他的女人沒有了「納慕斯」，不斃了她，男人這輩子都將在村人面前抬不起頭來。

從凱末爾建國七十年來，土耳其的領導人十分鼓勵西化，從思想形態到生活形態，但同時又鼓勵人們要保持傳統的「美德」，只可惜這兩種文化並不相容，人們反而陷在中間摸不著邊。土耳其女人更慘，又要當個有智慧、有擔當的現代女性，還要做個能端茶奉水、能做好菜好湯的賢惠主婦。

然而在這樣一個壓抑女性的社會裡，女性抽煙比例之高舉世罕見，每個有女人的屋簷下幾乎都有女人抽煙，大學女生的零用錢什麼都能省，就是煙錢不能省。

你如果告訴土耳其男人女人被壓抑的事實，他會告訴你在土耳其有多少律師、醫生、教授是女的，土耳其女性享有與男性同樣的平等自由而少義務（不用當兵）；只是你到這些女醫生、女律師、女教授家做客時，奉茶的依然是她們或她們的女兒，她們的先生及兒子端坐在那，文風不動。

帕扎爾的早上

早上誠然貨色最新鮮，但價錢也最高，隨著日光的流逝價錢也漸漸下降，說起來有點像女人的青春。越逼近黃昏東西越便宜。

每天早上八點整，比我高二十五公分的丈夫在我的額上輕輕一吻後出門上班，這個秋天的早上也不例外。

窗外傳來斑鳩「咕－咕－嚕」、「咕－咕－嚕」兩短一長的叫聲。在土文裡形容戀人相愛會說如同斑鳩般相愛。斑鳩從夏天相愛到秋天，天氣轉涼之後「咕－咕－嚕」的叫聲就漸行漸遠了。

我坐下來繼續未完的早餐。比起夏天的早餐，秋天的早餐桌上少了多汁的蜜桃。八月的無子葡萄、西瓜雖還在，但主角已讓位給蘋果、香瓜。安那托利亞高原的香瓜綠黃底，上有黑點，甜而不膩且多汁，任何時候吃都不嫌多，香瓜的季節可延續到初冬。

接著我幫著上小學一年級的女兒準備午餐盒，不外薯條火腿片或三明治加一條削好的小黃瓜，或胡蘿蔔及一瓶水。

八點半我去叫醒女兒，她照例說要再睡一下。我回廚房幫她整理書包，想起育兒書上說要讓兒童自己准備。「等過了這星期吧！」我對自己說。剛開學一個禮拜，日子對她還是頗為混亂的。

八點四十，我去她臥室給了她用特殊杯子裝的一杯牛奶，她半躺著喝牛奶，眼睛還是睡著的。一隻手搓揉著耳朵，這是她從幼兒期喝奶時就有的習慣。喝完牛奶她終於起床穿制服。我幫她梳頭，她天生捲髮，頭髮很容易打結，又要留長又怕疼，在她的閃躲下我放棄了。她也不愛刷牙，我也如往常一樣隨她去了，和意志力堅強的兒童奮戰有多痛苦，只有她的父母知道。

這麼不愛刷牙的人怎麼還是沒有蛀牙呢？我很少給她吃零食或許這是主因，但這裡氣候乾爽也是一大助力吧。

八點五十，一星期來打掃一次的佣人來了，我們出門。安卡拉秋天的早晨頗有涼意，安那托利亞高原是典型的大陸性氣候，入秋後日夜溫差相當明顯，可差一倍以上。譬如今天的安卡拉現在約二十二度，中午會上升到二十七度，半夜則只有十二度。

放眼一看門口的車輛已去了大半。我們的社區位於安卡拉的郊區，社區裡植滿綠茵，公寓與公寓間也種了許多樹木花草，兒童公園穿插其間，很良好的住家環境，也是安卡拉這十年來流行的社區建築。社區裡分有花園別墅、五層、十層等三大種類型的房子。我們住的是有電梯的五層公寓。這類社區房子的缺點是房子都長得很像，去到誰家都是同樣的廚房瓷磚、同樣的隔間。大家只好在傢俱上比創意。土耳其人很重視外表，客廳一定要弄得美美的，因為客廳是見客的地方。豪華的水晶吊燈、氣派的酒櫥，路易十四型的單人沙發組是最常見的。家庭成員的日常活動則在較小的起居室。我們不想委屈自己，客廳就是起居室。土耳其人不大愛看書，我們客廳裡當年從芬蘭搬回土耳其時海運來的書櫥每每成為待客時的話題。

車子開出了社區，現實面漸漸逼近，社區裡的仿歐美建築，花木扶疏，塵土不染，還可以騙騙自己是住在開發國家，出了社區看到有坑洞的道路、常在施工的單位、不守規矩的駕駛等，都提醒我這裡是土耳其。

土耳其貧富差距不小，反映在教育上的現象是，有錢人會把小孩送到一年學費五千至一萬美元不等的私立學校。像我們這種不上不下的中產階級只好看哪裡的公立學校好就往哪裡送，還要考慮遠近問題，讓六歲的孩子為了受教，每天搭校車來回奔波一個半小時是現在我無法接受的。

女兒的學校位於小山上，是一個很小的小學，每一年級只有一到二班，每一班有二十來個學生，學生們下課時在山林中玩耍跑跳，環境十分理想。這裡的小學多附有預備班（即幼稚園大班），女兒也在今年六月時拿到她的第一張畢業證書。

秋天的學校比起放假前的騷動氣氛，多了份深沉與靜美。女兒的同學們看上去都長高了，且比六月時都黑了些。遇到相熟的家長也都曬得一身古銅向人顯示：有去度假，以此為證。到了夏天，土耳其中上階級的都要去度假免得被人問：今年去哪兒玩了時面子上掛不住。再沒錢的也要去公立的游泳池做做日光浴。

把女兒送進教室，和老師寒暄幾句看有沒有需要溝通的地方，接著我去買菜。

天氣已漸轉涼，是做泡菜的時候了，秋天是勤勞的土耳其主婦忙碌的季節，做泡菜、醃醬瓜、曬茄子、紅椒等準備過冬。安那托利亞的冬季嚴寒，蔬果種類有限，現在比以前種類大為增加，又被人疑為使用荷爾蒙。土耳其消費者不像臺灣人喜歡以貌取物，這裡的蔬果如果太漂亮，反而讓消費者疑心是不是有添加物。有些土耳其人會指著蔬菜上被蟲蛀到的痕跡說：是甜的蟲才會咬啊！

黃瓜、小青椒、四季豆都是做泡菜常見的材料。我來到了帕扎爾。土耳其人稱趕集市場為**Pazar**，源出於波斯語的**Bazar**，已成為印歐語系的一個單字，拼法為**Bazaar**或**Bazar**。從新疆、印度、中亞、中東一帶甚至到南洋均稱市集為巴扎。

帕扎爾一星期只有一天，通常由各地的市鎮公所劃定一固定空曠的地方。我們附近的市集是個正方形的廣場，平常空蕩蕩的，是生手練習開車的地方，到了趕集的早上可就熱鬧了，一大清早就只見卸貨的大小卡車忙進忙出，卸完貨小販還忙著佈置攤位。

帕扎爾的攤販佈置攤位的功夫一流。小販會依顏色、形狀擺出井然有序，甚至如金字塔的造型。擺得那麼漂亮，顧客就不能隨意挑選，而是由小販挑給你。如果顧客回家後發現怎麼買回來的不如攤位上的漂亮，那是因為最漂亮的貨色都擺在前面了，是櫥窗展示品。給顧客的多半是後面的。說他們不誠實嗎？他會說這裡是趕集市場，如果大家都選好的，壞的我賣給誰？我怎麼批貨就怎麼賣，要挑挑揀揀請上超市！

帕扎爾裡攤位與攤位，行列與行列之間的空位都滿大的。並不擁擠。大部分的小販多是男性，在土耳其，需要體力勞動的工作多由男性操作，女人不宜在外面拋頭露面的東方思維，在這裡還是頗根深蒂固的，有趣的是賣內衣的也是男性而且生意好得很。秋天開學了，他的攤位前有些媽媽忙著替小孩選內衣。

早上的帕扎爾顧客不很多。西諺的「早起的鳥兒有蟲吃」在此地不大用得上。早上誠然貨色最新鮮，但價錢也最高，隨著日光的流逝，價錢也漸漸下降，說起來有點像女人的青春。越逼近黃昏東西越便宜，也是帕扎爾最擁擠的時刻。此時買東西固然較便宜，但小販為出清存貨，你要一斤他便給你兩斤，價錢以一斤半計算。表面上看似乎是顧客占便宜，但問題是：如果顧客只需要一斤，他除了多付半斤的錢外，還得傷腦筋如何消化那多餘的蔬果。

土耳其菜用料講究新鮮原味，不像法國菜或中國菜使用了大量的醬料。這裡帕扎爾的味道比起我們五味雜陳的傳統市場清新多了，連起司都用玻璃罐裝好。臺灣的菜市場裡一定有賣湯湯水水的吃的攤販，什麼米粉湯、大腸麵線的。這裡攤販文化不發達，逛了半天只有一家賣雞蛋糕的。不過除了賣生魚的攤位不能試吃外，這裡其他的攤位主人都讓你試吃。所以東吃吃，西吃吃也就半飽了。

我們七年前剛搬來時附近住家還不多。帕扎爾的規模也不大，只賣蔬果、起司等。後來人口逐漸增多，賣的東西種類也越來越多。鍋碗瓢盆、玩具、衣服、內衣、針線、乾果、工藝品、地毯，甚至有賣魚的，用冰塊鎮著，但不知為什麼就是沒有賣肉的，想來是肉在日溫下保存不易，容易腐壞。

有時小販會語出幽默地大喊：「娶老婆湊聘金，隨便賣啦！比水還便宜！」土耳其話形容很便宜時說：「比水還便宜。」賣乾果的會說：「土式威而剛，效果一級棒！」路過的人就會露齒而笑，彼此心照不宣。土耳其榛果豆產量世界第一，土耳其人相信它有威而剛的功效。希望亞洲人多吃此豆，少吃虎鞭、鹿茸。

買菜回家已近十二點，我卸下重擔，該是坐下喝口水，歇口氣的時候了。

誰是好孩子？

／劉瑛（德國）

劉瑛

筆名劉瑛依舊。一九八五年大學畢業。當過大學老師、報社記者。現定居德國，為歐洲華文作家協會會員、中歐跨文化交流協會主席、文心社及海外文軒作家協會會員。多部中篇小說發表在海內外大型文學雜誌。散文、隨筆及詩歌等散見於德國及美國華文報刊。參與編輯的海外華文小說集《與西風共舞》微型小說《萊茵河畔》獲第九屆全國微型小說大獎優秀獎並被收入世界華文微型小說典藏。

陽光燦爛。暖風微拂。佳文今天好開心！她和好朋友科妮手牽著手，在開滿鮮花的小徑上快樂地奔跑著、跳躍著，清脆的笑聲像閃亮的珍珠，一串串灑落在鮮花叢中。

這是放暑假的第一天。佳文由爸爸媽媽陪著，到大的動物園。對這一天，佳文盼了好長時間。

佳文喜歡動物。她有一肚子關於動物的故事。從三歲起，每天睡覺前，媽媽都要給她念一段中文小故事。佳文最喜歡聽的，就是跟動物有關的寓言和童話。現在她已經九歲了。肚子裡積存的故事，像池中漲滿的水，直往外溢。

他們來到大象區域。兩頭大象正伸著長長的鼻子，從飼養員手裡把蘋果吸住，再頂起，然後送入嘴中。圍觀的孩子興奮地拍著手。佳文想起了「盲人摸象」、「曹沖秤象」的故事。靠著欄桿，她給科妮講起了「曹沖秤象」的故事。科妮數學不太靈光。她歪著腦袋想了一會兒，似乎沒想明白。問：「曹沖秤象，幹嘛搞得這麼複雜？把象放在秤上一秤，不就行了嗎？」佳文說：「古代哪有這麼大的秤？可以放下一整頭大象？」

科妮說：「那中國人為什麼不想辦法造出一個這麼大的秤來？卻讓一個孩子來做這麼複雜的事情？」

佳文不服氣，問：「難道德國人就造出了可以稱大象的秤嗎？」

科妮說：「秤大象算什麼？德國的秤，連裝滿貨物的大卡車都能秤呢！」

佳文有點兒不相信：「你見過？」

科妮說：「當然了！一年級的時候──那時你還沒來──老師帶我們去參觀一個蔬菜加工廠。在出口處，有一個大秤，看上去就像一個停車位。所有進出車輛經過時，都要在上面停一下，廠裡管理處的電子屏幕會自動顯示車輛的重量並紀錄下來。工廠經理告訴我們，那個秤的精確度很高。」

佳文聽了，不再說話。

到了仙鶴處。佳文又給科妮講「狐狸和仙鶴」的故事。科妮聽得很認真。當她聽到狐狸故意把湯放在淺盤子裡請仙鶴喝，仙鶴反過來又把湯放在細口瓶裡請狐狸喝，忍不住笑了：「幹嘛要這麼虛情假意呢？既然成心不想讓對方吃，乾脆就別來往好了！找個自己喜歡的同伴一起享受喝湯，不是更好嗎？」

佳文的爸爸豐慶在一旁聽了，對妻子朱莉笑道：「你聽聽！這就是典型的德國處世之道。孩子是這樣，成人也是這樣。簡單又實在！」

朱莉說：「想不到佳文能把這些故事用德語敘述得這麼清楚。看來，這些年那些書沒白讀啊！」

佳文受到表揚，十分興奮。

來到猴子區域，她又給科妮講起了孫悟空。這是佳文最喜歡、最佩服的人物。科妮這回卻聽得有點兒心不在焉。她的注意力，被旁邊一位女孩子吸引過去了。

那女孩子看上去跟她們一般大。正認真地對照著標示牌，在一張小卡片上記著什麼，時不時還向站在一旁的祖父提出問題。

科妮問那女孩的祖父：「是在給學校的作業準備資料嗎？」

女孩子的祖父笑呵呵地說：「哦，不，不！她是在給自己收集資料。她呀，長大想當獸醫。業餘時間都花在這上面了！」科妮興奮地說：「跟我一樣！我長大了也想當獸醫！我很喜歡動物！」

女孩祖父晃了晃手裡拿著的一小疊卡片說：「那你們將來就是競爭對手了！她的準備肯定比你要充分。你看，光是這動物園的卡片，就記了這麼多。她對動物種類和習性的瞭解比我還多！」

朱莉想起了佳文老師曾說過的話。她說，有時候，孩子的業餘時間和業餘愛好比學校的功課還重要。德國各行各業的頂尖人物，他們的突出成績，許多都是由業餘愛好發展而來的。眼前這個女孩子，真是對德國的教育思想作了最生動具體的詮釋。

對猴子，科妮似乎沒有很大興趣。她問：「我們能不能現在就到狼的區域去？我特別想去看狼。聽我爸爸說，德國狼犬的祖先就是從狼演化過來的。我家的狼犬查理，他爺爺或爺爺的爺爺就是狼。」

佳文一聽，驚叫起來：「真的？狼會吃人！是最壞的動物！」

科妮同樣吃了一驚：「你怎麼這麼認為？」

佳文說：「我讀的所有故事裡，狼都是壞東西。狼很狡猾，還會吃人！」

科妮聽了，很不以為然。說：「故事都是人編的。我覺得，把食肉動物說成是壞的，把食草動物說成是好的，這本身就很愚蠢。動物只有生存方式不同，哪有好壞之分？吃人的動物就是壞的？那人呢？人吃動物，是不是壞的？」

豐慶夫婦聽到這話，不由地相互對視了一眼。

朱莉說：「小小年紀，語出驚人！這孩子看問題還挺辨證的。」午飯時間到了。

豐慶將隨身帶著的一塊大毛巾毯鋪在地上，再拿出準備好的吃的、喝的，搞了頓簡單的野餐。

朱莉給每個人分發濕紙巾。叮囑道：「先用這濕紙巾擦乾淨手，然後再吃東西。」

佳文擦完手後，隨手把濕紙巾一扔，一陣風來，把紙巾刮跑了。佳文見了，坐著沒動。而科妮則趕緊起身去追那紙巾，撿回來後，再扔進垃圾桶。

朱莉對這樣的小細節很留意，便用中文表揚科妮，同時批評佳文。佳文一時覺得臉上有點掛不住。

恰在這時，科妮伸手把那份本來給豐慶準備的最大的三明治拿走了。朱莉正準備擺出道理來教育佳文，佳文卻轉頭問科妮：「你聽過『孔融讓梨』的故事嗎？」

科妮大咬了一口三明治，邊嚼邊說：「什麼？沒聽過。」佳文於是把「孔融讓梨」的故事講給科妮聽，最後總結道：「這個故事就是告訴我們，要首先尊重別人，把好的、大的都讓給別人，小的、差的留給自己。」

科妮眨著眼睛，說：「奇怪的故事！為什麼要把好的、大的都給別人？我才不會呢！」

佳文眨著眼，問父母：「你們說，孔融和科妮，誰是好孩子？」豐慶想了想，說：「是個很有意思的問題！我看，孔融在中國，是好孩子；科妮在德國，也是好孩子。但如果兩人互換了地方，就都不是好孩子了。」

佳文：「為什麼？」

豐慶：「評判標準不一樣。」

佳文似懂非懂地看著豐慶。朱莉問豐慶：「你有沒有注意到這兩孩子思維上表現出的差異？佳文以後要是完全被這裡的文化同化了，對我們來說，是好事，還是壞事？」豐慶說：「我看，這其中的路還長著呢！佳文不可能完全跟科妮一樣。」

科妮吃乾淨了三明治，一邊用舌頭舔著手指頭，一邊問：「你們在說我什麼？是說我像兔子一樣吃沙拉嗎？」

綻放在德國山村的中國茉莉

／盧曉宇（德國）

盧曉宇
在中國蘇州出生長大。自小時愛好文藝，大學時開始寫作，在全市高教區演講比賽中奪得第一名，後在政府部門做文字祕書多年，八〇年代開始在《新民晚報》、《國際商報》、《蘇州日報》等發表文章，並在市、省級的演講、歌唱比賽中屢屢獲獎。一九九九年三月移居德國。

茉莉，是我喜歡的一種花，清麗，素樸，細小，芬芳淡雅。在德國未見過茉莉鮮花，有時可以在一些茶葉罐頭裡見到她失去水分後的花瓣，但香味依然。

我要說的並不是作為植物的茉莉，而是一位德文名正好叫Jasmin的朋友，她是個普通的中國女人，氣質和內涵剛好與我感覺中的茉莉挺吻合。她是我後來回到德國拜恩州常常要去看望的一位好朋友。

幾年前，我倆在一個公共場合偶然相遇，像無數同胞在異國相遇一樣，交換了雙方的電話號碼，匆忙間並未深談，以後好幾個月才偶而通次電話，從電話中略知一二，她有兩個年幼的混血兒，住在巴伐利亞的山村裡，我們雖相隔不到五十公里，卻很少來往。在 Jasmin 得知我懷孕後要回中國生孩子時，她向我發出邀請，她打電話說，我自己又生了第三個，不方便到你家照顧你，你就來我家坐月子吧，不要回中國了。我可以幫你做飯和洗衣服。

這個電話讓我感到一股勝似母愛的熱流向心裡湧來，內心翻騰。我在想，Jasmin 與我素不相識，非親非故，月子裡的產婦自己虛弱不說，聽說她還是與德國公婆同住一個樓裡，邀我去她家「坐月子」，將給他們增加多少煩擾！我考慮再三，還是決定回中國生孩子，我把自己的想法坦率地告訴了 Jasmin。

回到中國後，Jasmin 常常打電話給我，提醒我小孩打預防針有中德差異的問題，還有辦了德國護照還需在中國辦出境申請等等。如果沒有她的提醒，我肯定會在海關碰到問題。

在孩子出生後的第四個月，從中國飛回德國後的第一週，我就身不由己地到她家裡拜訪。順便還可以向她學一點她在德國醫院學到的護理嬰兒的種種方法。她高興地說，好啊！所有小孩用品你都不用帶，我都有，你用完了再帶走！

仲夏一個美麗的午後到達了她那座落在山村裡，有巴伐利亞小瑞士美稱的家，終於見到了這位我做夢都想見的朋友，Jasmin 與丈夫孩子都出來迎接。進到屋裡發現，已準備了咖啡蛋糕，又帶我去看我跟女兒的房間，細心的主人還特意給我女兒準備了浴巾，毛巾，Baby Phone，尿片桶等等，一應俱全，比我自己的家還齊全。

Jasmin說，你要把這兒當成自己的家。

接下來的兩週裡，我就像她家的一位久別的親人，被安排住下了。Jasmin如親人般盡心盡力，她把房前菜園裡親手種的中國菜，嫩嫩的萵筍，蓬蒿菜，薺菜，韭菜等每天不重複地做給我吃。把她父母從中國托運來珍藏在家裡平時不捨得吃的中國食品，以及專程到亞洲店買的大蝦倉扁魚之類的昂貴海鮮毫無保留地拿出來與我分享。

那些天正遇德國大暑，坐在屋裡不幹活都在冒汗，她卻要一手抱著她那小兒子，一手為我炒菜，在悶熱的廚房裡，她渾身溼透。忙完家務，又為三個孩子洗澡，安頓他們睡覺。孩子睡了，她又去院子裡給菜園澆水，澆完水，又去收拾廚房，忙完這一切之後，時間已很晚了，本該休息了。可她的身影又出現在我的面前，親姐妹似地坐在我的對面，陪我聊天……。

在她家住下的這些天，讓我深深體會了自己家裡都沒有的舒適和溫暖。說心裡話，告別Jasmin和她的家人，真讓我有些依依不捨。

回到自家後，我打開Jasmin送我的禮物包裝，發現小錢包裡原封不動裝著我幾天前給她分攤生活費用的一疊歐元，小紙條上寫著一行字：這是給你女兒的，你的到來一點也沒有給我們增添麻煩，反而給我們的生活帶來了快樂……

讀著這些話，我的心潮在湧動，眼裡湧出了止不住的熱淚。

不知為什麼，我從她身上嗅出了一股茉莉的清香。這清香每時每刻都在我心裡氤氳著……

「紅妝仕女」新年漢堡婦女會

／譚綠屏（德國）

譚綠屏

漢堡藝術家，中國書畫教師。一九八四年遊學西德，應邀多次在德中兩國舉辦畫展及講演。九〇年代初獨立創作完成多幅大型壁畫；曾獲國際水墨大展楓葉獎。微型小說入選《二〇〇五年世界華語文學作品精選》。一九八六年在《歐洲日報》發表處女作；曾獲《中央日報》文學獎；出版有文集《揚子江的魚，易北河的水》。

愛美的女性愛生活、愛歡樂。女性天生具有愛美的靈性。漢堡中華婦女會的姐妹們快樂地匯聚在漢堡臺北辦事處會議室，參與一個主題為「紅妝仕女」（Lady in Red）的美容時尚化妝講座。

我從來沒有見識過美容化妝課，好奇心重，決定去學習瞭解正規的化妝到底怎麼回事。按照會議通知要求：「請與會姐妹的穿著務必屬於紅色系列，不論是紅上衣、紅褲子、或是紅帽子、紅鞋子、紅襪子、紅皮包……等等。」為此，我特地換了件大紅兔毛衣，還搭配了紅色珠璉和耳飾，對鏡照看這身穿著打扮，心情就像漢堡冬日的陽光一樣暖和。

同每次外出一樣，匆匆出門，在地鐵座位一角，摸出挎包中的一個透明小長條塑膠袋，裡面正好容下三、兩只常用的化妝用品。拿著小鏡子描一下上眼皮、拉長一點眉毛、抹一點帶保濕作用的口紅，在往常這就算是完工就緒。但今天日子特別，於是再畫蛇添足似地順勢將口紅在臉頰兩邊印一下，手指揉一揉總算大功告成。接著抓緊時間取出中文報紙專注讀起來。未料讀得太專注，下車後思緒還在文章中，很熟悉的路居然走反了方向。等我發覺轉回頭到達會場，講座已經開始了一段時間。

主講人叫吳美惠，吳小姐經商有成，在海峽兩岸均有自家的製造業工廠。吳小姐妝容得體，她演講的主題是「保養品的迷思」，原來她曾經在臺灣知名的「周玲玉國際美容學校」科班學習過三年，畢業後從事銷售，擁有高級美容技術認證的化妝師資格。另一位化妝師鄭元貞小姐在吳小姐演講後，將化妝品擺在桌子上，實地為大家示範化妝。只見她有條不紊地向大家教授怎樣用簡單易行的化妝技巧，讓自己化妝得典雅出眾。在眾目睽睽之下，元貞小姐手上化妝色盒的色彩像油畫家手上的調色盤一樣，準確有序地點綴著會員徐瓊女兒原本清純靚麗的臉蛋。經過一步步輕巧揉抹、仔細提亮和對比暗化，然後貼上時髦的眼睫毛，還特別叮囑最好是貼雙層眼睫毛。果真不同凡響，轉眼之間我們眼前素面天然的小姑娘變得格外超脫貴氣、目光晶瑩，天仙公主般美麗。

領略完巧手描繪的眾姐妹的「美貌」，接著是享用美食。德國有一種日常供應的夾果醬鬆軟小圓麵包，各地叫法不同：漢堡地區稱之為「柏林那」（**Berliner**），慕尼黑那廂則叫做「卡帕芬」（**Krapfen**），只有在新年元旦期間這種小圓麵包才被特別烘烤成表皮塗料濃厚又五彩斑斕，內餡果醬豐足且花色各異的高級甜點。像中國人過春節吃年糕一樣，德國人過新年吃果醬圓麵包 **Berliner**、**Krapfen**，而一些過狂歡節的城鎮，卻留待狂歡節期間充分供應。婦女會給大家帶來一個入鄉隨俗、緊接地氣的意外驚喜，大家興致勃勃地品嘗了原本並不太關注的新年 **Berliner**。

新上任的會長王薏梅、副會長陳繡滿，兩人不動聲色、精心安排了這項引人入勝的節目，揭開了興味盎然的開年序幕。辦事處處長夫人薛維嘉和專程從柏林趕到的僑務祕書吳曉竹全程出席。前會長王鳳英、簡玉芳高聲表示，支持新會長開創嶄新的局面。

每個人都在暗自思量，新年該怎樣讓自己更為時尚、亮麗、出色起來？我很高興將會有化妝得體的面孔常伴身旁讓我欣賞。就我個人而言，自忖恐怕是本性難移、積習難改了。

第二輯

說聲再見情猶濃

麵包和伏特加

／田心（德國）

田心

德籍華人，一九七〇年生於浙江溫州。曾就讀於上海外國語學院和英國雪菲兒大學，畢業於德國拜羅伊特大學，獲工商管理學和英語語言學雙碩士學位。多年來任職德意志跨國公司，足跡遍及歐亞非。二〇一〇年開始為歐洲華人報刊以及泰華報刊雜誌撰稿。部分作品被選入歐美作家散文集。

「嘩！」哈德穆從床頭櫃裡抽出了他的「祕密武器」，氣喘吁吁地扎在腰上。每到關鍵時刻，他總會心虛。

躺在他旁邊的容容氣惱地坐起來，在依稀的月光下看著他手忙腳亂地把那古怪的矽膠玩意兒往肚子下面拉。

「算了！別費勁了！」容容故意輕描淡寫地說，躺下來背對著他。黑暗中哈德穆摸摸索索地摟住她，滾圓的肚皮在她的臀部磨來擦去，香腸一般的矽膠頂著容容的腰，讓她一陣噁心。

「甜心，寶貝，我愛你！」哈德穆的手捏緊了她的胸，有節奏地揉起來。容容的乳頭一顫，情不自禁地翹起了屁股，一股春潮湧來，讓她喘不過氣，輕聲地呻吟起來。

容容在床上來回蹭了幾次，突然像個洩氣的皮球，趴在床沿，眼淚無聲地滾下來。誰叫她進入了「如狼」的年齡，卻沒有相應「似虎」的對手！容容覺得自己就是那百無聊賴的乾柴，一點火星兒就能燃起萬丈野火！怨誰呢，身邊的他，整整大她二十八歲，比她的母親還大三歲！當年他們在長江三峽的遊艇裡萍水相逢，哈德穆只知道她在北京某家醫院當護士，一個月後竟然追到北京，各大醫院挨個地尋找過來，總算找到她！當年她不顧一切，充耳不聽所有的苦口婆心，毅然地嫁給他，就是感動於他的這份誠意。上世紀九〇年代的京城，以她三十出頭的年齡，她早已成了剩女。憑著豪爽女的名聲，她已在圈裡玩死。外嫁，成了她不失尊嚴的抉擇。按當時流行的說法「一等美女嫁美軍」，容容理所當然會找個歐美人士，盡快把自己嫁了，省得媽媽和哥哥、姊姊操心。而事實上，容容雖稱不上大美女，但是高䠷的她，有一雙美容刀整出來的媚眼，無論出現在哪裡，強大的氣場總會吸引一大把金髮碧眼的老外。

當年五十九歲的哈德穆最初並不是容容的首選，她其實更青睞一位來自美國的商人，四十五、六歲的樣子，帥得叫人心痛。可惜那哥兒們完全是一副少奶殺手的架勢，夜夜流連於皇城的人氣酒吧，熱衷於拋媚眼和「睡衣跳」，對成家毫無興趣。容容和他在床上玩得再如魚得水，也抵不住現實的壓力：心想，無論如何得在三十三歲前把自己嫁出去！所以當德國人哈德穆以「情痴」的形象出現時，容容不禁大喜其為「及時雨」，當即決定「為愛情收場」，本大姐下嫁德國資深銀行高級職員，從此要養兒育女，盡良家婦女的天職。這可急壞了容容的媽媽和哥哥、姊姊！怎麼能不痛惜花一樣的容容！

幹部出身的容容媽，抽著煙，坐在客廳的大藤椅裡，左看右看，就是對這個比自己還大的「準女婿」看不順眼，「你看他吃東西，不作聲吧是文雅，可喝湯也抿著嘴，誇張不誇張！」再看下去，老太太山東人的直率脾性就上來了，「現在還可以湊和，等他老了，你可就苦咯！」

說歸說，家裡人都知道容容的倔脾氣，她認準的，你越攔她越頂著幹，索性由她去。「命，這都是你的命！以後不要怨我！」容容媽最後說了這句話，算是同意這樁婚事了。於是乾脆俐落的容容隨著哈德穆嫁到德國，定居在南部的慕尼黑城，不僅在三十三歲的時候把自己嫁了，而且還懷上了第一個孩子。如今一晃十年過去了，連老二都八歲了。

「想吃卻吃不到，這就是吃苦頭。媽當年預見的事情，現在發生了。」等孩子們上學了，容容懶洋洋地坐在廚房裡吃早點。老伴早已經在樓裡忙乎。哈德穆從他姑媽那裡繼承了一幢樓，共五層，除了自家住的一套，其餘的九套全租了。按常理，他們在德國最昂貴的城市慕尼黑擁有這樣一座樓，不算富得流油，至少手頭很寬裕。偌大的樓，一般德國人早就交給物業管理公司打理，可哈德穆就是一副窮酸樣，每天一大早就穿起工褲，樓上樓下到處修修補補，還要做園丁，剪灌木，夏天要澆水，秋天要掃落葉，冬天忙剷雪，卻把最重要的事忽略了！這樓裡住的都是多年的老房客，交的都是至少十幾年前定下的房租。容容早就提過要加房租，哈德穆總是一拖再拖，說這些房客都是老朋友了，和家人一樣了，年紀都大了，就靠幾個退休金過活。總之，他有一大堆理由不加房租。「咱不昧著良心，就按照德國法律規定的房租上漲率加房租！」容容據理力爭。

「生活指數年年漲，不加房租怎麼行！慕尼黑這麼貴的地方！」容容想到這裡，蹭地站起來，立馬要去地窖找哈德穆談談加房租的事兒。那裡有他的工作坊，排滿了各種工具和四處收集來的稀奇古怪的東西。

剛走到門邊就聽到門鈴，容容正奇怪誰大清早來找她。就聽到樓道里有人大聲地喊，「哈德穆．革納先生在嗎？」

「住這兒！」容容忙打開門招呼著。迎面而來的是兩名人高馬大的警察。

「問候上帝！我們可以向您打聽一下嗎？」兩位警察操著濃濃的巴伐利亞口音，「昨天傍晚路易波德公園裡有位女子遭人性侵，我們在找嫌疑犯……」

「這和我們有什麼關係？」容容好生奇怪。

「有人提供線索，說那個嫌疑犯長得很像革納先生。」

容容一聽，真來氣了。家對面的路易波德公園是他們全家最愛去的地方，孩子們小的時候，她每天會帶他們去那裡玩耍，滿草地跑。孩子們大了，她照樣每天去那裡跑步做操，哈德穆因為她和孩子們自然也經常去那裡遛遛，去多了就認識很多住在附近的居民。可叫人看著眼熟，就不等於什麼事兒都賴在他的頭上，況且是這種事兒！

「警察先生，第一，我先生昨日一天都沒去那裡，我可以作證。第二，我和我先生相差二十多歲，他對付我一個都力不從心，你們說他有必要去外面性侵人家嗎？」北京人說話歷來伶牙俐齒，大街上隨便拉一個，說話都像中央領導作報告，頭頭是道。容容的京腔德語說得又溜又快，尤其是第二點理由，不僅完全說服了警察，還把人家給逗笑了。警察好脾氣地到地窖找到哈德穆，證實了容容說的第二點，例行公務，給紀錄劃上了句號。

這小插曲真是個不折不扣的黑色幽默。世上最滑稽的事情就是，一位借助性工具還滿足不了自己太太的老男人差點成了性侵嫌疑犯！想到這裡，容容忍不住酸楚起來，哎，媽媽早就知道她會有今天的！要是在家裡，誰會忍心她受這樣的罪。可這異國他鄉的，和誰去訴說這口苦水！

「當初我到底為了什麼一定要嫁給哈德穆呢？」容容突然認真地向自己提了這個問題。為錢嗎？好像不是。容容出身高幹家庭，幾十年在京城扎下的根不淺。她在出國前就買下了朝陽區的一套高級公寓房。嫁給哈德穆之前，容容只知道他是銀行高級職員，經濟狀況應該不差，不會是個窮人。到了德國，容容才知道他在慕尼黑有這樣一幢樓，卻料不到他竟為了這幢樓牛逼哄哄在婚前要和她簽婚姻合同，更想不到哈德穆節儉到幾乎吝嗇，開輛老爺寶馬車，沿路要是看到空啤酒瓶，他費再大勁兒也會停下撿那空瓶。容容雖然不浪費，但是她手頭哪怕只有十塊錢也照樣大手大腳，該花的就得花，對哈德穆的守財奴習氣，她頗為不屑。要是為錢，她肯定不會嫁給他！

哎，說到底，我當年只是為了嫁人而嫁人，看中哈德穆的忠厚，要託付終身。哈德穆確實託付得起，可那又怎樣？中國的傳統觀念「男大當婚，女大當嫁」只給了人一個社會認可的框架，而生活中那麼多美麗的細節，卻都被擱到這個框架的一個角落裡，要人費勁地一一找出，然後把他們擺到應有的位置；有些就被人遺忘了，無聊地躲在角落，積滿塵埃。到底為什麼嫁？嫁給誰？

容容想著這些，看看時間，不得不起身。今天她得去趟建築師事務所，因為她決心把大樓後面荒蕪的大花園利用起來，在那裡再蓋一個新樓，帶地下車庫，樓頂一層自家住，其餘出租。哈德穆雖然懶得更新，但對老婆描繪的宏圖並不反對，就由著她去做。

德國的十月末，秋風蕭瑟，容容拉高風衣的領子，匆匆下樓。在樓道裡，她遇到了雷曼太太。這是位優雅的女人，以教鋼琴為生，年事已高，先生去世以後，就一直單獨生活。她總是像慈母般地關注著容容。「容容，你應該找個男朋友！」雷曼太太看著容容蠟黃的臉，突然輕聲卻堅定地說。容容的心陡然一顫，這個想法，她私下並非沒有動過。但是從雷曼太太慈母般的口裡說出，簡直就是鼓動，很有說服力！德國人真是想得開，活得自在。需要什麼，就去尋找什麼，自然流露，少有人非議。難得雷曼太太這麼老了，還能這麼開通。其實，容容多次向哥姊抱怨自己婚姻的不如意，換來的永遠是這樣的規勸，「再磨合磨合吧，哈德穆人不錯，託付得起。你一個中年婦女，拖兩個孩子，離婚了，能到哪裡去！喝西北風呵！女人嫁人，無非就是要有個家！」

哎，所有這些勸說似乎都對，可都說不到點上，觸不到容容的心。難道嫁人只是為了麵包，為了有個藏身之處，難道這就是婚姻的全部？「何以解憂，唯有杜康！」容容發現自己越來越能喝，每頓晚餐後都要來杯伏特加，用喝水的玻璃杯盛，不喝它大半杯，不過癮。

到了週五，孩子們開始忙著過週末了，女兒已和同學約好，先去看電影，然後去同學家過夜。兒子則約了同學來家裡過夜。哈德穆的日子早已不分工作日和週末，他照樣每天晚上雷打不動地看電視，喝啤酒。容容想起孩子們小的時候，一家人週末還會去逛逛街，去公園踏青。狂歡節全家還會從頭到腳大化妝，然後好興致地上街參加遊行的隊伍。如今孩子們漸近青春期，已不屑與父母為伍。更糟糕的是，他們盡量避免和哈德穆出去，因為「他看上去像我們的爺爺，太叫人難堪了！」

容容是個想得開的人。看看一家人各玩各的，她也省得輕鬆無牽掛。一到週末，就忙著找樂子。她先約上閨蜜林英。原本來留學的林英，沒學幾年，就把自己嫁給了開餐館的浙江老鄉。所有的留學同仁，尤其是京滬大城市來的，都對她的抉擇不屑一顧，頗以為這是麻雀之志。

沒想到，林英的慧眼識英雄，選擇的夫婿就是成功浙江籍人士的典型版本，善於抓住商機，敢想敢做，卻不失踏實勤奮。幾年功夫，大餐館開了三家，順帶開了一家亞洲食品店，現在的業務已擴大到體育器械銷售和旅館業。林英和老公夫唱婦隨，志同道合，經濟上已完全進入自由境界，全然沒有一般移民白手起家的窘迫。容容對林英除了羨慕還是羨慕！找到好男人了！女人，學得好，不如嫁得好！林英就是個好例子呵！更重要的是，林英還是中國人圈子中少見的有閒情逸致的人，看待事物很開通，多份寬容，所以就成了容容絕無僅有的可以吐露心聲的朋友了。

「林英，我想找個男朋友！連我們家鄰居老雷曼太太都這麼勸我了！」吃了晚餐去舞吧的路上，容容迫不及待地把這打算告訴她。

「哈哈，你不找，我才奇怪呢。」林英不置可否地回答。她太了解容容。

舞吧的大門兩邊畫著女人叉開的雙腿，一條腿半懸在空中，紅色的高跟鞋像一團鮮血般扎眼，而大門，就很令人懷疑地成了通往女人身體的入口。好挑逗，卻單刀直入地點出主題——來這裡的人，是飢渴的男男女女，帶著明確的目的和帶鉤的雙眼而來。

在酒吧臺邊上的幽暗角落裡，容容一眼瞥見了他，高瘦，戴副眼鏡，不苟言笑地坐著，在熙熙攘攘的人群裡顯出幾分「眾人皆醉，唯我獨醒」的孤高和神祕。容容拉著林英，直截了當扎進舞池。一曲下來，容容已覺察到他的眼睛開始停留在自己身上。等跳到第三支舞曲的時候，容容赫然看到他站到了自己的面前，翩翩地和自己對舞起來！他高大的身材，寬肩窄臀，舞姿灑脫，一改嚴肅的學者形象，容容心裡一陣狂喜，舞姿也變得嫵媚起來。

中年男女的情愛，像兩個有經驗的特工對上號了，看看你的眼神，就知道下一步該怎麼走。而中年男女之間的性愛，已經毋需費舌，肢體語言已表達所有！如果說小青年的戀愛如同春天的小溪，清澈歡快；中年男女的情慾，是火山爆發的熔岩，熾熱、勢不可擋，席捲著所有的泥土重金屬，滾滾而來。聰敏的林英準確地嗅到了這股氣息，找個藉口，先溜了。她知道，第二天容容肯定會打電話來大爆料。

可是聰明的林英這次卻失算了。等到週一中午，容容才在電話裡啞著嗓子報告，「不可思議，多麼瘋狂的週末！彼得，是多麼狂熱的情人！」

於是，離過一次婚，擁有成年一兒一女，德國、義大利和匈牙利三國混血的汽車機械師彼得，成了雷曼太太建議的，容容的男朋友。他們把每個共同度過的週末變成新婚蜜月，如膠似漆，恨不得把每一個小時化作一年。當工作日開始的時候，兩個人就回到各自的「崗位」，容容變回了哈德穆的太太，兩個青春期中學生的母親，還是一個雄心勃勃的房產「開發者」；彼得是忙碌的技師，奔波在歐洲各地。漸漸地，容容的孩子們認識了彼得，他們似乎感覺到了媽媽和這位叔叔的特殊關係，他們不僅完全接納了他，而且很喜歡他，甚至覺得他比自己的爸爸更酷，帶到學校更像爸爸！漸漸地，容容的哥哥姊姊也知道了這麼一位「祕密情人」。只有哈德穆完全不知情，他依舊過著節儉勤勞簡單的老年生活，晚上喝著紅葡萄酒看著電視，直到在沙發上睡著。或許他覺察到了什麼，容容突然不煩躁了，有時甚至又回到他們剛認識時的狀態，一如當時的嫵媚和溫存。但是哈德穆對容容的依賴，讓他接受容容做的一切。他跟著孩子們喊她「媽媽」，他逢人就誇自己的老婆是如何美麗和能幹，如何送給他一個如此完美的黃昏人生。而他早就不需要他的矽膠「祕密武器」了。每天晚上，妻子會把他在沙發上喚醒，扶著他上他的床，然後才到她自己的臥室歇息。

這樣的日子過了一年，又迎來了一年，荒蕪的大花園裡如期地蓋起了公寓樓，容容一家也如願地搬到頂層，住進了樓裡最大最亮的寓所。「容容，你真正成了富婆啦！瞧這幢新樓，身價千萬啊！而且還是你一手操辦的，真厲害！」每當朋友們這樣誇她，容容總是矜持而淡定地笑著。而當夜深人靜時分，容容孤單地躺在自己的床上，想像著彼得的臥室和他們在一起的熱烈。思念是愛情的強化劑。

「容容，你打算和彼得如何走下去？」容容不尋常的平靜讓林英納悶。

「先就這麼過，哈德穆需要我，不能擱下他不管。」

「那彼得怎麼說？」

「他理解我，他說能等，一直等到我願意和他搬到一起。」

「他真的這麼說？」

「他還說，他甚至願意和我一起照顧哈德穆。」

「真的？我想他真的愛你。你以後會和他結婚嗎？」

「或許。或許不結婚了，我們就這樣搬到一起。只為了在一起，省了經濟上的糾葛。愛和婚姻有關係嗎？」容容端起盛滿伏特加的杯子問。

「哈德穆是妳的麵包，彼得是妳的伏特加。」林英若有所思。

潮起潮落的時候

／呢喃（德國）

呢喃
本名倪娜，出國前是北京報社記者，現居德國柏林，任德國《華商報》記者、「呢喃細語」專欄作者。歐華作家協會會員、北美文心社德國分社副社長、海外文軒作家協會會員、世界華人作家協會會員，中歐跨文化交流協會會員。在海外從二〇一一年至今已發表文章近兩百篇，散見於德國《華商報》、《歐華導報》、《人民日報》等報刊。在各大文學博客網發表博文千餘篇。

一

敏感、焦躁、憂鬱、不安，莫名其妙的情緒潮起潮落，潮熱襲來心跳加速，滿頭是汗，之後就是手腳冰冷，不停地喊冷加衣，典型的更年期症狀。尤其盛夏高溫愈發焦躁，要是在平時綠茵能忍著，可是今天她顯然無論如何控制不住自己，怒氣沖沖的腳步咚咚地在幾個房間迴盪不止，如海浪洶湧終於找到發洩口向他蕩去：

「你還能為我做點兒什麼呢？是讓你出去開公司賺大錢、買房置地嗎？讓你辦點兒事怎麼就那麼的難呢！」此刻她感到從脖子到胸腔透不過氣來，火苗往上竄，大汗淋漓，眼鏡滑落鼻子尖上，窒息得難受，就要崩潰，這幾年的積怨好像就等著這麼一天。

「聽著，寶貝兒，這事與我根本就沒有任何關係！」

菲利斯氣憤得臉變了顏色，扭曲得煞是恐怖難看，從嘴角裡擠出這句來，也沒有忘記德國人張嘴閉嘴都稱夫人為「寶貝兒」的習慣，還用力粗暴地伸手朝她拽了一把，她好似被人揍了一頓沒有還手的感覺，立刻沒有了一點兒的自尊，她的嗓音可怕地高至八度對他吼道：「菲利斯，你給我等著！我馬上給警察掛電話，你竟然還敢對我動手了！」

菲利斯和兒子阿豪都知道她這是更年期發作，綠茵委屈地抽噎著，噙滿的眼淚，菲利斯遞給她一條乾毛巾，綠茵不理不睬，可是眼前浮現了曾經他對她的好來，一幕幕讓她難以忘記的浪漫情懷，畢竟他們是因為愛而萬里牽手的，這樣鬧下去後果會是什麼呢？大汗之後她冷得發抖，猶豫讓她縮在沙發的角落裡，一動沒動，那一夜她睡在沙發上。綠茵越想越怕，什麼都是可能變化的，何況感情、婚姻。是什麼原因讓菲利斯越來越沒有人情味了呢？人老色衰，視覺疲勞，還是外邊有了人。

「一定是他不再愛我了！」她一下子醒過來。

第二天下班後，菲利斯一如既往——每次吵架之後他都會買給她鮮花、巧克力。離開她前還深情地叮嚀綠茵：

「寶貝兒，別忘記吃醫生開的那調理平衡的小藥片。」

綠茵卻故作鎮靜，對他說：

「告訴你，菲利斯，別親愛的親愛的啦，你外邊要是有人了，不要先斬後奏，聽見沒！」

菲利斯正要推門離開，聽到這裡他又轉身走到她的面前，露出一臉的嚴肅，右手向心口摸著，向上帝發誓：

「我現在沒有，而且以後除你以外也不會再有！」

綠茵看菲利斯一臉誠懇，不再說什麼。還給抱著她的菲利斯一個吻別，祝他這一天工作愉快！接下來的一週裡還真仔細留意起他的出行作息、來往電話，一段時間過去了，她沒有發現一點蛛絲馬跡。

二

十年前菲利斯情願接納她的阿豪，安排好上學，業餘時間幫助補習德語，每月給她和兒子零花錢，經常送他們禮物。如今卻經常變臉，他對她兒子的事兒不再理睬，但凡這時她總是磕頭作揖地先請後謝，再想想，也是啊！阿豪畢竟不是他們倆的孩子，事情辦完她總是想辦法做美食來犒勞他、答謝他，讓他心滿意足。她一直懷著感恩的心，加上家裡的老人總是對她說：「人家對咱的好可不能忘記，人要講良心，人家對你一個好，咱要對人幾個好才對。」

當然了，綠茵的老人只知道菲利斯是個知情達理的好女婿，綠茵只說他的好，哪能讓老人為她操心上火呢？於是在這個家顯然菲利斯有著特別的話語權，他的建議成了指令，他的意見就是批評，這樣的次數多了，給他養成了一個毛病，他儼然成了這個家的神祇，讓綠茵和阿豪供著。什麼大事小情都要傾聽他的意見，請他拿主意。

綠茵本來就是個勤快能幹、聰穎嬌美的小女人，到了國外以後，成為地道的家庭主婦。她主動承擔起全部家務，事無巨細，無怨無悔地呵護著她生命中最重要的兩個男人，無微不至地安排他們的生活起居，家就該像個家樣兒，一個主外，一個主內，分工協作，能給家人帶來溫馨和溫暖比啥都強，這一點他深信不疑，她當之無愧。

早起聽著手機叫醒鈴，綠茵總是第一個從床上爬起，這一天也就開始了。揉著眼睛半睜著，烤麵包，燒咖啡，煮雞蛋，切水果，以最快的速度擺好早餐杯盤刀叉，備好他們帶走的麵包和水。最後叫醒兒子，等送走了他們，她又要開始挨個房間過一遍，疊好被子，把臭襪子、換洗的內衣褲放到洗衣機裡，讓洗衣機和洗碗機轟轟地轉動起來，吸塵擦灰，還不能忘記澆花、去報箱取信，等將衣物從洗衣機裡掏出來晾上，餐具洗完收到碗櫃以後，再騎自行車哼著小曲上街購物採買。

阿豪放學之前要趕回來給他做下午四點鐘的午飯。愛心盈盈有些溺愛的母親，為了讓兒子長身體、有胃口，米飯、麵食、土豆等主食呀副食的換著花樣做，住在德國不比在中國吃的差。還多了很多飯後甜點、零食，還要注意營養均衡，粗細搭配。晚餐菲利斯只吃麵包、香腸、奶酪、沙拉的，時間長了綠茵和阿豪受不了那單調的德國冷餐，她們兒娘吃中國的稀粥米飯，偶爾包餃子、蒸包子，每天至少要有炒熱菜、涼拌菜，這樣三口人要準備中西兩套晚餐。

一次綠茵病在床上，頭昏眼花的，什麼都不想吃，菲利斯買回一堆吃的、喝的擺在她的床頭，可她只想喝點熱粥熱湯的，阿豪早就跑沒了影，聯絡不上，菲利斯哪裡會煮中國人的白米稀粥、清湯雞蛋掛麵，費著口舌告訴他怎麼做，還不如自己動手啦，餓得綠茵咬牙堅持才吃到嘴裡，他困惑而陌生地看著她，他為她特意買的食品她竟然一口都沒有動，兩人都很鬱悶，連一句話都沒有。

晚上也是她最後一個上床躺下。她要每個房間的門窗逐一檢查，才能安心入睡。一家人的吃喝拉撒睡用，幾乎樣樣放在她的心上，什麼時候該買什麼，離不開她的雙手來安頓，誰找不到東西問她，她閉起眼睛都能摸到，家裡收拾得井井有條，今天添個傢俱，這樣擺放，明天那樣放更加合理，她不需要別人插手，大包大攬的沒有她沒幹過的，連刷牆這樣的男人活她也能獨立完成，而且一個房間一種顏色。餐桌的小點綴、小景致充滿著溫馨、浪漫，也顯示她這個女主人的持家有方和修養智慧，通常他下班回來了，她還沒有幹完她的家務，女人的鉤織繡女紅沒有她不會的，就連看電視雙手也閒不著，織圍巾呀手套的，為了讓他吃上新鮮的麵包、蛋糕，她照著書琢磨怎麼烤麵包、糕點，吃在他嘴裡，滿足在她的心裡。

綠茵整天手腳不停，說話也不停，心裡憋不住話，開朗沒有什麼城府，什麼都對菲利斯說，他只是默默地聽著，從不打斷她。周圍的朋友都知道，她是個簡單、充實、容易滿足、挺幸福的小女人，看著她滿臉洋溢著幸福，真讓人羨慕她對人生的淡定態度。

這樣的日子過久了，菲利斯成為動嘴不動手的甩手掌櫃，他只幹領導幹的活兒，「嗨！人家是上班族，維持一家人的生存，工作中也不是事事順心、如意，就讓著他啦，再說這是在他的國家，他當然比我更懂得這裡的生存法則和遊戲規則，他說什麼、怎麼幹，就由著他去吧！」綠茵從心裡往外地信任，沒有一絲一毫地質疑。

可是慢慢地菲利斯把誰都不再放在心上，家裡的大小事情不管不問。誰要問他怎麼辦，他先開始批評，發牢騷，大凡這個時候，他要先擺出一大堆問題的難度，根本就不是解決問題的方案，還不得不耐住性子聽他囉嗦個沒完，他們娘倆心想下一次絕不驚擾，不勞你大駕。

於是綠茵氣沖沖地又轉向阿豪：

「你只問他幫還是不幫，如果他要是說“Nein”！那你就不要再求他，長點兒記性，記住了沒？」

阿豪茫然地看著她，似懂非懂地點著頭兒。阿豪長那麼大了，怎麼還是沒心沒肺地只知道玩！她恨鐵不成鋼。

「什麼時候你能料理自己的大小事情，不要媽媽跑前跑後地為你操心、張羅你的事情行不行？到了那個時候才是你離家出走，去過一個人獨立自主的生活，否則你就要虛心學習，看人家是怎麼獨立的，把人家的本領都變成你的！」

「你別說了行不行呀？」

阿豪總是不耐煩地把門關上，綠茵不知道自己為什麼這麼與兒子說，好像今天的戰爭與自己的兒子不爭氣有直接關係。他們吵架的導火線通常是因為怎麼幫兒子，他不愛管閒事，兒子也不主動向他求情，阿豪心想：

「你管就管，反正你不管還有我媽管呢！」

過後阿豪也不領綠茵的情，媽媽要說兒子幾句，兒子總說要搬出去住，或者他們兩個人都說她心血來潮，小題大做，典型更年期症狀！

綠茵夾在他們倆之間，真的不知道怎麼是好，甚至質疑起自己來。阿豪的德語與菲利斯交流沒有問題，她夾在其中，經常不知道怎麼表達才是準確的德語，他與她吵架的時候，厲聲質問：

「你能不能說標準德語？」

綠茵被這話噎在那裡一時語塞，有時菲利斯抛過來的炮彈連環射擊，她還沒有弄明白怎麼回事兒，只好氣急敗壞地向兒子求證：

「你倒是快幫我翻譯呀，他是什麼意思？幫我翻譯，告訴他……」

阿豪可不願意夾在他們兩個大人中間，經常很生氣地朝綠茵甩過來一句，人也馬上沒了影。

「今天吵明天好的，也沒有個立場，再吵就離婚算了。」

綠茵哪管德語的語法，德語、英語夾在一起回擊他，吵架成了三人的國際型對話，德語、英語、漢語各有所長、各有局限，最後變成平等對話。

三

儘管當初是為了阿豪的前途，綠茵也是對自己新生活的嚮往，已經離婚多年的她，他與她見面後拉近他們距離的那句話至今沒有忘記：「你放心，你的兒子也是我的兒子！」就憑這句感人肺腑的話，綠茵才毫不猶豫地同意並萬里嫁給菲利斯，沒有一點兒的附加條件，她真心地尋找愛情，幸福生活。這麼多年過去了，開始的新奇被歲月的平淡沖沒了味道，生活具體的每一天都是她一個人張羅的，她開始厭倦了，現在她不認為自己的生活怎麼幸福，儘管吃喝穿不是個問題，甚至感覺到還缺少什麼。

要說他們夫婦都是講誠信，有責任心，隨和之人。綠茵是個典型的賢妻良母，她對生活期待不高，夫妻相敬恩愛，執子之手，白頭到老，盡到母親責任，把兒子養大成人也就知足了；菲利斯是個虔誠的基督教徒，他希望她也成為教會的兄弟姐妹，每週日他們手挽著手一起去教會，而她從小受無神論的教育，哪能那麼快、那麼容易就徹底地皈依了宗教，她不確認自己信還是不信，冥冥之中陪著他走向通往教堂的路，他們時常在飯桌上爭論，在被窩裡辯論，到底有沒有上帝的問題不休不止。

在同一個屋簷下起居生活、在同一個鍋裡吃飯這麼多年了，菲利斯始終不認綠茵的兒子，倒也不是他沒有愛心、沒有經濟收入能力，他半輩子都為了孩子而活，活在世俗之中的盡責養育，生存的忙碌，忘記自己的存在，現在孩子長大成人了，他變成另外一個人，連她都不再認識，簡直難以置信。

菲利斯是個現代人少見的不用手機、不用汽車的人，尤其在這個發達的國家裡。他有他的一套理論支持，什麼要過環保、低碳、簡約生活呀，手機放在抽屜裡關閉閒置，汽車賣掉，買張搭車月票的自由自在，他的生活簡單到節儉程度，早晚兩頓冷麵包，中午一頓熱菜，每天樂呵呵的蠻得意的。

菲利斯少有世俗的物質上的享受和熱衷，他不飲酒、不吸煙，沒有什麼不良嗜好，沒有看到他對什麼東西的擁有表現出的興奮，他真到了無欲無求的境界。具體生活中的菲利斯只管自己，當然他對她也沒有什麼特別要求，她有時會脫口而出：

「嗨！你怎麼那麼自我，那麼自私呢！」

對此菲利斯不解釋，也不反駁。他最上心的百讀不厭的書籍就是《聖經》，家裡有大小不同版本的聖經近十幾本，幾個房間到處都是，但是誰也不能動他的東西，每天早起閉門思過、祈禱，每週日去教會集體誦經、感恩，多年來她是他的見證人，風雨無阻，雷打不動，虔誠至深在骨子裡，張嘴閉嘴都是上帝怎麼說的，讓我們怎麼去做。

不知出於什麼原因，菲利斯從來不對綠茵講每月的實際收入，時間長了她也懶得問那麼多，夠花就行。但是她心裡面明白：哪有教徒不捐款的，捐款也是隱性埋名的。所謂人在做事天在看嗎！當她的面他給教會，給馬路邊、地鐵裡伸手要飯要錢的人，一點兒都不吝嗇，她還是他的見證人。

菲利斯節儉過日子，很少亂花錢，但是他每年都有一筆大花銷用在離家出走上，或者叫做出遊養心，一個地方一週，多在德國境內，一個地方好就會重複地多次到那一個地方逗留，個人不拍照留影，最多拍個風景照，每到一個地方沒有電話報平安，也不希望有人電話打擾，往家寄張明信片而已，喜歡一個人在大自然裡的自由狀態：心靈的放逐、意念的放飛、對天堂的無限冥想。

四

這不菲利斯又整裝待發了，告訴綠茵還是走一週，她記得這一年他獨自一人度假多次了，到嘴的話她不想再說，也無力抗爭什麼，胸膛湧起熱浪，持續燃燒終將熄滅、平靜下來，她忽然明白過來：原來他的生活裡早就沒有了她，連同這個世界都不再屬於他，他人活在信仰的精神世界裡，已邁入天堂的門裡。

那麼兒子阿豪呢？兒子每天與她說的話，還是寫在微信上的，基本上就是這麼幾句話：

「媽，我吃什麼呀？我的什麼什麼在哪兒？你幫我幹什麼什麼吧？」

這三個人每天各自在他們自己的房間裡活動，好似三個獨立的城堡，互不來往、互不干擾，讀書、看電視、聽音樂、上網衝浪，還是打電話，都有自己的活動圈子，一個人的快樂和自由。

「這還是一個家庭嗎？這日子還有什麼意思！」

她偶爾也會像德國人那樣質問他們。一個聳肩，一個漠然，無語。「如果兒子獨立了我不就解放了，可是要等到什麼時候呢？」

一天綠茵在電話裡對她的朋友抱怨地說：

「你看看我們家這三口人，青春期ＰＫ更年期，虔誠基督徒ＰＫ無神論者，中德文化更是個大ＰＫ，多角矛盾、戰爭不斷呀！整天麻煩沒完，矛盾升級，什麼時候是個頭兒呢？」

「嗨！是不是我也該為自己活一回了？」

這一天終於到來，綠茵把自己打扮得漂漂亮亮，昂首闊步地走出家門，在一家中餐館找到了第一份工作，每天超負荷的工作，還要兼顧家和孩子，雖然很辛苦，但是她心裡踏實多了，自食其力讓她找回來原來的自信和生活下去的航標，潮起潮落終歸於風平浪靜。

（本文有刪節，原稿二〇一四年二月刊登在德國《歐華導報》）

心心相印

／常暉（奧地利）

常暉

筆名卉納。出生於江蘇常州。一九九三年初赴美國波士頓，一九九五年底移居奧地利維也納至今。現為中國《譯林》雜誌「人文歐洲」專欄作家，海外同城網「卉納視角」專欄作家。出版物包括譯作《從彼得堡到斯德哥爾摩》（灕江出版社，一九九〇年），小說《情愛簽證》（群眾出版社，一九九九年）和文集《難捨維也納》（江蘇文藝出版社，二〇一〇年）。

大美人若銀嫁給那個年過半百的老頭兒時，芳齡三十。一轉眼，老頭兒成了七十古來稀，而她，也徐娘半老。

當年，老頭兒很寵她，給她買了兩克拉的大鑽戒，還不斷往她帳上打錢。「記住，我的女人要麼裸身，要麼穿戴名牌。」他摩挲著她綿柔潤滑的身子，嗓音沙啞地說。

她曾經多麼痴迷於這沙啞之聲啊！都說中國男人才疼老婆，

算了吧！她情竇初開，就嫁給了一位不懂寵她的帥哥。那是個北京爺兒們，大大咧咧，不拘小節，很酷的樣子。然而銷魂的日子轉瞬即逝，很快，大帥哥就不疼不愛的樣子，毫不在乎她脆弱的芳心，只顧著居家過日子。當然，她必須承認，北京帥哥確實是個超級好人，對她專一，從不搞婚外戀。但是，跟一個不寵她的人過日子，好比慢性自殺，令她難以忍受。她多麼希望有個憐香惜玉的老公啊！若兩人有了寶寶，或許另當別論，但不知何故，屢試不成，兩人既羞於去檢查，就這麼耗著，一不留神，過去了五載春秋。對鏡理雲鬢時，她不免哀怨：難道自己就這樣走完一輩子？

那個奧地利老頭兒一出現，她就有種預感，要發生些事情了。

她是給老頭的公司聘去當中國市場銷售員的。她想，老頭第一眼看到她，就已經定奪了人選，決意用她了，他甚至懶得讀她的簡歷，只目不轉睛地凝視著她，似笑非笑，溫和裡透著生意人的精明。

三個星期後，老頭兒親自陪她從上海飛維也納，參觀公司總部。然後，領著她沿茜茜公主的丈夫、弗朗茨·約瑟夫皇帝於十九世紀後半葉下令建造的環城大道上觀景。那是個怎樣讓她心醉神迷的夏日！大道兩側那些集羅馬式、哥德式、巴洛克式、新古典主義式，以及拜占庭式等建築風格之大全的建築物，座座莊嚴、肅穆、大氣、高貴，在綠樹掩映、玫瑰飄香的晴空下，巍峨而立，令她心懷虔誠，彷彿瞬間入鄉隨俗，可以在這方土地上如魚得水，幸福生活。老頭兒如數家珍，為她講解這些建築物，以及在它們身上發生過的歷史事件和趣聞軼事。他的嗓音低沉而富磁性，她聽著聽著，便走火入魔了。

當晚，老頭兒在自己家裡享受了她冰清玉潔般的身子，也讓她嘗到了做女人該有的快感。「嫁給我吧！我單身很多年了！」老頭兒真誠地看著她，並無逢場作戲之態。

回到國內，她二話不說，向帥哥丈夫提出離婚。北京小夥子雲裡霧裡，覺得她在開玩笑，無論她如何胡攪蠻纏，軟硬兼施，他堅決不同意。冷戰一個半月，她的工作簽證下來了，於是打了包，棄家而去，獨自飛往奧地利，投入了那個西方老男人的懷抱。老男人帶她去打獵，去學射擊，泡溫泉，玩高爾夫，吃最貴的館子，逛最好的商店。她的工作只是做做秀，無需真去上班，卻報著稅，拿著工資。

兩年後，她回國離了婚。離婚不久，老頭兒就為她在維也納舉辦了教堂婚禮。那可不是國內風景區裡為婚慶而造的教堂，而是矗立了幾百年，見證了無數歲月的天主教堂。每一個座椅，每一根柱子，每一座雕塑，每一幅畫像，每一面牆壁，每一扇彩窗，都有無數的故事可講。穿著婚紗、美若天仙的她小鳥依人，被他摟著、吻著、寵著，在他親朋好友的讚譽聲裡，如履青雲，飄飄然不知身在何處了。

這麼個呵護她的男人，怎麼可能就移情別戀，找了個比她更小的呢？她百思不得其解。即便她不再年輕，她婷婷玉立的身段，白皙水靈的肌膚，不見皺紋的臉蛋兒，依舊人見人愛啊！

況且，況且她婚後很快給他生了個大胖兒子啊！

那是何許人士，竟敢搶到她的頭上來了？她找了個私人偵探，決意搞個水落石出。不探不知道，一探，可真嚇一跳：他的小蜜竟是個五官不正、長相土氣的農村丫頭。偵探拍到的照片上，老頭兒與小女子手牽手，蹓著大街。小女子雖貌不驚人，土得掉渣，卻身穿華貴裙裝，肩挎名牌手袋，只是怎麼看，都與老頭兒不般配。畢竟，老頭兒闖蕩江湖幾十年，見多識廣，練就了大老闆的氣質。她面對照片，心理不平衡到了極點，傷心欲絕。

可是，她不想離婚。離婚，她便無法再享受奢侈的生活。她想，這就算自己的弱點吧，喜歡經濟上無後顧之憂的生活。女人嘛，在這個男權社會，要當巾幗英雄，談何容易。離婚這事，自己已有一次，再有，面子上過不去了。然而接下來發生的一件事，讓她無法再委曲求全了。

那天，她去市中心的郵局給國內的父母寄完包裹，一出來，竟發現老頭兒的跑車停在路邊。定睛看去，自己的老頭兒正在車裡與那小女子情話綿綿，手指捋著她的長髮。她一陣暈眩，差點兒站不穩腳。努力定神後，她掏出手機，偷拍下這一幕，然後猛地衝向跑車，打開車門，生生地把那女子從車裡拖了出來。

「你知不知道他是有婦之夫，你個小賤貨！」她冷冷地說。「知道啊！可你還算老婆？連自己老公都不伺候了！」那個小女子竟不依不饒，挑釁意味十足。她沒忍住，狠狠地給了小女子一個巴掌。小女子大哭起來，對著老頭兒撒嬌：「老公，她敢欺負我呢！」

「什麼，你有臉喊他老公?!」她惱羞成怒，抓住小女子的頭髮使勁地扯。「別鬧了，你們兩個！」老頭兒壓低聲音說。

然而為時已晚，來往的路人中，有幾個已在駐足觀望。畢竟，如此情景，在維也納難得一見：兩個華人女子用中文大鬧街頭，不成體統，旁邊，一個奧地利老頭兒用德語左右勸阻，卻無濟於事。警察來了，說這都鬧的什麼事！散了吧，要不跟我回警署去澄清一下。若銀轉身離去，美麗的紅裙子下，妖嬈的身姿抖動著落魄的心，像暴風雨後落了花瓣的玫瑰。

那個春夜，月色很美，她站在維也納的「和平」橋頭，看多瑙運河幽幽的波紋，在月色裡泛出綠瑩瑩的光來，如一份蠱惑人心的邀請。這著名的橋頭，見證過多少孤魂的人生終點站。這些無法忍受人間的靈魂在深夜的橋頭躑躅、獨吟，唱完人生的最後一曲，便直奔河流，隨濺起的晶瑩水花，去另一方天地暢遊，只為一個無痛的世界，不再回頭。「兒子，你也成人了，好好過，媽媽走了。」她默默地流著淚，想兒子。

跳下去吧，一了百了，她含淚而思。春風在夜間吹來，輕拂上她的臉，緊閉眼間，她驀然想起母親曾說過的一句話：「結婚，就是與心心相印的人過日子。」

可是她的婚姻呢？何來的心心相印？與老外結婚，談何心心相印！要死要活愛幾年，你死我活鬧幾年，然後，一定是不死不活、不明不白一輩子。一輩子？又是要這樣走完一輩子？葉落歸根，人老歸家。她的根，她的家，不在異土啊！她記得三年前自己突然不自覺地戀起母土來，三年以來，跑中國跑得歡，的確冷落了老頭兒。人說小別勝新婚，否也，何提床笫之歡？老頭兒十幾年如一日，最愛半癱瘓似地平躺在那兒，渾身散發著老朽的味兒，享受她的愛撫。就這麼個木乃伊般的東西，卻整天要她伺候。回想起來，她從一開始，便是他的春藥，十幾年如一日，夠了！他的寵愛，是建立在這個基礎上的。一旦她不願意，他的溫情便戛然而止。那「土雞」模樣的混賬小女子，就這麼乘虛而入，成了他新配的春藥吧！

她越想越噁心，越想越不平，突然有了起死回生的心。我要回到中國，找心心相印的人去。深夜，維也納靜謐、美麗、安逸。夜風清涼，撫慰著若銀的心。帶著說不清、道不明的情緒，她踉踉蹌蹌，離開「和平」橋頭，開動她心愛的保時捷，一路狂奔，回到早已不堪忍受的屋簷下。

人算不如天算，若銀在家中度日如年時，收到了一個律師事務所的來信，是她家老頭兒的律師寫來的信，信中勒令她從此保證不再騷擾、攻擊王某某女士。她瞠目結舌，不敢相信自己的眼睛：與這老頭兒二十年的夫妻情分，就這麼肥皂泡一般消失殆盡了？老頭兒真狠心啊。好吧，既然如此，離婚，去找心心相印的人兒，共度後半生！

當初，她回到中國離婚的程序很簡單，因為是協議，所以好聚好散。可令她沒有想到的，是在奧地利離婚，即便協議，也這麼複雜！庭外調解不了了之，只有上庭打官司。雖然搞清了這兒的婚姻法，可她這個外來戶怎麼也無力爭取到她該得的那份財產。律師和法官好像總是站在老頭兒那邊，與他沆瀣一氣，無論她如何據理力辯，也無濟於事。最可怕的，是她聘來的律師，似乎也與老頭兒有著千絲萬縷的關係，總在關鍵時刻掉鏈子，雙手一攤，表示愛莫能助。最後的裁決是，她繼續拿那份微薄的工資，繼續住在老頭兒的別墅裡，但沒有其他財產可言。老頭兒可以隨時帶女人回家睡覺，她無權干擾他的自由。

她絕望了，不服判決書。雙方就此僵持。

轉眼，盛夏來臨。頂著炎熱，若銀回了趟國。父母勸她，支持她，卻幫不了她。心神不寧的她不再掩飾自己的失落，四處託人找男友，卻沒有一個如她的意，沒有一個讓她感到心心相印。

有個太太病故的退休男子，倒是對她一見鍾情，這個人甚至公幹來過維也納。她看著他，雖說難生心心相印的美感，卻也不排斥。他建議她淨身出戶，拿存款開個花店。你的美豔會帶給你無限商機，他說，我可以來維也納幫你進貨，我們一個主內，一個主外，如何？原來他打出國的主意啊，她想，心涼了大半截子。

一事無成的她心力交瘁、失魂落魄地回到維也納。翌晨，她打通電話，讓偵探查明老頭兒與小女子時下的宿處。不出幾天，她喬裝打扮，住進了那家酒店，並與清潔工當上了朋友。於是，在一個夏秋之交的大清早，在老頭兒和小女子熟睡的時刻，她得以推門而入，舉起老頭兒私藏的手槍，對準那兩顆心臟，砰砰兩聲。而那兩人，彷彿毫無知覺，毫無痛苦，依舊安然躺著，任鮮血流淌。她看著眼前怪異的一幕，沒有畏懼感，只有快感：我不能心心相印，就讓你們心心相印吧，成全你們，死也心心相印！

血，流著流著就合成一股了，她驚訝於四周的安靜，驚訝於自己的冷酷。不知何故，那個中國男人此刻突然在她腦中冒了出來。他壞笑著說，瞧你這花店開的，紅成一片！她就這樣木然立著，不知過了多久，覺得累了，將槍扔在床上，打開門，走了出去。

她知道那酒店裡的錄像，很快就會鎖定自己，但她不想去警署自首。相反，她招搖過市，坦然地去了機場，買了張回國的機票。飛機上了一萬米高空時，她心情極佳，快樂得令空姐都對她刮目相看。這太值了，她思量著，自己的生命裡開出一朵奇葩，好比偵探片，引人入勝。即便一下飛機，就給刑警拘捕，也值了。畢竟，十來個小時的空中之途，每分每秒都那麼特別，那麼自由自在。人活著，不在於長度，而在於厚度。這濃縮的時光，夠她一輩子的回憶。沒問題了，可以回家了，她想。她要感謝老頭兒，給她辦了每年多次往返的簽證，否則，入了奧籍的她，恐怕來不及去辦手續，那就真得客死他鄉。

在飛機上，若銀寫了封信給兒子，讓他一定找個心心相印的女孩結婚，必須是與他同文化背景下長大的女孩，若銀再三強調道。

飛機降落了。出關時，她果然遭遇警察，但她很鎮定，一路微笑著，上了警車。在警車裡，她拿出寫給兒子的信，交給警察，請求他們一定幫她寄出……

（二〇一四年七月二十日於維也納）

摩卡

／夢娜（荷蘭）

夢娜

一九九〇年開始發表作品。有詩歌、散文、隨筆、紀實、小說等散見香港、內地、國外刊物。散文《平凡的父親母親》獲海內外華人第三屆筆會一等獎。曾是《長篇小說》簽約作家和荷蘭《聯合時報》專欄作家。出版有合集《與西風共舞》（散文集），詩歌合集《天涯詩路》。詩歌《N次方一片，從高到低》。

也許，這就是她今天莫名其妙地放棄老店的原因？而新店吸引她眼球的不會是店名「摩卡」吧？

她自嘲地搖搖頭，眼裡卻不經意間呈現一絲傷感來，她扯扯衣裙繼續往前走。

晚風撩起苗虞額前的劉海，她順勢捋了捋，像當年年輕時一樣，將劉海撇在耳後。小鎮的傍晚，格外冷清，除了為數不多的幾家咖啡屋的窗口早早地射出一些燈光外，一切彷彿都到了世界末日。馬路上人煙稀疏，偶爾會有幾個遛狗的人喚醒即將沉睡的市井風景。這時，恰巧迎面走來一對老夫妻，滿頭白髮，卻精神矍鑠，兩人手牽手，像年輕人一樣，那神情既溫馨又親密，讓人感嘆，宛如一幅「執子之手，與子偕老」的現實版畫面。

苗虞就這樣胡思亂想地朝摩卡咖啡屋走去。

她有失眠症，很多人建議她少喝咖啡，特別是黃昏。但她進咖啡屋彷彿並不是為了品嚐咖啡，而是喜歡咖啡屋裡既熟悉又陌生的環境。因為這是一個獨立王國，心不受累的空地，能孤獨地享受一份置身塵世外的清靜。

其實，咖啡屋有多少是真清靜的？她不過自己找理由出門換個環境罷了。免得終日守著房子樓上樓下百無聊賴度日，悶都能把人悶出病來。

這家新開的摩卡咖啡屋裡所有的擺設和其他咖啡屋並沒有什麼太多的不同。她掃描了一下屋內的客人，三三兩兩地在蠟燭前坐著聊天，櫃臺內的服務生也安靜地清理著臺面。苗虞臉上呈現出欣慰的微笑，這兒倒還真悠閒清靜。

她習慣性地靠窗坐下後要了一杯摩卡咖啡。打開筆記本電腦，翻開她正在撰寫的一部小說《摩卡》，敲擊起中文字來。

她喜歡這樣的方式：在咖啡屋裡，找個僻靜的角落，坐在咖啡桌前，獨自享受一番苦口潤心的咖啡。在苦澀的人生中感受快樂的點點滴滴，從裊繞的咖啡熱煙中獲得豐富的靈感。

摩卡原是港口名，它地屬也門。位於阿拉伯半島南端，面對曼德海峽並連接紅海和阿拉伯海。可是現在桌上這杯有義大利味道的摩卡咖啡是屬於她的。

侍者還沒送來咖啡，她耐心地一邊敲字一邊等著。

今天怎麼啦?怎麼心神不定的?怎麼指縫間總是滑落兩個字:摩卡。彷彿還發出了聲音，這聲音遙遠得細柔微弱，卻又十分地清晰，清晰得能辨別出鍵盤上的滄桑。如同流水，聲波中訴說著已知或未知的坎坷及漩渦。

「你喜歡這濃郁而刺激的味道嗎?」那聲音又響起來。當年他試探性地這麼問過她。她慢慢抬眼看去，那人滿臉微笑，彬彬有禮地欠了欠身，目光平易溫和。這使她緊繃的神經慢慢鬆弛了下來。正踟躕著是否該回答他。那人善解人意地一笑，自問自答地說:「那是厚重的人生。」

她抿嘴一笑，彷彿這笑是她唯一的護身符或擋箭牌，幫助她躲過命運的捉弄似的。

「也許，還有它深橄欖褐色的瑰麗。那是生活的原本。」那人看著她笑笑，似乎在和她說又似乎在和自己說，「你知道嗎?你笑起來很好看。」

她當時一定是臉紅了，還有些隱隱約約的羞澀和嗔怪。一不小心，一杯咖啡潑了他一身。

「哦，哦，謝謝。」她趕忙說，極力掩飾自己的走神失態。

窗口的夜色漸漸濃起來時街燈也閃亮起來。她啜了一口後輕輕地放在電腦旁，生怕再像當年那樣由於不小心而撞翻了咖啡杯。

「尊敬的女士，我能坐在這兒嗎？」有人彬彬有禮地近前來問，聲音裡充滿男人曾經剛毅又溫柔的磁性。但這磁性裡卻滿是滄桑的氣息，卻仍然掩蓋不住驚喜的聲浪，哪怕還有些老者的頹傷。

苗虞本想找個清靜的地方，不願意與人同桌。這人冒冒失失地來請求，她雖不願意與他搭訕，卻又不好失禮一口拒絕，也不願意撒謊說這裡已經有人了。只得微微抬頭在暗光下看了一眼站在她面前的問話人。這一看，眼裡突然像有股波濤洶湧起來，淹沒了她的視線，讓她覺得自己真的老眼昏花了。她實在不能確定，是否該如此驚慌？

他那張依稀還有一股子男人魅力的臉，一雙比摩卡咖啡更有韻味的，既深邃又略帶傷感的眼睛，像月光下青藍色的大海，緩流中若顯平靜時卻掩不住急流下的奔騰；他寬闊的肩背已經有些彎曲，但仍然看得出是屈服在一件褪色的褐色T恤裡。一條洗舊了的橄欖色長褲將兩條已經不太健美的長腿籠罩著，看上去只是一副支架把整個身體硬撐在那裡；只是那一頭灰白的頭髮還倔強地夾雜著幾根曾經如摩卡咖啡一般橄欖色褐色的舊根——這是他年輕時的影子。好像要將摩卡咖啡孕育的所有神祕都魔幻般地藏在他這幾根捲曲的頭髮一樣。

「老啦，歲月不饒人啊。」她心裡為他年華老去而感嘆著。面對眼前的人，她只能用詩句形容她的心情：「夢見你當年的雙眼，那柔美的光芒與青幽的暈影；」她低下頭，掩飾內心的慌亂，卻掩飾不了眉宇間的憂傷還有驚喜，更無法控制臉上輕微的痙攣。「他不也是一面鏡子嘛？我也老啦。不也一頭銀絲，兩眼昏花了嗎？」

這人靜靜地看著她，看著她，好像要看出一條河流來，讓她漸漸聽到流年似水那極其疼痛的聲音。

「請。」她鼓起勇氣，卻又幾乎是情不自禁地點頭說。

他感激地點頭說謝謝。當他坐下時，她好像聽到椅子發出更加疼痛的聲音。

「這一天終於來了。」大概過了一個世紀，他突然像幽靈般地說，臉上泛著光彩。

她寧願是他在自說自話，希望他真是幽靈。她裝模作樣地敲字，但字與文卻南轅北轍。

「我相信我的記憶還是清晰的，雖然我的視力已經下降了。我想，猶如你的記憶一樣，應該是清晰的。」他悠悠地說。

她不得不把自己的視線強行地從電腦上打個結，誓欲再試著面對這個人，竭力使自己的視線裡織滿疑問的細紗，她希望彼此都認錯了。無論是否自欺欺人。

「我叫摩卡，自由作家。還記得義大利嗎？」他伸出一隻試探性的手，這手在顫抖。她的心也在顫抖，身體像觸電似地不自覺地顫動著。她當然記得。只是這記憶已經被她封存了許久許久。

在義大利某地的咖啡廳裡，她的確邂逅過一名瀟洒的男子，他曾自我介紹說：「我叫摩卡。自由作家。」那是她第二天又去那家義大利咖啡店時，碰巧又遇上頭一天見到的他。

「什麼人才是自由的作家？」她曾好奇地問。

「能夠和時間、空間、宇宙講話的人就是自由作家。」他笑，笑得很有感染力。

如果說這算是命運捉弄時的一種邂逅，那麼，那就是他們的邂逅。之後，他們之間談了些什麼？從陌生到熟悉，從熟悉到成為朋友。這個過程在時間的流浪裡，該有多麼不可思議。

這些年，她一直沒有忘，回顧過千百次，那些場景一幕幕如同電影總在她眼前浮現。雖沒有東方人那種含蓄得動情的波瀾，更沒有纏綿悱惻的淋漓情景，卻是人到真處，每次告別，也有一縷愁緒飛揚。每每看那窗外不堪的秋葉飛冷，禁不住也傷懷，有今宵對酒，明朝知何處的悲嘆。

她在心裡嘆了一聲：此去經年，過去的一切都是人為虛設的美景。縱然曾經有千般情懷，萬般夙願，而今又與何人說？說過的話，傳遞過的情愫，不過也是風吹過。

然而此刻，她的記憶卻斷斷續續，曾經和現在，已經混淆。一切都不聽她的使喚，思維開了小差，腦子和眼神也一片混亂。

唯一讓她現在記得的是，那之後的一個星期裡，他們每天在同一家咖啡店裡相見，交談的密度只能是一杯咖啡。哦，對了，他們的主題也只有一個：如何寫作。

他說：「從第一個字開始，那就是——心。用心寫作。」

其實，他不止說了這些，還說了很多很多。

他的漢語是跟隨一位本國的漢學家學習的。之後，他作為文化使者的成員之一訪問過中國。他喜歡中國文化，尤其喜歡孔子。他還想去西安和西藏。

她當時想，也許這兩個地名外國人用中文特別容易記住吧？但她並沒有這麼掃他的興。

他也談到他的家，他的夢想，還有他的書。

他說他是一位快樂的單身漢。他喜歡東方女性，尤其喜歡中國女性。

她沒敢問為什麼。但願他是因為中國女性較之其他女性更加能夠勤儉持家以及更加溫柔體貼的緣故。

離開義大利的前一天，她沒去赴約。因為，她無法回答摩卡先生的問題：「什麼時候我們再見？」

她不願意傷害他，哪怕只是一句大實話：「沒有人知道將來。」他的失望寫在臉上，他握著她的手不肯放，如果不是她執意抽出來。他送到門口時憂傷地看著她說：「請記住，我會天天來這家咖啡廳。」

她抿嘴一笑，不予作答，也不需要她回答什麼。

「也許有一天又會遇上你。那算不算我在等你？」他固執地對她離去的背影說。

她走了兩步，慢慢回頭，微笑著，答非所問：「用『心』寫作。我記住了。」說完，她捋了捋額前的劉海，讓一頭烏黑的長發飄逸在風中。其實，在她心裡，還有一句話，她一直沒和他說：「就像用心去愛一個人一樣。」

第二年，她又去了義大利。她藉故到了曾經邂逅摩卡的那個城市，當然也去了那家咖啡廳——那家他說天天要來的咖啡廳。

咖啡依舊，人卻陌生。又是一個星期過去了，她每天一個人興匆匆地去，卻快快地回。

第三年，還是這樣。

第四年，第五年……好多年過去了，她已經不想再去了。她老了，他當然更老了。

一杯咖啡的時間早已過了，就像人生中最好的年華一晃而過一樣。咖啡可以再續，而人生卻難再回頭。她站起身，收起 Notebook 時，眼裡充滿淚光，把剛要伸出的手又縮回。

「您真的不記得我了嗎？」眼前的摩卡失望地想挽留。

「先生，我想您肯定是認錯人了。對不起，再見。」

「好，好。我想您是對的，我恐怕是真認錯人了。那麼，對不起，打擾了。尊敬的女士，謝謝您光臨，再見。」

她遲疑了一下：「難道這家咖啡廳是他的？」她搖搖頭大步走出了咖啡廳，而摩卡一直送她到門口，像當年一樣。

「您流淚了？」

「人老了，就愛這樣。」她說。

苗虞知道，她不會再來摩卡咖啡廳，她卻會再流淚。

「是啊，人老了，就愛流淚。」摩卡嘆口氣說。

她也一樣，在孤獨中常流淚。但她已經習慣了孤獨，在孤獨裡她找到了平靜。

她心裡吟誦著伊．勃朗寧夫人的詩句來：「捨下我，走吧。可是我覺得，從此，我就一直徘徊在你的身影裡。在那孤獨的生命的邊緣，從今再不能掌握自己的心靈，或是坦然地把這手伸向日光，像從前那樣，而能約束自己不感到你的指尖碰上我的掌心。劫運教天懸地殊隔離了我們，卻留下了你那顆心，在我的心房裡搏動著雙重聲響……」

苗虞拉開車門坐了進去。反光鏡裡，她看到孤獨、寂寞的摩卡，那一剪摩卡咖啡廳門前的快要枯萎的影子。

那影子越來越長，越來越瘦。像她自己的，也像無數有緣無份卻永遠愛著的……。

說聲再見情猶濃

／穆紫荊（德國）

穆紫荊
原名李晶，生於上海，現定居德國。自九〇年代中期開始寫作，作品見諸於歐美華文報刊。微型小說《無聲的日子》被《香港文學》收入二〇一〇年世界華文微型小說大展。散文《又回伊甸》獲二〇一〇年江蘇省太倉市首居「月季杯」文學徵文榮譽獎。微型小說《一份額外的禮物》獲二〇一三年黔台杯世界微型小說大賽優秀獎。著有散文隨筆集《又回伊甸》和短篇小說集《歸夢湖邊》。現為歐洲華文作家協會理事兼副祕書長。

在生活裡面好的告別方式有多少種？我在這裡所說的告別不是等待或者下次再見時的告別，而是認識了卻不準備再見或者無法還有再見的告別。也許你也曾看到或者聽到過太多，甚至經歷過類似如此的古老故事：一個是新來的上司，一個是出色的部下。一個有著初來乍到的不安和落寞，一個是對方意外的同鄉和知音，當從外調來新上任的阿東和公司的員工夏子彼此握手做自我介紹的時候，阿東眼裡的驚奇是：「沒想到有你在這裡！」而夏子眼裡的驚奇是：「沒想到來的是你！」當彼此在對方的眼睛裡看到一對同樣的瞳孔以及從那同樣的瞳孔裡所映照出的自己的影子時，一次握手便成了從此相互吸引和關注的開始。

和世上千萬種開始的開始一樣，這種吸引和關注是很自然甚至很不經意的。譬如有一天夏子得知阿東很多年前曾在德國東部的某個城市住過，後來卻一直沒有機會再回去看一眼時，就在家裡翻出了一部自己曾經看過的德國電影借給阿東，因為那部影片恰恰是以那個城市以及城市裡的那個大學做背景的。裡面的主要街景，都是阿東曾親自走過和看過的。而阿東看了以後不僅把感想告訴夏子，還告訴了夏子一些電影之外演員們的拍攝故事和花絮。令夏子猶如看了兩部電影。而阿東呢？譬如有一天他驚訝地發現夏子的個人電腦還無法處理中文時，便讓她把電腦拖到公司來，由自己晚上帶回家去裝備。隔一天再拖來時，夏子不僅可以接受來自國內的信息，並且還可以用中文寫信了。如此一點一點地延續著和擴展著，從上班到下班，從白天到晚上，從結束時的「祝你晚安！」到突然有一天變成了「祝你睡個好覺！」而當這第一個「祝你睡個好覺！」從阿東那裡傳入夏子的眼裡時，那一夜，兩個人不約而同地都失眠了。

在公司裡，同事或者上下級之間有這樣的情景發生用一句德語來說就是蠢。如果其中的一方或雙方是有家的人，那甚至就是蠢到家了。因此當這一天過後，阿東和夏子都意識到事情的發展有點過頭了。阿東想把兩個人都保住。於是在信尾的稱謂裡立刻恢復了尊稱。而夏子也立刻在信始的稱謂裡不僅恢復了尊稱，同時還恢復了阿東的官職稱謂。他們希望如此能夠確保雙方可以繼續留在各自應有的軌道上。然而心裡的感覺卻是無法被欺騙的。每每見到還是難免生出了一絲言說不出的彆扭和虛偽。於是阿東開始主動切割和夏子的距離，甚至原本是可以由夏子去做的事情也轉而交由別人去做。沒有言語解釋，一切都進行在無聲無息之中。對阿東來說，剛剛上任不久，兢兢業業地工作似乎是責無旁貸的。而夏子為了徹底地不影響阿東的前途和其在公司裡的威信，開始著手從阿東眼前消失的準備。

幾個月後，夏子在另一個州找到了新的工作，於是在最後的幾週內便休假在家了。這半年來，在公司裡面儘管忍受著被阿東冷落的煎熬，然而畢竟眼前還是人來人往，耳邊還有歡聲笑語。一休假在家，夏子所面對的就是真正的冷清和寂寞了。只要自己不發出聲音，整個世界就是一片寂靜。就在這一片持續的寂靜之中，夏子迎來了自己的生日。那一天的上午，夏子給自己所做的選擇是勞動。從吃過早飯開始，她便彎著腰一級一級地擦著並不算髒的樓梯，彷彿一邊擦一邊在用力抹去心中的落寞。只擦到臨近十一點的時候，電話鈴突然響起來了。有誰會在這個時候來電話呢？夏子有點茫然地拿起話筒——她所意外地聽到的，竟然是阿東的聲音。

阿東並沒有用：「你好嗎？」三個字做開頭語，而是不緊不慢地問著夏子有關她新找的工作和搬遷準備之類的瑣事。其實夏子是很想對阿東說說自己這半年來的感受的。可是她知道不能。她只能表現出興奮的樣子向阿東描述自己是如何幸運地找到了新的工作又如何幸運地租到了新的房子之類的種種「幸運」，一句接著一句地，夏子說得有點上氣不接下氣，因為她唯恐一停頓下來，兩個人之間的通話就從此徹底結束。他們便永遠也不會再聽到對方的聲音了。那不僅僅是說母語的聲音啊，更是能夠引起彼此內心共鳴的聲音。而阿東，那天也似乎顯得特別的有閒時，不僅饒有興致地問著和聽著，且每聽一段還都提出一些自己的建議和幾句關照。似乎要換工作和換地方的不是夏子，而是他自己。這樣那樣地，點點滴滴互相都說了不少，但是互相都深藏了這半年來的感受並堅決繞開了心裡的那些往事。

這一天是夏子的生日，她知道在公司的祕書辦公室牆上貼著每個員工的生日表呢。一般祕書提前一週就會負責為即將過生日的人張羅份子錢和準備禮物的。這張表當然不會因為夏子的離開而更換，而頂多就是人走了，那名字上便被劃了條線表示作廢而已。夏子離開公司已經有一段日子了，阿東早不打晚不打，偏偏在夏子生日的這一天打電話來，雖然自始至終都沒有說一聲：「祝你生日快樂」。而夏子卻也是心裡明白的。她知道阿東是特意在今天抽時間出來給她打這個電話的。她更知道阿東是在以他的時間和聲音來代替自己所給她的禮物。他們像兩個一同坐在沙灘上曬太陽的人在聊天那樣，直聊到夏子拿電話的手漸漸地發軟，因為她的眼睛沒有忘記看牆上的鐘。她知道得很清楚，上午的十一點，是平時阿東在公司裡最忙的時候。直到看到鐘上的兩根指針即將併攏時，夏子突然主動地停下了話頭。用了這麼多平時對阿東來說最寶貴的時間，她的心很感激也很不忍。結束了吧——夏子在心裡說。而阿東像是立刻便聽見了似地，也停了下來。互相沉默了幾秒鐘後開始告別。這一次夏子聽見阿東沒有像以往所習慣的那樣用德語向夏子說「去死」了，而是頗為饒舌地用中文的母語道了一聲：「再見！」這一聲再見道得是如此的鄭重，鄭重得夏子立刻就聽懂了，這是一個真正的不會再有再見的再見了。於是夏子在心裡悄悄地歎息了一聲，口裡卻也用母語回了一聲：「再見！」兩個平時說慣了德語並且在公司裡必須說德語的人，為了給未來留一條生路用彼此來自血液的母語一起向「去死」奔去。

放下電話，夏子想這就是阿東在生日時所送給她的禮物了。雖然是最後一個，然而卻也是無法忘記的一個。

一週以後，夏子所在部裡的祕書打電話來問夏子要不要開一個告別會呢！

在公司裡，夏子是個人見人愛的員工。因此告別會的那天，除了本部門的人基本上都來了之外，還來了很多其他部門所認識夏子的人。大家在一起吃吃喝喝、打打鬧鬧地互相開著彼此的玩笑。到終於輪到夏子為大家留幾句話的時候，夏子卻一句話都沒有了。於是夏子便說，唱一首歌吧。正說的時候，她突然從很多人頭的後面，瞥見了阿東的臉。他看上去汗涔涔地連大衣也沒有脫。顯然是剛剛趕到的樣子。此時他正站在距離夏子很遠的地方，但是夏子看到了他，卻裝作沒看到的樣子，把自己的目光抬高了半分，定到了阿東後面的牆上。然而，心卻在那一刻把阿東那一副關注的模樣，永遠且生生地刻寫了下來。

輕輕的女聲在一片寂靜中響起，一首告別的歌從夏子的喉間穿過各種各樣的身體和衣服傳入了阿東的耳膜。這是一首蘊含了安慰和祝福的歌。從那天以後，直到後來的很多年裡，夏子都沒有再去碰過那首歌了。然而她知道那首歌的旋律是一直在陪伴著自己和阿東的。

第三輯

建起一座溢滿古典書香的塔

歐洲華僑婦女的現況淺談
——兼談我家孩子的中文教育

／鳳西（比利時）

鳳西

本名郭鳳西，出生在溫馨開明的眷村家庭，父親郭岐是抗日將軍。畢業於臺灣文大商學系，在校結識講師黃志鵬君，先後到比利時進修並成婚，兩女衣玄、衣藍相繼出世。鳳西性情活潑開朗，兩人胼手胝足在比利時建立了一個井井有條、溫暖可愛的家。多年來在勤於閱讀之餘，也興之所至提筆寫作，著作《旅比書簡》、《黃金年代的震撼歲月》、《歐洲剪影》等，曾獲中央日報創作獎。現任歐洲華文作家協會會長、比利時比京長青會會長、比利時中山學校董事。

歐洲的幅員雖然比不上美、亞、非洲，但無論文化、藝術、科技、美食、時裝，在世界上都居領導的地位，又因種族、語言不同，風俗各異，形成多樣化而且各具特色的風土民情，歐洲人個人化主觀性非常強，在各方面都看得出來，以居家房屋來說，很難看到一排像在美國蓋得一模一樣的房子，就連商店街上兩邊連在一起的房子，都會有的五層有的四層，顏色花飾各異，鄉下小小村莊，都各有巧思建築得很有看頭，在有山有水的郊野，更是多彩多姿。

移民來歐的華人，除了外派、留學生、依親、嫁了外國人、親戚互辦移民外，不像去美國那樣，唸完書還可以盼個前途，我們四十多年前，拿個獎學金用難死人的法文來歐洲唸法律，明知唸完書一定找不到工作，卻毫無懸念地一頭砸進去，只因為這裡社會安定，人人心平氣和，濃厚的藝術氣息，加上美輪美奐的居家環境，公平完善的社會福利，使我們想盡力地留下來。

每個移民都具有不同的經歷及能力，作為妻子、媽媽的華人婦女，所扮演的角色，對一個家庭，更是有舉足輕重關鍵性的重要，到了歐洲的中國女人或為家庭主婦，或上班族，都是非常不容易的，這裡中國人很少，找不到人幫忙，先生在外打拚已是焦頭爛額，不可能再管家庭瑣事，完全要自己摸索，沒有中國超市（現在有了）又因語言不通，食物種類不同，習慣次序不一樣，炊具用品各異，日理三餐就傷透腦筋，加上交際請客，常忙得人仰馬翻，另外送小孩上學和學校老師溝通，去區公所銀行辦事，和修理工人講價爭論，都是女人的事，要比男人辛苦吃力得多。

開餐館是多數華人選擇較容易的生計，歐洲人對吃捨得花錢，喜歡上餐館，開餐館又可做黑帳存錢較快，開始找店貸款裝修，是男人的事，等諸事具備，除了大廚是男的，其餘採購、清潔、臺前臺後工作，都是女人的事，剛開始時大家一塊來做，等生意比較上軌道後，男人就常會藉機偷懶不見人影，女人只得苦守家園，再下去所有的大小事都是女人在做，男人成了一問三不知，或賭或找女人或遊手好閒無所事事，常看老闆娘用洋涇濱法文，指揮若定，真是佩服，最後大多數飯店掌控在女人手中，不管學識程度如何，都得硬著頭皮撐下去，所以歐洲很多飯店是老闆娘當家，錢當然也在她口袋裡。

除了開飯店，中國人能在比國公家或私人公司上班的，我們這一代比較少，原因是沒有在歐洲受基礎教育。有工作的大多數是華人第二代，他（她）們在歐洲受教育，能力程度和本地人沒兩樣，加上中文方面如能聽、說、讀就很不一樣了，機會較多些。孩子的媽媽們，是用中國媽媽愛孩子的方式愛他們，等孩子們長大融入比國社會，就只能得回洋孩子對洋父母的待遇，所以辛勞大半輩子，要離養兒防老的觀念遠遠的，老了自己打算，如能定期來看望，當然吃喝媽媽管，已算孝順。

我們這一代從年輕到耄耋之年，在歐洲度過四十多年，在海外躲過臺灣政治上的風風雨雨，而大陸因從小孩就隨父母到臺灣，神州大地政治經濟的變化，改革開放、經濟起飛與我沒什麼直接關聯，另外，雖然在比利時住這麼久，連有幾個政黨都沒搞清楚，洋人的政治體制，只大約知道從沒參與，只有每次投票時，要問比國友人的意見，前不久比國一年多沒政府也不覺得那裡不一樣，像這樣一輩子只操心自己，為自己努力，也算歐洲華僑的特色。

我的一些女性好友，有的從很小就隨家人來比利時，一面受教育一面在飯店打工，等結了婚，自立門戶，但永遠沒盡頭地必須幫助父母弟妹。有的即使自己在外工作，也必須幫父母管很多事情，即使都已退休，每天還得侍候年邁的父母。有的父母不在身邊，自己要管一個家庭，為兒女鞠躬盡瘁，都是堅持不渝為別人著想，中國婦女那種吃苦耐勞，蠟燭兩頭燒，忍辱負重的美德，大都停在我們這一代歐洲華僑婦女身上了，這點常使我感嘆不已。

兩個女兒的中文教育

來到比利時，甫出校門，衝勁十足，對將來可能面對的情況，毫無概念，有個凡事計劃周詳，籌謀遠慮，很少出錯的丈夫，十分安心跟在後頭就對了，日子過得平靜順暢，沒什麼可擔心的事。

等兩個女兒先後來到，就開始不那麼單純了，小時只要吃飽穿暖，身體健康，學校功課應付得來，同學相處融洽，聽話不闖禍就安心了，但長到比較大，其他問題就慢慢凸顯出來，我們就常討論研究用什麼方法來教導她們，既能保留中國傳統文化及習俗，又能配合西方人的做法，把差異減到最低，討論結果是中文一定得學，最好能讀能寫，如果沒有一個中文基礎，很難讓她們瞭解中華文化傳統的精神，年紀小的時候在家只講中文，一點問題也沒有，一旦上比利時學校，全天法文，來往的都是比國小朋友，中文越用越少，雖然也上中文學校，中文學校同學都是我們朋友的子女，從小一起長大，像一家人一樣，但上學見面也只用法文，講中文越來越不順暢，只講法文，情況不是想像中那麼單純，要努力注意中文的使用，成了刻不容緩的事情。

直到今天，兩個女兒和我保持用國語溝通交談，想當年從七、八歲開始沒間斷的請老師在家補習中文，直到大女兒衣玄回臺升學，臺大畢業，中文才算沒問題，因中文程度好加上英、法文，考到世界金融業中頂尖的公司任職，至今工作非常好，這也不是當初我們逼她們學中文能料想的結果，至今我還以女兒學好中文將有不同前途來鼓勵年輕人學中文。

在成長的過程中，也不乏衝突、青春期的彆扭、中西想法不同的爭執，幸好都平安度過，只是沒想到大女兒十七歲離家回臺升學，就這樣算離開我們了，二十多年來，臺大五年，巴黎求學三年、結婚、英國工作三年、香港十二年，時光就這樣過去了；期間只在假期短暫相聚，當初以為最好的安排，沒想到變成這樣年輕就得一個人闖天下，在父母身邊日子太短，做媽的也不無遺憾。

二女兒性格脾氣和姊姊不一樣，去臺灣臺中東海大學唸了一年建築系，吃不了苦回來，她爸爸一直耿耿於懷，直到她在比利時 La Cambre 建築系畢業找到工作，結婚安定下來，才不再嘮叨指責。

總之，在歐洲家庭教育和我們華僑家庭不太一樣，普通歐洲家庭，父母和兒女的關係與互動，還蠻傳統的，大部分時間關心、接近，但訓練年輕人自主、盡力做朋友，好像比較溝通能諒解，有問題用商討，而不是下命令的方法解決。

中國家庭兒女比較孝順父母，但多少帶點容忍及憐憫心態，外在環境使中國父母對付起來，比從小受這裡教育的兒女弱些，語言、認知上的差異，常要成年兒女幫忙應付，也多些分歧與爭執。

我們小家庭在老公策劃、我輔助下，算是平穩順利，女兒們接近溝通，相處頗融洽，因我們沒有兒子，自然許多事由大女兒主持籌劃，在我無意中聽到兩個女兒聊家常話，有這樣的對話，二女兒：姊，妳會不會覺得這件事，爸媽的反應有點奇怪。大女兒：不奇怪，這是中國人的反應。原來以中外傳統習慣不同，來接受各種反應，這是她們多年來維持家庭融洽的法寶，也不枉費我們送她們回臺升學的心願了。

在歐洲住久了，從兩個單獨的個體，組成一個小家庭，一切從零開始自己安排規劃，比較少傳統的包袱，又融合一些歐洲家庭教育模式，我自認為相當合適自然，當然前提是沒有特別頑劣難管的孩子。

精通外語是華文作家融入當地社會之利器

／楊翠屏（法國）

楊翠屏

臺灣斗六市人，臺灣政大外交系畢業，巴黎第七大學文學博士。海外華文女作家協會會員，歐華作協會員。譯有《見證》（八位二十世紀法國文學巨擘評論）、《西蒙波娃回憶錄》，著作有《看婚姻如何影響女人》、《活得更快樂》（一九九八年臺北市政府新聞處推介為優良讀物）、《名女作家的背後》、《誰說法國只有浪漫》、《忘了我是誰：阿茲海默症的世紀危機》（二〇一一年僑聯海外華文著述獎學術論著第二名）等。

歐華作協會員，大多數皆有一項職業，寫作是業餘。受到夢想與理想的驅策，離鄉背井接受異國文化的激盪，豐富的新生活體驗，更多的人生磨礪，秉持對文字愛好、文學與哲學熱誠，勤於筆耕，調適生活。他們在部落格寫生活感言、人生百態、教導食譜，或撰寫人文歷史、科幻小說、小說、散文、雜文、隨筆、遊記……等。以獨特的個人觀點，勾勒、揮灑他們的生活點滴、人生風貌、旅遊經驗、知識傳承。寬闊、多彩的視野，沉潛的思維，多了一份人文關懷，他們的文章或許成為文學作品。以創作來實現自我，肯定自己，獲得社會認同。

異於一般華僑及中國、臺灣的本土作家，海外作家與母語和故鄉維繫著深厚的聯絡。思鄉念舊，以華文寫作，在寫作中還鄉，跨域書寫，紓解濃濃的鄉愁。

他們具有第三隻「慧眼」，腳踏東西方文化，一心抒情、評論宇宙文章。接觸異域文化，他們的興趣廣泛，激情滿腹，世界觀更寬闊、更包容，視角更敏銳、深刻。

歐華作協兩位作家例子

麥勝梅，歐華作協副祕書長，臺灣師範大學教育系畢業後，赴德留學，獲得阿亨理工大學社會學碩士文憑。曾在德國社區大學成人班教授中文及烹飪課程，市立博物館解說員，目前擔任德國聯邦政府翻譯員。她居住的城市每年五月，在大教堂前面廣場舉辦文化節，來自不同國家的居民擺攤位，展示各國手工藝品、食物，還有娛樂表演助興，提供文化交流的同樂時光，勝梅曾安排華人婦女跳臺灣山地舞。我總認為有機會到西方先進國家求學，是種幸運；體驗不同的教育制度、教學方式，豐富我們的思考模式。勝梅在工作、理家之餘，文字的夢想從未遠離，文字情緣是其精神的歸宿。她酷愛旅行，擅長書寫旅遊文學。數度編輯歐華作協集體作品，功不可沒。

池元蓮，廣州人，來自一個獨特、傑出的家族。臺大外文系畢業，獲德國政府獎學金，留德兩年。後轉往加州柏克萊大學就讀，取得碩士學位。與丹麥人結婚，定居丹麥逾四十年。長年擔任丹麥政府翻譯員，及丹麥外交部中文教師，精通數種語文。池元蓮家學淵源，祖父與國父孫中山先生，先後在廣州博濟醫學堂學習西醫，兒子不是醫生就是牙醫，可說是醫生世家；她的父親是維也納大學醫學博士。她說柏克萊四年研讀，擁有終生有用的金鑰匙，使她日後懂得怎樣獨立地追求學問，解決學術問題。我喜歡她在德國與美國的求學經驗、接觸外國學生。受到多種西方文化的薰陶，不僅充實內涵，亦堆砌「智能儲存」，為「成功老化」鋪路。在丹麥長期居住，與夫婿周遊列國，有機會觀察多元文化，蘊藏人生經驗。

以中英文雙語寫作，以前瞻性的觀點剖析性愛、婚姻、兩性關係。二〇〇九年被華人世界文化諮詢網推選為「文化先鋒」。

以上兩位作家是融入當地社會的成功例子。

精通居住國語文

無論是到國外留學、依親結婚、創業就職，最起碼的條件就是要學會當地語言，流利溝通、閱讀、書寫。

二〇〇五年復活節假期時，我與外子去佛羅倫斯旅遊，在兩家中國餐館用過餐，與兩位女老闆話家常。雖然她們來義大利已經二十年，礙於生計，沒閒情逸致去語言學校上課，義大利文程度只能在餐館接待、應付客人。我在健身房認識一位柬埔寨華僑，已在法國居住二十五年，雖然曾在給外國人開設的語文班上過課，法文並不順暢，不完全聽懂電視，她在中國城做裁縫工作。受限於語文障礙，上述例子無法完全融入當地社會。

掌握、精通居住國語言，不止方便日常生活，出外購物、辦事得心應手，有了相當程度的語文基礎，進一步可閱讀報章雜誌、書籍，才能深刻瞭解當地民情、政治動向、社會脈絡、經濟趨勢，擷取文化精髓，令人有社會參與感。我們訂有《點週刊》（*Le Point*）、《費加洛週末版》（*Le Figaro*）等報刊，也到圖書館或媒體館（Mediatheque）借閱書籍，或是像我喜愛自購書籍，擁有私人圖書館，享有坐擁書城之方便與愉悅。

除了中國朋友之外……

結交法國朋友，朋友不必多，與其高朋滿座，不如擁有幾位摯友，有志同道合的朋友是人生樂事。我們的朋友有先生大學醫學院同學，及我在國立音樂學院（兒子學鋼琴、樂理、和聲學）、健身房認識的兩位法國女友。奧蒂和我一樣是文學博士，在中學教法文及拉丁文，先生是鄉村醫生。她女兒於里昂音樂學院畢業後，考進里昂高等音樂學院，後來到柏林音樂學院進修三年，現在南錫交響樂團拉小提琴。

米歇蘭是我在健身房認識的法國太太，有建築師文憑，在房地產公司做事，先生是工程師。九年前我撰寫《誰說法國只有浪漫》一書時，她的兒子正在里昂著名的公園中學預備班（應付法國獨特高等學院競爭激烈的入學考試，一些中學特設「預備班」）就讀，她提供關於分班、投考高等學院錄取率的寶貴資料及學校照片給我。雖然她後來不再上健身房，但我們繼續保持聯絡。

法國每年度假人口中，有一成到國外旅遊。兩位法國女友夫婦，像我們一樣，喜愛到國外觀光，互寄風景明信片、分享喜悅。我們定期見面、聚餐，話家常、交換旅行經驗、趣事。我外出散步或去露天市場時，碰到鄰居，會交談、互問近況。

就業、參加文化活動、加入健身房

在居住國上班工作、參加健行活動、讀書會、合唱團、健身俱樂部，帶孩子在公園溜滑梯、溜狗、與住宅區鄰居每年一次或數次的同桌共餐，皆提供與法國人交談、交往機會。

文化就是生活。我們家附近公園，每年五月中旬會舉行鳶尾花（Iris）節慶，各種不同顏色的鳶尾花在一園地百花爭豔，陽光下光彩奪目，是一場美的饗宴；在一帆布大帳篷內，展列琳瑯滿目的花草，像是上了一堂植物課程。除了花卉、植物固定展之外，每年都有一特別展，去年是中古世紀食物、香料、衣著展示，還有雜技表演；前年則是在園內大廳堂展示可食蕈類及毒蕈。

每年六月夏季那天是法國全國音樂日，大小城市鄉鎮皆有音樂會。每年九月中旬一個週末是文化遺產日，平日不對外開放的公共建築物，則特別開放供人參觀，且有專人解說；或是平時需付費，這個特別週末則免費，我們曾於二〇〇九年再度參觀盧梭在香貝利（Chambery）郊區的故居。

我於二〇〇四年九月，加入住家附近的健身房，每星期上四次團體課及游泳體操。不僅運動健身，也和一些法國太太聊天、交換食譜。

參觀博物館、看展覽、聽音樂會等諸文化活動，亦是融入社會的方式之一。我一向愛參觀作家、音樂家、歷史人物和偉人故居；我們有時候會去巴黎大皇宮、羅浮宮、阿拉伯世界學院看展覽。我們訂有古典音樂會季票，外子熱愛古典音樂，學會作曲。

投票、參政

投票是履行公民的義務，法國的眾議院及參議院議員選舉、地方代表、總統選舉等，我沒錯過任何投票機會。中國人在法國極少參政，較多從商。旅德作家謝友四月二十日當選班貝克(Bamberg)黨委委員，從此要為民服務，不過一旦踏入政壇，恐怕較沒空寫作。

保持自身文化的同時，加強與主流文化的交流與溝通

與主流文化的交流與溝通之際，我們可保持自身文化，海外華人不要也不能忘本，兩種甚至多種文化，可在我們胸懷兼容並蓄。

融合當地社會之際，保留中華文化傳統。里昂中法學校教授華僑子弟華文，中國新年有慶

祝活動；巴黎中國城的舞獅舞龍獻瑞賀新春，讓華人感受濃厚的節慶氣氛，法國電視亦每年報導。

我以前訂閱航空版的中央日報、聯合報，後來停止。現在每天看中時電子報與聯合新聞網，不僅可獲得中文版世界新聞、臺灣消息，也磨練中文。不要以為母語是一勞永逸，若不經常反覆練習的話，也會舌頭打結，書寫不順暢；我個人就認識一個例子，一位到美國四十三年的臺灣女士，完全融入美國社會，沒看中文報紙、中文書的習慣，日積月累，中文退步了。看英文比中文流利，講中文時偶而會忘掉字彙。

一個人的語文程度與看不看書有關，尤其是與文字為伍的作家。並不是到達一個國家，語文能力就會自動改善，得利於環境方便，聽講是較容易。但閱讀與書寫外語，須進學校學習、加上個人努力，多多閱讀。

不熟諳異國語文，只是在華人圈生活；或是忘掉中華文化，嚮往西方文化。在這兩種情況下，如何取捨、酌量，視每個人的個性、抱負、價值、追求的理想而定。根據多項研究，擁有雙語能力者，認知能力較強，進而延緩老年失智症好發年齡。我個人認為有幸吸收異國文化，融會中華文化，各種思潮在作家身上匯集凝聚成智慧的火花，跨國視野發揮文化橋樑的作用，這是海外作家得天獨厚的條件與資源，焉能不善加利用之！

建起一座溢滿古典書香的塔

——論呂大明散文創作的特色

／麥勝梅（德國）

麥勝梅

臺灣師範大學教育學士，德國阿亨理工大學社會學碩士。曾任威茲拉市成人教育中文講師，海外華文女作家協會祕書，威茲拉市立博物館解說員。現任德國聯邦政府翻譯員，歐洲華文作家協會祕書長，海外華文女作家協會會員。著有《千山萬水話德國》（散文集），主編：《歐洲華文作家文選》、《歐洲不再是傳說》（與王雙秀合編）。編輯：《文學遊》（與王雙秀合編）、《在歐洲天空下》（與丘彥明合編）。

在華文文壇上，呂大明是一位不可忽視的散文名家，她的一生橫跨亞歐兩地，她既承接了中華美文的傳統，卻又對西方古典文學有所嚮往。呂大明的散文是充滿書卷味的，透過典雅清麗的文字表達出她對生命、自然的關懷和哲理的思索，幾乎在她所有散文集中，她都刻意與讀者分享那份驚奇、美與智慧。

（一）

旅居法國華文女作家呂大明祖籍福建，一九四七年生於福建南安，於嬰孩時隨雙親遷徙到臺灣，她父親呂德超在抗戰時期曾擔任抗日自衛團司令、福建安溪縣長與福建省政府參議顧問、國軍第三二五司政訓處長等職，她母親吳劍雲則出身於書香之家，是鄉中望族，著有詩詞集《縑痕吟草》。呂大明在慈母潛移默化、詩賦薰陶之下，與臺灣現代散文同時成長。

散文不外是指抒情、敘事和議論性的文體，而呂大明的散文是充滿了詩意與哲理。在創作路上，呂大明在不斷的尋找、邂逅和思索。她慣以一雙深情的眼睛來觀看這個世界，聆聽大自然的音籟，心中充滿喜悅和恬淡，她認為大自然的美帶給心靈的不是波動，而是靜謐。

她擅寫自然景致，文筆婉約鑠閃、詩味雋永，二十二歲就出了第一本散文集《這一代的弦音》，雖是啼聲初試，但已呈現出呂大明抒情的風格。一如大陸作家祖慰所敘述的「她們唱的都是雅歌……一聽有一種羽化升騰之感」，臺灣文學評論家張瑞芬副教授所說的：「呂大明的文字，完全不夾雜半點煙火氣，最為神似《北窗下》時期的張秀亞。」1

1. 呂大明曾在耕莘文教院的寫作班受教於張秀亞。見於《五十年來臺灣女性散文》評論篇，臺灣逢甲大學副教授張瑞芬〈星光與月明的交響曲——論呂大明散文〉。

所謂「雅歌」，呂大明在〈寫的藝術〉中有過這樣的詮釋：「一位作家的責任是什麼？是『寫』。像所羅門王寫了『雅歌』，把自己內心蘊藏最美好，最寶貝的東西獻了出來。」[2]呂大明的雅歌就是呈現她最溫柔的一面，不管在生活的感懷或是花前月下的片段思緒，她對文字很有品味，詞藻總是清麗雅典，字字珠璣，進而延續一種淡淡的哲思與詩意的閨秀作家風格。這種曲折迴流的文字書寫，讓人聯想到她當年曾享有「小秀亞」的美譽。

一九七五年呂大明隨夫負笈英國，先後出版了《大地頌》、《英倫隨筆》和《寫在秋風裡》。一九九一年出版的《來我家喝杯茶》文集，廣受一般讀者喜愛，在〈絕美三帖〉一文中寫：「當月光透過杉樹灑下一地銀輝，也是無聲無息飄落的雪花，我就像佛羅斯特〈雪花〉中那位詩人，走在鐵杉樹下，讓月光灑滿我一身，就如一隻停在枝頭的鳥兒在我身上撒下雪花片片，我也為了這麼丁點兒的繽紛，心情就不再愁悶。」[3]

儘管在短短片語中，呂大明已刻畫出脫穎而出的抒情美文形象。好一個詩情畫意的月夜，如果說窗外那片月光給呂大明沾染了浪漫的遐思，倒不如說她豐富的想像力賦予這一樣的月光不一樣的靈性，並激發她文學的創造力。

而呂大明的《流過記憶》文集中，說出了她在異鄉中常常自覺或不自覺地在周遭尋找心靈的饗宴。秋天到了，她在別人忙著出遠門度假時，選擇了留在巴黎郊區觀賞秋天的景色。她在〈秋園隨筆〉一文中寫：「一陣秋風裹住一陣沁涼的花香水氣，蓮池裡秋蟲噪耳，遠處一片鋪天蓋地的萱草，開著燦爛的花朵，竟像是懷著廣闊無限胸襟的雲朵，飄遊向天涯、海角，而那種美，就像湖上泛起繽紛似的、錦緞似的夕陽彩光。」[4]她，觀賞四季的一草一木有如欣賞一件藝術品般，然而，她想要描繪的，並不僅是她漫步於百花庭院的樂趣，而是告訴讀者她分享了一位法國園丁修剪那片充滿心靈美的花園的樂趣，因為春天來時，這裡會是一片美麗的花海……。在遊園中，她腳下像踩上了滑板一樣輕快，看到一片茂盛的修竹，使她聯想起飛簷走壁的中國建築，看到荷池，使她懷念起愛蓮惜蓮的畫家莫奈，看到街頭音樂家，使她感染了鄉愁。她筆下的景物是充滿生命力的，以松林之意境表達了她對生命的敬重：「走入一片松林，那盤踞的枝幹，高高地頂著藍天，掛著雲彩，那份跨越過光門坎的蒼古，那霜皮溜雨似的斑駁，彷彿是一決無形歲月的磨石，去蕪存菁，透露出生命的傲岸。」[5]

呂大明的散文往往有畫龍點睛的效果，這也是廣泛受到讀者青睞的原因之一。

2. 見於呂大明《來我家喝杯茶》第一六一頁，〈寫的藝術〉，臺灣爾雅出版社，一九九一。
3. 見於呂大明《來我家喝杯茶》第三六頁，〈絕美三帖〉，臺灣爾雅出版社，一九九一。
4. 見於呂大明《流過記憶》第二五二頁，〈秋園隨筆〉，河北教育出版社，一九九五。
5. 見於呂大明《流過記憶》第二五二頁，〈秋園隨筆〉，河北教育出版社，一九九五。

（二）

呂大明的抒情小品不但寫得出色，而寫旅行文章也格外動人，這顯示出她創作體裁的多樣化。倫敦、巴黎、羅馬、威尼斯、海德堡、布拉格、聖彼得堡、布達佩斯等的一座座不同文化歷史的歐洲城市，在海外的華文作家來說，一點都不陌生。呂大明旅居英國九年，她曾走遍倫敦大街小巷，也曾踟躕於大英博物館或倫敦國家畫廊，泰晤士河畔更是她午後漫步的好地方。後來居住在法國二十多年，一提到巴黎，隨之而來就是與福樓拜、史坦達爾、雨果的對話。然而，她卻謙虛地表示她寫遊記是受到徐鍾佩女士《多少英倫舊事》所啟發的。

讀呂大明的遊記如同品味一幅畫，先是驚豔，再來就是徘徊其中。她筆下的貼心素材如英國的牛津古城、莎士比亞故鄉、淇薇爾河畔等，均是充滿靈性之美，引人入勝。在〈泰晤士河畔的黃金歲月〉中展現出她對於人文景觀的特別偏愛：文章從英國人的生活態度、英國畫家康斯泰勃（Constable）的畫說到散文家查理斯南姆（Charles Lamb），再後來，才借用詩人王爾德・歐斯卡（Wilde Oscar）的詩篇回到主題泰晤士河畔，最後用她一貫的麗詞佳句刻意營造泰晤士河畔的餘溫：「泰晤士河畔落霧了，走入霧中，還能感受氤氳的霧氣正向你靠攏，這典型的霧都娓娓細述著查理斯南姆散文中的情節。」這種不太直接切入主題的散文結構，構成她「似散而聚」的散文特色。

〈一個倫敦秋日的午後〉是呂大明舊地重遊的作品，對倫敦街道、城市綠化、建築物、計程車司機、蕾金公園、西敏寺等都有細膩的描述，在西敏寺的鐘聲中讓她禁不住低吟一首愛麗斯・梅拉爾（Alice Meynelle）的〈諧音鐘〉。

家居於法國凡爾賽市，呂大明是否因為凡爾賽市與臺北結為姊妹市，懷著千里共嬋娟思鄉的心情寫下〈月光下的凡爾賽〉一文？不管如何，她在文中充分地發揮了在地人的地緣關係，介紹凡爾賽宮和舉行的莫札特冥誕的音樂慶典。

一九八四年呂大明曾在羅馬住了一個月，羅馬原是噴泉之鄉，羅馬噴泉就是雕刻藝術和希臘神話完美的結合。她寫下〈羅馬假期〉和〈亞當的創造〉兩篇遊記。在〈亞當的創造〉裡，把一般的吃喝玩樂都拋得遠遠的，一切都要從《聖經》的故事說起，羅馬在她的理念中是宗教、藝術、希臘神話和文學的美麗結晶體，她讚嘆梵蒂岡的西斯汀教堂天頂的巨幅中的「創世紀」壁畫，那是米開朗基羅花了四年時間才完成的，她說：上帝以指尖輕觸亞當的指尖的瞬間，一位完美的生靈誕生了。

至於說到羅馬，在呂大明的心目中，維納斯和濟慈是不能缺席的。每次閱讀〈亞當的創造〉，讀者就神遊一次羅馬。

（三）

呂大明無意樹立文學是苦悶的象徵，儘管在談人生說哲理，也不急於表達她對現實豐沛的理性認知，不管走到哪裡，她以虛懷若谷的心情，駕輕就熟地引導讀者走入她精心營造的一座溢滿古典書香的塔。

呂大明堅信一位作家的成功絕不是偶然的。她說：「蝴蝶不是生來就是一隻蝴蝶，作家不是與生俱來的，天才也得依靠努力。」在生活中的她是手不離書的，她喜愛中國古典文學，借由大自然的景致和事物，娓娓道出其中的領悟。閱讀與書寫是呂大明生命中的夢痕，她歌詠生命，隨心所欲地引經據典，一個又一個感人故事的鋪陳，映照出一位清澈高貴的心靈倒影。

且聽她於〈陋室銘〉說：「落英在我窗前繽紛，流雲在我窗前漫遊……我在這裡耕耘一片思想的園囿，我在這裡與古今的鴻儒會交……。」[6] 顯然，在生活中她離不開閱讀與創作，而圍繞著她的是文學界諸大師，在她的書房，早已建起一座溢滿古典書香的塔。

（四）

呂大明是一位既溫柔細緻，感情又那麼豐富的散文家，她筆下的有情世界總是絲絲入扣。

一九八〇年，她雙親到英國伯肯赫德探望她，然後一起遊約克郡小城，一家人共享團圓之樂。二十一年後她帶著母親的詩集舊地重遊，那時她母親已往生，觸景生情，寫下《落星記》中之團圓的一幕，以表達她思親之心情。在她心中，半生戎馬的父親永遠是一位英雄，因為他在槍林彈雨中顯示了大無畏的精神。所謂母女情深，母親在她眼中是一位蘭心蕙質，在知性與感性上對她影響最深。她說：「母親雖葬在美國德州，但……，她的墓就在我刻骨銘心思念的心上，那團圓的一幕永遠在記憶裡翻土播種……。」在《科茨沃德故事集》中又說：「……在我生命中永遠有一個空位子是為我慈愛的母親準備在那兒，好像等待她走過千山萬水來探望我，等待她倦遊歸來。」7

她很珍惜自己所擁有的友情，她的鄰居、詩人、教授朋友，不論是深交或萍水相逢，她都真誠相對。甚至一位窮到晚餐只有一碗湯的老人，在他臨終住院時，她懷著憐憫之心去探望他，給他一份真摯的關懷。

呂大明，她曾經對愛情有過無限的憧憬，她向讀者訴說過文學大師但丁對貝翠麗絲的深情，音樂家布拉姆斯為女鋼琴家克拉拉一往情深終身未婚，愛情是美妙的東西，它的可貴在於

6. 見於呂大明《來我家喝杯茶》第一一七頁，〈陋室銘〉，河北教育出版社，一九九五。
7. 見於呂大明《世紀愛情四帖》第三九／六二頁，黃河出版傳媒集團陽光出版社，二〇一二。

賦予文學家和音樂家的創作靈感，如癡如醉的但丁為戀人寫下三十多篇詩歌，集成詩集，取名《新生》；而「姐弟戀」的布拉姆斯為克拉拉創作了《B大調二重奏》和五十首《D鋼琴小調協奏曲》。

愛情的真諦可貴在於永恆，然而世紀愛情不盡是那麼的完美。

法國人常說的一句話：愛情會有終止的一天。現實世界裡，縱然世人都追求的天長地久永不褪色的愛情，有時候，諸多的期盼也是枉然。她的鄰居蘇珊面臨婚變，來得很突然，好似打個盹的時間，一切幸福便在眼前消失了。透過一趟沙漠旅行，逐漸想明白了婚姻也絕不是地老天荒的道理，堅強地再回到生活中。

她也說，別離是所有愛情故事最悲愴的休止符，畢竟愛情有太多的傷感故事，愛情走到盡頭是極致無奈的事，就好像生離死別要躲也躲不了。

她在《世紀愛情四帖》中，半句也沒有提到自己支離破碎的婚姻，如果仔細讀她的《暮雪紛紛》後，讀者可以發現字裡行間，不經意地透露她深藏於心底的創痛，然而，呂大明接受了命運的安排，堅毅地向前走，讓讀者明白：愛情不是她心靈的唯一歸宿，因為文學彌補了她的傷痕。呂大明常常自問，一個作家來到這個世間是作什麼的？就是這個問號帶領著她不斷地書寫，不斷地在文學創作中留下了不可磨滅的烙印。

二〇一一・二・二十二 完稿
二〇一四・三・二十七 修正

愛情價，高不高？

／顏敏如（瑞士）

顏敏如

臺灣高雄人，長居瑞士，嗜好思考與散步，在批判自己也批判世界之後，覺得自己不如一粒沙，而一粒沙的批判工作竟然成了永不止息的生活方式。是幸？是不幸？文學，她喜愛，雖然文學有時令她感到厭煩。她痛恨自我重複，也認為書寫自己是逃避世界最笨拙的行徑。顏敏如是個在公眾面前無法言語的寫者，因為所有的話語兩千年前的人全已說畢。

曾經有一位外國友人這麼問：「在電視上的那些中國官員怎麼全是黑髮？」這話和「《土豆也叫馬鈴薯》裡全是愛情故事」的說法一樣，雖不完全正確，卻有特定的根據，而「印象」便是這根據的所來處。「中國官員全是黑髮」的印象，來自「中國官員」或「許多中國人」喜歡染髮的風氣，也可能來自「不願顯老」的社會共識。而《土豆也叫馬鈴薯》給人「全是愛情故事」的印象，難道也來自風氣與共識？

這書共有十六篇短篇小說，愛情，便占了三分之二。值得一提的是，若依作者曹明霞的書寫，與其把讀者所能擷取的元素定位為「愛情」，倒不如以「性之於中國男女」來了解更恰當些。當然所要求的前提是，人人都能接受「愛情與性不能分離」的看法。

因著「性之於中國男女」確實占《土豆也叫馬鈴薯》的大部分篇幅，《土》書大可納入現代中國男女對性態度的研究。如果這些篇幅中的愛情只限於明霞筆下那亦真亦假的世界，也就是，只展現明霞本身所經驗或感知、聽聞的個案，既不存在普遍性，且只以不同面貌來呈現同一模式，那麼這一模式就很值得做為「為何有此一模式？」的研究議題了。

「這一模式」的主要內容是：男人有錢有勢，女人為了過好日子，什麼都可以犧牲。女人可以做小，以取得男人的施捨，或讓男人，雖有些遲疑，卻又自由自在地無限擴張他們的雄性能力與追求。妻子可以容忍丈夫外遇，是為了保有吃穿無虞又有出門排場的優渥生活。這是種因著女人的認可、幫助，甚至提拔，而讓男人凌駕女人之上的應允，正如同男女在床上傳統的、舒暢的姿勢那般。這樣的「舒暢」甚至是生物界的命定。也因此，把男人女人對待彼此的這種態度，看成是人類物種的原本面貌，應該不為過。

值得一問的是，為什麼這一原始本能，可以是「性之於中國男女」的普遍現象？或為什麼人類物種繁衍後代的方法，會存在明霞《土豆也叫馬鈴薯》大部分的書寫當中？

《情人是個保潔工》裡的這句話，「知識分子是最不聽話的，就像男人的雞巴」，把男人的無法自我控制或不願自我控制，說了個晶透。一個不聽話的男性知識分子加上他不聽話的雞巴，再加上他的錢財與勢力，有可能呈現出什麼面貌？如果男人「六十出頭了，但他非常熱愛年輕。染過的烏髮，不臃腫也不抵寒但是很精神的外套，還有腳下這雙雪地一凍更加鋥亮的皮鞋，使他的確和實際年齡拉開了一點距離」，加上他的雞巴，再加上他的權力，又會做出什麼事情？

面對男人「高姿態」的求歡，女人當然有時是「像接見僕人的貴婦」，可惜她們常常在懂政治也懂世俗的男人面前，甘願小家碧玉，完全糊塗。而一個不可能和比自己好看的女人做朋友的女人，她能不自敗？

「性」在愛情裡是個真正的玩家，它讓男人給糖買性，讓女人吃糖賣性。金錢在愛情文化中，角色更是吃重。所謂「斷財路即是斷色路」的潛在意義可以是，有錢男人花天酒地求歡，不僅是天經地義（這和一隻雄性大猩猩吃了含有酒精成份的腐敗果子，而紅著牠那膨脹了的器官去騷擾雌猩猩有何不同？），他那「歡」的對象也歡天喜地地迎接「被求」，更欣然於「被歡」。「好色」的說法，對這些男人是個誤解，是個不當的形容詞，是個酸葡萄心態的惡意攻擊。而「好色」之於阮囊羞澀卻又四處採花的男人，不僅恰當，還可以更準確地升級說是「變態」！偏偏，吃糖賣性的女人往往是自卑的，是拉皮、隆乳、墊鼻整容診所的主顧。所以，我們看到的有趣圖像是，有錢有權的男人提著他的雞巴，高姿態地去摩挲一張拉皮臉，舔舐一對墊著矽膠的假乳，卻不明白，提供他宣洩管道女體所銜接的那顆頭顱有些什麼樣的盤算，更不知道，割過雙眼皮下，假意瞇上的那對眼睛，正如何睥睨他皺著眉頭的沉醉歡樣；也或許他心知肚明，只不過「這女人在局裡的升遷，過了今夜再說」。

好一個錯亂的世界！

歐洲舊時，貴族的婚嫁大都出於政治、經濟的考量。雙方或許在婚前短暫見面，對不上眼了，既缺乏後悔的時間，也沒有後悔的能力或機運。高地位男人要彰顯其聰明才智、要表達其情感愛戀，永遠不缺傾聽他、心儀他的女人，而順勢發展出來的相約上床，既自然也適切。現代人的偷情與外遇，在王室宮廷中不過是一個普遍準則。

越是位高權重的男人越是認為自己的情史不會像屬下的偷情那般容易被發覺。法國政要坐擁情婦，是個公開的祕密傳統。和他國相較，法國人也似乎對這傳統有較長時間的容忍。直到前國際貨幣基金會（IMF）執行長 **Strauss-Kahn** 在美國出了醜聞。他遭人懷疑性侵五星飯店裡的一位黑人清潔婦，回法國後，更另有類似事件等著他。這一連串讓當今歐洲社會歸類於不光彩事件發生之後，法國人的價值觀或許漸趨保守。而那些雌性的「事件參與者」，除了在金錢上因出書或遮羞得到些補償之外，不論情感或聲譽都是可憐的輸家。在這一層面上，究竟中國媒體對中國的輸家們多了份同情與諒解，還是不斷地施以精神石刑？

美國共和黨的策略專家 **Ana Navarro** 說：「每個女人都可以把一個在『性』頭上正高昂的

男人耍得團團轉。每個女人也都知道，在她沒有意願時，如何讓男人得到訊息。」Navarro自己是女人，她說這話有其可信度。

每個女人都明白，二十歲的男人喜歡二十歲的女人，四十歲的男人喜歡二十歲的女人，八十歲的男人也喜歡二十歲的女人；並且，只要條件正確了，任何男人都可以有個二十歲的女人。聰明的女人清楚在人生的群山峻嶺中往上攀爬的方法與路徑，抱怨頭上有個玻璃屋頂的女人也就顯得過於乖巧了。不都說，壞女人上天堂？

讀曹明霞的小說如同觀賞一幕幕的戲劇演出。她不會過度緩慢地把背景寫成無聊。她的「景」是節約的，是省著用的，是純粹為了支持故事中人物的動作與說話而存在。讀者不間斷地聽、聞、摸、觸、感，讓閱讀經驗顯得辛苦而勞累，而辛勞的獎賞是：《土豆也叫馬鈴薯》真是好看！

「好看」是小說成功的第一要素。至於什麼人覺得什麼書好看，什麼人不覺得什麼書好看，則是另一議題。《土豆也叫馬鈴薯》好看，是因為明霞不提供痛苦的思考；她專心而堅定地遵守，小說書寫必須讓人有不欲停頓、不願被擾的準則。《土豆也叫馬鈴薯》好看，也是因為明霞對於顯性、隱性的各種難題，一律不出示答案，只放手讓它們成為生活中諸多痛苦的雙生；也因此，書中的一切跳躍能夠深層鑽入到讀者的心坎裡，讓大夥集體切齒而憂傷地沉溺在你知我知的無解當中。

澳大利亞篇

第四輯

遺憾不再有

窗外的「鄰居」

／立秋

立秋

本名倪立秋，文學博士，有筆名秋野、小秋等。曾移居新加坡，現定居澳大利亞，從事教學和管理工作，業餘致力於散文創作、文學批評、中英翻譯，擁有口譯、筆譯、採訪、編輯和報導經驗。二〇一二年五月起，在墨爾本《大洋時報》以「讀詩增智學英文」為題開設詩歌翻譯專欄。已在中、星、澳出版《新移民小說研究》、《世界寓言》、《東西文化的交彙點》等著作多部。

初來墨爾本時，我感覺日子過得甚似神仙。不再被忙碌快節奏的生活壓得喘不過氣來，遠離喧鬧的市囂和紛擾的人事，蟄居於寧靜寬敞清潔的環境，享受現代便利的生活設施。我曾這樣給墨爾本定位：既有都市的現代便捷摩登動感，又有鄉村的寧靜平和從容舒緩，它的確稱得上是人類理想的居住地。生活在這裡，我感覺置身於現代世外桃源。

但有時安寧祥和的日子會被不速之客打破寧靜，煩惱可能會由此滋生。在墨爾本住了一段時間後，我寧靜的生活中冒出一位不速之客，給我的家居生活增添了些許煩惱和無奈。

某週末晚，我陪兒子打球歸來，正欲踏上門前臺階，忽聞前院那棵大樹附近傳來一陣令人毛骨悚然的聲響。這聲音低沉，粗啞，呈散射之勢，宛如一些驚悚片中那些殺人惡魔在對獵物下手前，因生氣憤怒或興奮激動而發出的低沉而恐怖的嘶吼。這叫聲我以前從未在現實生活中聽到過，嚇得我頭皮發麻，汗毛直豎，雞皮疙瘩直起，甚至連冷汗也冒出來了。由於天黑，周圍除了黑魆魆的樹影，別的什麼也看不清，我不由緊張地問：「什麼聲音?」兒子說：「是Possum。」兒子比我先來澳洲，對澳洲的了解也比我多。「什麼是 Possum?」我又問。……

就這樣，Possum 成了那晚我們一家人談得最多的話題。從此以後，Possum 進入我的家居生活，時不時充當不速之客。看那架式，牠硬要來做我的窗外鄰居，非要打破我桃源生活的寧靜，讓我心驚，給我煩惱和無奈。

那晚之前，我對 Possum 這種動物一無所知，聞所未聞。牠用叫聲對我發起「恐怖襲擊」之後，我對這種很「嚇人」的動物產生了好奇。經由字典和網絡進行一番搜索，我總算對 Possum 有了一些皮毛認識：牠還有一個英文名字叫 Opossum，中文翻譯成「負鼠」，是一種尾部擁有捲握力的小動物，能用尾巴緊緊纏在樹枝之類的東西上，也能隨身攜帶幼鼠到處跑。

牠頭部像老鼠，身軀及尾部卻像袋鼠，但個頭比袋鼠要小得多。身型小的負鼠只有老鼠大，最大的也不過如貓大。性情溫順，常夜間外出捕食昆蟲、蝸牛等小型無脊椎動物，也以植物為食。平時喜歡生活在樹上，能在疾奔中突然立定不動，這種快速剎車本領據說世上還沒有其他動物能與之匹敵，因此牠享有動物界「剎車能手」稱號。其天敵有狼和狗等，但在遭遇敵害時，牠們也有絕活來躲避，比如裝死，還從肛門旁的臭腺排出一種惡臭的黃色液體，使對方以為牠已死，甚至已腐爛發臭，從而放棄進一步攻擊牠們。因此 Possum 這個英文詞，在美國口語中也有「裝死」或「裝蒜」之意。

簡單了解負鼠後，知道牠不會攻擊人，我就對牠沒那麼恐懼了。但牠愛夜間活動的習性，以及毫不體貼的鬧人舉動，卻讓我對牠產生厭煩之心，無法施予憐愛之意。

一日半夜，我在酣睡中被一陣恐怖的響聲嚇醒，一時竟不知身在何處，以為在做惡夢。仔細聽來，聲音好像來自天花板，我感覺那上面似有萬馬奔騰，恐懼感再度油然而生。立刻搖醒身邊熟睡的丈夫，他睡意正酣，不以為意，只朦朧含混地說：「是 Possum。」天哪，一隻負鼠居然有這麼大的能量，竟讓睡夢中的我以為天花板上有千軍萬馬在衝鋒陷陣?!丈夫又含糊地說：「不是一隻，是兩隻。」噢，原來如此！負鼠也怕孤單，也會呼朋引伴，眼下正享受聚友之樂，在我家天花板上互相追逐撒歡呢！可牠們一撒歡，我不就很慘咯?!

往後的日子類似的情形時有發生。我雖不再像以前那樣懼怕負鼠，可牠這麼鬧人，尤其是三更半夜在我睡意正濃時製造如此巨大的動靜，竟把其歡樂建立在我的痛苦之上，真讓我有點吃不消。於是我心中開始慢慢滋生出對負鼠的厭煩怨恨之情，心想有沒有什麼辦法能讓牠離開我家，不要生活在我這小小的院落裡，因為我喜歡安靜，不喜歡有這麼愛製造熱鬧的近鄰，何況牠還特愛晚上在我家窗外和屋頂鬧騰，發出的聲音竟然如此恐怖瘆人。

沒過多久，機會來了。有天晚上剛入夜不久，周邊的鄰居和我家人都還沒就寢。有兩隻負鼠在我家屋頂、電線以及鄰居和我家柵欄上追逐嬉戲，鬧得很歡，弄出很大聲響，還驚動了鄰家小狗。狗和負鼠原本就是天敵，兩仇相見，分外眼紅。鄰家小狗激動異常，衝到後院對著負鼠好一陣狂吠。負鼠似乎也不甘示弱，以其招牌式的恐怖嚇人的低沉嘶吼回敬小狗。一時之間，小狗和負鼠你吠來我吼去，有來有往，禮尚往來，我們兩家的後院頓時好不熱鬧！

我聞聲開門，走進後院，很驚喜自己居然有機會一睹負鼠的廬山真面目。那晚有月亮，加上有燈光照明，後院的光線和能見度很好。我很清楚地看見兩隻負鼠一前一後站在圍欄上，正和鄰家小狗「吵」得正歡。看到我靠近，牠們停止和小狗「吵架」，轉而朝我所在的方向走來。這兩隻負鼠身型較大，有著閃閃發光的亮眼，深灰色或灰褐色皮毛上摻有雜色。如果沒有事先了解到一些有關知識作鋪墊，我一定會認為眼前這兩個鬧人的傢伙是兩隻野貓，因為從外形看，夜色中的負鼠跟野貓長得非常相像。

怕牠們當晚再度打擾睡眠，我想把牠們轟走，先用聲音和手勢轟趕牠們，但這一招收效甚微。兩隻負鼠對我的用意和作為根本無動於衷，完全無視我為了轟牠們走所做的一切努力。牠們依然故我，很優雅地在圍欄上邁著模特步子，好像在挑釁和示威，還帶著一副「看你能把我怎麼樣」的驕傲和蔑視表情。而我此時心意已決，見聲音和手勢不起作用，就回家拿出長長的掃把來繼續轟趕牠們。兒子見狀走出來說，澳洲動物保護法規定，居民不可私自抓負鼠，要趕走負鼠得付費請專業人員上門。這時我才終於明白，為什麼負鼠弄出如此鬧人的動靜，而周圍的人類鄰居卻如此有涵養和包容心，竟然沒有人出來想辦法對付牠們；原來鬧人的負鼠有嚴格的澳洲法律作靠山！既然如此，我又能奈牠何？只好草草收兵，回家繼續加強修練自己的忍功！

幸運的是，那兩隻負鼠大概還是善解人意的，也許明白自己在這裡不受歡迎，或是良心發現善心大發，那晚牠們沒再製造更多動靜，主動離開我家後院到別處撒歡去了。因此我當晚的睡眠沒受干擾，而且從那晚以後有較長的一段時間，我沒有再聽到負鼠發出那種招牌式的令人心悸的低沉嘶吼，內心裡還曾暗暗為此感到慶幸。

但安寧的日子沒有持續很久，負鼠再度回來打破我生活的平靜，而且鬧得讓我哭笑不得。某日晨，我打開前門時不禁嚇一跳，因為看到有不少黑乎乎的髒東西從門口一直延伸到車庫旁的臺階。我對此百思不解，起先以為是鄰家孩子頑皮時的惡作劇，但根據平時的觀察，我不覺得有哪家孩子會做出這種事情。而且那些髒東西看上去好像是屋簷水溝中長期積存下來的，鄰家孩子不可能有這些東西拿來搞惡作劇。等到兒子回來後問他，他說應該是負鼠幹的，鄰家孩子不可能幹這種事情。聽兒子這麼一講，我馬上出門站在前院往屋頂上看，覺得他的猜測有道理，因為屋簷邊還掛著一些和門前地上一樣的髒東西，而且地上的那些髒東西排成一條線，而那條線剛好就在屋簷下面。

這時我想起前一晚屋頂上好像異常熱鬧，負鼠們鬧騰了大半夜，其鬧騰方向和髒東西掉落的方向一致。晚餐時跟我先生提起這件事，他開玩笑說，負鼠這是在報復我上次拿掃把轟它們走！真的嗎？這太離譜了，負鼠還會報仇?!雖然我內心不相信他說的是真的，但也找不出有力的證據，證明負鼠不會找機會向人類報仇，畢竟我對這種亦鼠亦貓亦袋鼠的慣於擾人的小動物知之甚少，所以無力反駁。這可真是些讓人哭笑不得的小東西！

但自從我用掃把轟趕牠們之後，負鼠的確再沒有每天來鬧事，有段時間甚至銷聲匿跡。我只偶爾在傍晚和先生外出散步時，看到牠們沿著電線無聲地在空中飛速移動，其行動的敏捷程度會令所有玩雜技和走鋼絲的人類優秀演員嘆莫能及。有時負鼠也會偶爾回來，低沉暗啞地嘶吼一兩聲，仍能喚起我對牠聲音的恐懼感，但牠卻並不久待，因為我要麼很快就聽不到其嘶吼聲，要麼聽到其吼聲越來越遠，不知是不是因為牠已察覺到我對牠持不歡迎態度。

沒有負鼠做鄰居，日子又恢復寧靜，我又能享受桃源生活的安寧祥和。如果後來沒有讀到網上和報上一些有關負鼠的文章，我或許會忘記曾經有過這種調皮鬧人的鄰居生活在我的窗外，會忘記牠曾帶給我無奈與煩惱。網上有不少人像我一樣曾深受其害，甚至還有人對負鼠恨得咬牙切齒，因為負鼠不光用恐怖的叫聲擾人清夢，還曾偷過那些人種植的蔬菜，搗毀他們精心經營的菜園，潛入廚房偷吃巧克力，嚇壞他們的小孩，甚至驚嚇過他們圈養的雞鴨和寵物！報紙也曾報導，有不少澳洲本地男子因痛恨負鼠而爬上屋頂，想去捕捉牠們，結果很不幸，不光沒抓到負鼠，欲抓負鼠的人反而還不小心一腳踩空，從屋頂摔下來，摔斷了腿或尾椎骨，家人只好慌忙叫救護車送他們去醫院急救。弄得偷雞不成反蝕把米，真是得不償失，他們虧大了不是？

負鼠啊負鼠，看樣子不歡迎你的，這世上還不止我一人呢！雖有澳洲法律作強有力的後盾和靠山，可你還是要懂得好自為之，不要頑皮過頭喲！既然人類不能輕易欺負你，那你就不要欺人太甚了吧。

（二〇一二年二月十二日完稿於墨爾本）

洋女婿吃中餐

／辛夷楣

辛夷楣
澳大利亞中文傳媒資深記者。一九八七年，赴澳洲留學，自一九九〇年始，在悉尼中文傳媒擔任編輯記者多年，撰寫大量時事和新聞特寫。二〇〇九年，與母親（曾任焦菊隱祕書）及弟弟一起撰寫了《記憶深處的老人藝》（三聯書店出版）一書，記述北京人民藝術劇院的導演與演員們的故事，受到廣泛好評。

與丈夫蓋瑞認識之時，我已到澳多年。對於西人喜歡什麼樣的中餐，心中已經有數。但是，他對中餐到底接受到什麼程度？老吃中餐他會不會嫌煩呢？蓋瑞滿不在乎的樣子說：「你放心吧！我一點都不介意每天吃中餐。我在亞洲許多國家都待過，在印尼住過幾個月呢！在那裡，我什麼都吃過。」我說：「這樣吧，我做了什麼，你要是愛吃，就告訴我，我以後常做。你要是不愛吃，我也就不常做了。」

鹵豬舌

我的朋友們都想見見他，他也急於要公開亮相。他認為，我把他介紹給越多親朋，證明我對我們之間的關係越有信心。一天，我要邀幾個好友來吃飯，當然主要是看他。一位好友說想吃鹵豬舌。我知道，西人一般不喜歡吃內臟、雞爪、豬舌之類，有人甚至有恐懼感。我問蓋瑞：「我要做豬舌頭，你介意不介意？」他痛快地說：「我當然不介意。你做了，我如果愛吃就吃，不愛吃就不吃好了！」結果，出乎我的意料之外，他竟非常喜歡鹵豬舌。他說：「鹵豬舌全是瘦的沒有肥油，又好吃又健康！」這樣，鹵豬舌就成了我的保留節目之一，隔不久就表演一次。

生煎包

我那時在雪梨艾什菲（Ashfield）區上班。他說不放心我一人回家，總是下了班就開車來接我。艾什菲是雪梨著名的小上海，中國雜貨店、中餐館一家挨一家。我們常常先買東西後就在中餐館吃晚飯。

他像許多西方人一樣，聽過不少上海故事。一聽我說是上海風味，很感興趣。我們很快就發現這裡真是價廉物美啊！他也很快就發現，他最喜歡的是生煎包。既然，他喜歡，我們就每一次都點生煎包，再點一、兩樣菜。菜來得快，但生煎包比較費火，老是等不來，好讓我們心焦。

後來，我們有了經驗。一進門，先點生煎包，再慢慢想別的菜。蓋瑞學會了說生煎包，且發音很準。我發現中國話的四聲對西人太難，說整句的中文不容易。但是，說兩個字、三個字，他們發音往往很準。每次我們一坐下，蓋瑞就撅著嘴，很努力很清晰地說：「生煎包！」服務小姐就笑了，嘩嘩寫下來，又扭身去告訴廚房。後來，服務小姐和我們熟了。我們一進門，她就衝我們一笑，說：「生煎包！」我們也笑，像遇到知音似的。幾個月後，我們要去中國了。在上海蓋瑞想比較一下上海的生煎包。他來上海是出差，很忙。我又怕他肚子不結實，沒敢帶他去小攤上嘗試。在一個大飯店裡，他總算吃到了生煎包。但是他不滿意：「上海的生煎包不如雪梨的好！」

糖醋魚

未帶蓋瑞去北京之前，媽幾次在電話裡提及：「真怕你們住在家裡，蓋瑞不習慣！老吃中國餐，他行不行啊？」媽媽的心細。其實，她不僅擔心我們在家裡住不住得慣，還擔心這洋女婿到底行不行？我雖一再在電話裡說我們相見恨晚，但家裡人沒看見他，總是不太放心的。他畢竟是西人呀！

後來，媽媽告訴蓋瑞，她原來有些不放心，但一看見他，就放心了。媽媽的這種感覺是全家共同的。我們家人與蓋瑞真可謂一見如故。全家人對他的好，真是無以復加了。

那正是夏天。爸爸知道蓋瑞愛喝啤酒。他一進家，爸爸就從冰箱拿出青島啤酒。蓋瑞就眉開眼笑地用中文說：「青島啤酒，謝謝！」家人見他果然喜歡中餐，連中國酒都欣賞，非常高興。那年，爸媽正好慶祝結婚六十週年。許多親友都從外地甚至海外趕來。因此，真是三日一小宴，五日一大宴。

蓋瑞每次都興致勃勃從頭吃到尾。家人聽說他愛吃糖醋魚，就為他點松鼠黃魚。松鼠黃魚的切功使他驚訝不已，更不要說色香味了。松鼠黃魚是下飯菜，上來得晚。此時，他已吃得八分飽，可還是忍不住要吃掉半條魚。

第二年，我們又回北京，他與家人已相當熟悉。一次親戚請客，我小弟點的菜。吃著吃著，蓋瑞突然對我說：「你問問小弟，菜是不是都上齊了？」我想都沒想，就替他問了，小弟一愣神。蓋瑞連忙解釋：「每次，爸或大弟、小弟點菜，總是點很多好吃的。我已經很飽了，又上來好多菜。如果菜都上齊了，我就可以知道該吃什麼，吃多少糖醋魚了！」我把他的話翻譯出來，全桌人大笑。

有一天，我們在一家老北京餐館吃飯，也是小弟點菜。等到最後的清宮點心上來時，蓋瑞說他實在吃不下了。小弟笑著對我說：「我講一個笑話，你幫我翻譯給他聽。他聽完了，還得吃！」他就講西太后小氣，大臣立了功，她捨不得賞錢，就賞一碟豌豆黃或沙其馬。講完，他指著點心對蓋瑞說：「這是我賞你的！」蓋瑞大笑，自然又勉為其難。

炸丸子

誰說婚姻是愛情的墳墓？這對我們完全不適用。相知愈深依戀愈切。愛滲進心裡，變得那麼不由分說。求同存異，同使我們那麼融洽，異卻帶來許多新奇與刺激。蓋瑞對中國人、中國文化及中餐似乎興趣越來越大。

蓋瑞愛吃炸的，最愛吃炸丸子。我懶得下手，就用兩個勺子做好兩大盤小丸子，放在炒菜鍋裡炸。後來，我想省事，乾脆做成厚厚的肉餅，放在平鍋裡煎。有一天，蓋瑞看我又準備做肉餅就說：「讓我來幫你搓丸子，你來炸。」我不願打擊他的積極性，很高興地說：「你先把手好好洗乾淨。」

真沒想到，他搓的丸子又小又圓。我很奇怪，他的烹飪技術不佳，怎麼丸子搓得這麼好？他說：「小時候，我在英國，常幫媽媽做這做那，也搓丸子什麼的。」

炸好兩大碟丸子，我們坐下吃飯時，他才說：「小丸子比肉餅好吃多了！」我笑了：「但是，做丸子麻煩。」他也笑：「我知道，所以我來幫你做。以後，咱倆就這樣合作好了。」我高興地說：「這下好了。我們再回北京，我倆就給家裡人表演炸小丸子，你做我炸。他們看到洋女婿不但愛吃中餐還會做中餐，肯定高興！」他一副得意表情：「沒問題！」

全聚德烤鴨

像許多外國人一樣，蓋瑞喜歡吃烤鴨。他在北京、上海、雪梨都吃過烤鴨了。媽媽就說要請蓋瑞去王府井的全聚德吃正宗北京烤鴨。王府井的全聚德給了蓋瑞極深的印象。店門內外廳堂上下一派中國建築風格。那天不是週末，又是中午，客人不多。我們就坐的那層大廳緊挨廚房，透過大玻璃，看得見爐子裡吊著一大排烤鴨。廚師正拿著大叉子把烤好的鴨子拿下來。爸爸告訴蓋瑞，這裡的爐子是特製的，鴨子、用料及每道工序都有講究，因此味道這麼好。

蓋瑞還特欣賞「一鴨三吃」。他眼看著師傅把小車推到我們桌前，把鴨皮和鴨肉片下來，給我們捲餅；剩下的鴨肉炒了菜端上來；最後還有濃濃的鴨架湯。回到澳洲，當著我的面，他幾次向他的澳洲同事吹噓王府井全聚德，還有「一鴨三吃」。

因為忙，蓋瑞又有三年沒來北京了。他到之前，媽就說還要請他到全聚德吃烤鴨。他到之後，有一天在家中說起這事兒。我就說：「到王府井全聚德太遠了，這次不如到亞運村分店去。」爸爸非常贊成，因為近年來北京小汽車數目猛增，交通堵塞越來越嚴重。

蓋瑞卻說：「其他分店怎麼能跟王府井的全聚德相比，我把那次去王府井吃烤鴨視作我人生的高潮之一呢！」媽媽立即高興地說：「好，好，蓋瑞你放心。這次，我們還去王府井的全聚德！」

那天，大弟、大弟妹早早把我和蓋瑞車到了王府井的全聚德。小弟妹去車爸爸媽媽，沒想到正值中國與非洲國家峰會，有的地方封路，只得繞道。小弟妹正在左突右衝地急於找路，坐在車裡的媽媽說：「我必須上廁所！」小弟妹一看，他們離北京醫院不遠，就一直向急診部開去。她把媽媽攙進急診部，對看門的老頭說：「老太太內急！」老頭說：「那快去，快去！」

等到他們終於到達，我把這一大段故事用英語講給蓋瑞聽，蓋瑞才意識到，全家老少為了他的死心眼兒，可是費了大勁兒了。他連連向媽媽道歉作揖。不過，王府井全聚德沒有使大家失望。大概因為，吃這頓飯前戲太長，大家胃口奇好。蓋瑞一邊吃一邊笑著說：「可憐的鴨子，牠們一生只有一次機會來王府井全聚德；幸運的蓋瑞可已經來了兩次了！」

心甘情願做宅婆

／林則

徐家鳳（筆名林則）

曾在北京市建築設計研究院工作至退休。在從事建築設計及科研項目三十多年中，曾多次獲各級獎項，獲教授級高級建築師職稱，並為北京市女建築師協會發起人之一。一九九七年來澳大利亞定居，為瞭解社會及豐富生活，執筆寫文，由畫線條改為爬格子，以華裔老人的視角觀察社會及感悟人生，成為澳洲華人作家協會會員。

打開電視，翻閱報紙，新潮名稱，撲面而來，什麼超男超女，剩男剩女，宅男宅女……，我不禁萌發奇想，是否讓自己也趕趕時髦，最後給了自己「宅婆」這個雅號。「宅」字從文學釋義來說是「居家」之意，與南方人俗稱「孵豆芽」，北方人所謂「抱雞仔」有相似之義。拿宅女為例，其實她的鼻祖應該是古代大戶人家的小姐，她們大門不出二門不邁，深居閨房與世隔絕，是名副其實的宅女。而現代所謂的宅女不少是在業餘時間宅在家裡，而且遨遊網絡世界能知天下事，如果她們能稱為宅女，那我自封宅婆也無可非議。但我還是梳理一下自己來澳後的經歷，對這頂帽子是否合適於我作個評估。

一是做做家教。九七年陪伴在北京撫養九年的外孫女來澳定居，開始五年內自己的專職是「保駕護航」，不僅要使她盡早適應嶄新的生活環境，還要跟上這裡的教育步伐。小學的主課是英文和數學，我就由這兩門下手。英文是抓擴大詞彙量及做好作文，但她只學過ＡＢＣ，我就以自己淺薄的英文基礎，憑藉字典為她編製簡易教材，不斷做字頭接字尾的生字遊戲；作文教她要抓住主題，搭好構架，開頭要引人入勝，結尾要留有遐想。數學是除了熟悉計算方法之外，重點是掌握應用題，培養她有邏輯思維能力來面對完全不同的題材。直到她上了中學，我才力不從心卸任退休。如今她在墨爾本大學雙學位畢業，並應聘到一家投資銀行工作，我想除了澳洲的教育，個人的努力，我這廝守多年的外婆也應有一份汗馬功勞，因而感到不亦樂乎。

二是當當總管。此項職務內容繁多，無法細述。例如：做炊事員，自己廚藝很差，但家人要求不高，我即使是圍著爐灶轉，看到他們吃得津津有味，也就沾沾自喜。又如做保管員，除了不管錢財飾物之外，我一直管到手紙肥皂。有時他們急找家用電器的說明書，我都能迎刃而解。又如做調解員，我的名言是「天災躲不了，人禍盡量少」，我把家人之間由於觀念不同而產生無意義的辯論歸於「人禍」之列。因此一旦他們鬧得大動肝火時，我就要澆水降溫，但如果 hold 不住他們時，我就溜之大吉。又如做安全員，無人在家時和晚上睡覺前，都要巡視門窗是否緊閉，電氣煤氣開關是否切斷。尤其是第三代自己上中學後，每次出門我都要唱一遍「帶好車票、手機、鑰匙、午飯」，到後來只要我說出第一個物件，她們就接下去完成這個順口溜，但我堅守崗位，即使囉嗦N遍，也樂此不疲。

三是打理園藝。在享有世界最宜居城市盛名的墨爾本，擁有一個花園簡直是如臨夢境。但現實卻告訴自己真是「樂中有苦」。每天平均要花兩個小時施肥澆水，剪枝鬆土，春夏天除不盡的野草，秋冬季掃不完的落葉。加上四、五棵果樹多了一場人鳥戰鬥，牠們在樹上吃果肉，我在樹下掃果核。又自不量力養了三隻母雞，只想到摸雞蛋的樂趣，沒想到餵養雞食和打掃雞籠的艱難，最後是力不從心，雞也成了餐桌上的佳肴。但看到鮮豔的大茶花和潔白的馬蹄蓮先後盛開，隨後是桔黃的君子蘭和天堂鳥悄然綻放，加上各色的玫瑰花和紫色的薰衣草形成一片姹紫嫣紅的景色，讓學習和工作回來的家人產生賞心悅目的愉快心情，也就樂不可支。

四是搖搖筆桿。以前只寫過工程總結科研報告，從未想過要寫文章，總以為寫作空間是文人墨客的神聖殿堂，凡人俗子不得入內。來澳後，受當時澳洲華人作家協會會長呂順先生的再三鼓勵，艱難地跨出了第一步，但深知自己不如作家記者，他們有深蘊的文學功底和豐富的想像能力，可以寫實或虛構出許多動人的情節，我只能以老人的視角根據現實生活中的片段寫出自己的感悟。有次遇到一位好久未見德高望重的老友，寒暄後他立刻說「不見其人但見其文」，使我領悟到免費華文報刊真是我們老年群體交流溝通的平臺。除此之外，由於女兒有個教西人學唱中國民歌的班級，學生們難識漢字和簡譜，求助於我，我不熟悉樂理和拼音，但到處求教，掌握音律，由生疏到熟練，已為他們編寫出數十個帶有五線譜和拼音的歌譜，得到他們熱情的感謝。這些都使我拿起筆桿而樂在其中。

五是玩玩電腦。八〇年代後國內不少設計院開始運用電腦工作，我就決心自學入門。為克服對電腦的畏難情緒，我先從玩遊戲下手，隨後進入CAD（Computer Aids Design電腦輔助設計）的程序，逐步掌握了基本操作步驟。之後又憑藉國內以英文版CAD為平臺編製出中文的版塊，繪出圖紙和編製圖集。老年來澳後又一次華麗轉身，重玩遊戲。但如今的網絡世界真是風雲幻變無奇不有，我深知自己智商低，玩不了什麼種菜偷菜、上帖交友；膽子小，看不了什麼暴力凶殺、賭博詐騙，只能堅守早已過時的初級遊戲空間，如打撲克、搓麻將、連連看、挖地雷、玩豆豆等，既健腦又寬心，一天玩兩三個小時，樂不思蜀。

六是看看電視。年輕時愛看《亂世佳人》一類電影，除情節以外，更鍾情於演員外貌的「帥」和「靚」；中年時愛看《廊橋遺夢》（麥迪遜之橋）一類電影，更注意到演員演技的「好」與「差」；到了晚年感覺自己興趣有變，看到國內不少反映草根群體生活情節的電視劇，會油然產生親切貼近之感。同時又不自覺陷入席捲全球的「韓流」，開始看一些韓國電視劇。不管它們老是醬湯、泡菜、拌飯，但主題緊扣親情、愛情、友情，這種改變或是由於年齡老化，或是由於對鬥爭仇恨的厭煩和對安寧和諧的渴望。除電視劇以外，我會涉獵於各種不同範疇，例如：尋愛找偶的「百裡挑一」，超男超女的歌詠比賽，因為它們能讓我感染到青春的活力和接觸到新鮮的潮語。同時又沉醉於中國、外國的達人秀裡，我被英國蘇珊大嬸和中國菜花甜媽的「一唱驚人」所雷倒，也為那些有夢想而創造生命奇蹟的人們歡呼。我還喜聽南方海派清口明星周立波的調侃，東北二人轉新秀小瀋陽的幽默，也在他們給我帶來的笑聲中娛樂自己的晚年和領悟人生的真諦，雖然大家對他們褒貶不一，但我不怕別人說我庸俗，這就是自得其樂。

七是讀讀雜誌。我一直有個習慣，閱讀一本具有動人的情節的小說，往往會使自己欲罷不能，以前一口氣能讀它幾個小時而不感疲勞，但現在明顯無法堅持，我想主要是年老體衰，在精力和視力方面的力不從心之故。因此我覺得應該改變閱讀內容，由長篇小說改為以短文為主的雜誌，這樣能讓自己適可而止地得到休息。目前我選擇了《知音》和《讀者》兩本雜誌，前者是以真人實事為基本內容，令人對變幻莫測的大千世界進行了解和感觸；而後者則是以心靈感受為內涵主題，使人對深邃奧祕的人生哲理進行思索和領悟。尤其是《讀者》在墨爾本的不少圖書館裡都可借到，而《知音》則需由國內帶來。每晚臨睡前兩本雜誌在手，交替閱讀，如能酣然入睡並有個美夢，豈不樂哉。

審視自己，環顧他人，我發現不少在社團裡結識的老姐妹們在居家操勞方面與我相比，毫不遜色，因此她們都應該是「宅婆」，尤其是有些人在子女創業、患病、婚變等關鍵時刻，不離不棄，全然不顧自己年邁體弱，堅守家庭這塊陣地。因此我想我們這個號稱「夕陽移民」的弱勢群體，一定要有自信和自尊。首先要自信，因為是我們做了第二代的堅強後盾，讓他們無後顧之憂勤奮工作，向國家納稅盡力，為社會加磚添瓦；是我們照看第三代，盡微薄之力幫助他們茁壯成長，成為華裔族群融入主流社會的希望。其次要自尊，做好家庭中的角色定位，對第二代要理解他們支撐全家的艱難，多包容呵護少指責埋怨。對第三代要有鄭板橋「難得糊塗」的心態，面對與他們難以踰越的代溝和中西文化的碰衝。

我是心甘情願做宅婆，雖然我是忙碌的，但我也是快樂的。

遺憾不再有

／林健

林健
祖籍廣東，長於上海。曾在工廠、機關工作，退休於上海社會科學院。一九九六年移民澳洲。為澳洲維多利亞省作協會員。

一早到了社區老年中心陶藝班，幫助老師做完準備工作後，走進了堆放原料以及存放學員預製品的房間。一眼望去，那個完成燒製的陶瓷窯已被打開了，我朝裡窺視一下，就見到我製作好的陶藝品，那麼百般醜態地躺在那裡！一下懵了！怎麼，那就是我學了幾個月的成績嗎？

高身的花瓶，表面的彩釉，好像一個不善粉黛的少女，臉上的胭粉不規則地東一抹，西一抹，塗鴉似的那麼不均勻、那麼不協調。內腔又像雨後農村的泥濘土地，是那麼凹凸不平；而那水果盤底座的釉料塗層，更是像個長了青春痘的少年的臉，佈滿疙瘩，醜態百出。雖說還有兩個勉強合格，但這樣的結果真是令我一時接受不了。左看右看，就是不順眼。見到這些「產品」，我心中不免有些怪罪於那位老師，是她的施教理念讓我收穫了這樣的「怪胎」。

在我第一次參加這個課程時，老師教我做了一些基本功的練習——把黏土搓成條狀，然後把條狀的黏土黏成花瓶，僅僅這樣一次的指導，她似乎已完成了所有教授的課程。之後每次上課，見到我第一句話就是 "What's your idea?"（你有什麼主意？），天呀！我第一次接觸這個玩意兒，還不知道東西南北、子丑寅卯，還完全摸不著頭腦時，問我有什麼主意？我只能搖搖頭。她接下來的話卻是，這是要你自己做決定的事，不是要我做決定。聽到這話，我真哭笑不得！我想，如果在中國參加某個課程學習，肯定是老師一步一步地教，學員一點一點地學，慢慢消化吸收。然而，老外卻不是這樣，讓自己做主。怎麼做主呀？一頭霧水！一看其他學員，都各做各的，有的在做貓碗，有的在做相片框，有的做小動物，有的則買來了胚料，在上面畫圖案或花草，接著上釉，然後由老師燒窯。各顯神通，五花八門。我想他們參加這個課程已有好幾個年頭了，當然駕輕就熟了。我不知道他們初次學習時，是否也像我這樣尷尬。再加上我的英語水準又是那麼差勁，有時連溝通都感困難，理所當然，我的理解要比別人遲鈍多了。老師一點都不給我少許「優惠」，心中不免有些不快！還有每次開始新步驟操作時，老師從不介紹為什麼這樣做，做到怎樣才算理想，一知半解，導致最後出現了那種內腔不平、色彩不均勻的狀況。我心中真糾結，還認為老師有點種族歧視呢！

不管願意不願意，我的產品總得歸我自己。拿來放在窗臺上，燦爛的陽光似乎也跟我過不去，把那些產品照得更顯醜陋，更感彆扭。然而此時，參加陶藝班的其他學員（在這個班裡，除了我，全是洋人），卻出奇的表現了另一種讚賞的眼光。他們都說，「你剛開始學，能夠做到這樣已是不容易了，其實這些作品我看還是不錯的。」我心知肚明，他們看到我哭喪的臉，無非給我鼓勵罷了。但 Penny 講了一句富含哲理的話，卻讓我徹底扭轉了一些看法。憑良心講，我無論如何也不會想到那是出自一個平時那麼溫柔、講話又那麼細聲細氣的 Penny 之口。她素知我的英語水準很差，慢慢地對我說「Jian，雖然製成的作品與你原先的想像有距離，但沒關係，你可以換一個角度去思考，換一個新的想法去欣賞它，說不定你會更喜歡它。說真話，你做到這樣還是不錯的。」聽了她的一番「說教」，我情緒暫時穩定了。

我們這個班，常來的學員有八個，都是六、七十歲甚至年齡更長的老者。九十一歲的 Stuart，雖行走不便，但思維清晰，用那笨拙遲鈍的手，仔細地在瓷器上描繪的花卉，色調優雅清淡，看著都舒心。每次他都由女兒 Annabel 相伴而來，女兒也參加了這個課程，估計年齡也近古稀。她對老爸照顧十分周全、細心，隨時都能見到他們相互切磋，沉浸在深厚的父女深情中，我好感動；還有八十二歲的 John，他是 Melbourne Grammar School 的退休英文老師，他知道我的英語水準較差，每當指導老師講了些什麼或者他認為我應該知道的知識，總是仔細地教我，還用筆在我筆記本上寫下來，教我發音，真不愧是個著名私校的老師。專業、認真、熱情。

我們相處得十分融洽，一天他問我的中文名字如何寫，我用很大的字體，列印了給他，他急著就在他做的餐具瓷胚寫上一個個怪怪的我的中文名字，他還準備在他所做的餐具上寫上我們所有學員的中文名字（理所當然，這些中文名字都是我事先在電腦上翻譯列印後給他的）。在他的指引下，我毫無初次踏入一個全部是外國人的陌生環境的感覺，很愉快地融入這個班級。

可惜沒多久，一個晚上，他獨居在家不小心摔倒了，進了醫院，據說一直不能行動，從此不能來了，我就此失去了一位好老師。每當我走進堆放未成品的房間，抬頭看見我的名字在他未完成的作品上時，我很傷心。看來這些作品只能靜靜地躺在架子上了。我很思念他，只能在內心的深處默默祝福他能早日康復！班上其他學員對我這個中國人都很熱心又真誠。Tess 也好，Annabel 也好，Penny 也好，我不能理解的語言，她們就把字寫在我的筆記本上並反覆地朗讀一遍，如果我當時就懂了，她們很高興。如果還是搞不懂，就讓我回家通過電腦把字義翻譯出來，在下一次上課時，再讀給她們聽，即使音義不準確，她們都會翹起手指表揚一下，大家哈哈一笑，都樂了；當老師要求我拿主意時，我一時又拿不出主意，Annabel 她們三人都會幫我出主意，或給我一些提示。找不到材料或工具時，她們會放下手上的活，趕忙幫我找材料或工具等。我欣慰，也很幸運，融入了一個溫馨的集體。雖有些語言的隔閡，但我的心情十分舒暢，把每次的參與活動比作是一種享受。也就是因為老師沒有按部就班地授課，倒給了我一個無拘束的空間，使我能自由地遊蕩、自由地搜索、自由地思索，想做什麼就自己出主意，比填鴨式的灌輸，收穫更大，也更深刻！

當我第一次看到我的作品時，腦海中曾閃過一個念頭，把它們甩掉重做。但Penny的話讓我重新審視一番之後，又重新燃起了我的自信心，覺得那些作品的確不那麼糟，別具一格！還有點抽象派的感覺呢！雖藍色的釉，塗得不那麼均勻，但更像天上的雲彩；凹凸不平的表面，那是白色雲彩在天空無規則地飄忽，後來我種上一棵小小的白菊花後，自認為還頗有清雅的韻味和個性呢！

幾天後，女兒、女婿上我家，我沒有勇氣把這些「作品」展示給他們「欣賞」，誰知當他們無意間看到後，不是否定而是鼓勵。女兒提出照這樣子做些花盆；女婿提出要搞成同樣風格的系列產品。這樣一來，我的信心十足了，頓時如同注入了一支興奮劑，開始考慮如何讓自己今後的作品達到更理想的水準。的確如此，同樣作品，換一個不同角度來思考，是會得出不同的效果的。不管怎樣，即使有點阿Q精神也是一種生活態度！只要陶醉在自我欣賞的氛圍中，不也是一種精神享受！

團圓在望

／蕭光

蕭光
原名阮海棠，筆名海燕，五〇年代生於香港。一九七七年畢業於美國加州長堤州立大學。回港後從事幼兒教育和文編工作。曾參與編輯的刊物有《陽光之家》月刊（香港山邊出版社）、兒童報（香港《華僑日報》）、兒童週報（菲律賓《華文聯合日報》）。著作有：《美麗的香港人》、《海燕之歌》、《再見黎明》等。現為基督教網頁「小光芒心靈見證」主編。一九九六年僑居澳洲昆士蘭黃金海岸。

僑民悲歡離合的故事……交織母女的客旅人生……

引子

一九九〇年丈夫和我帶著孩子，第一次探訪澳洲昆士蘭北部的湯士鎮，來到這個既陌生、又彷似熟悉的地方。一九九六年我們再度入境，從此，就真正的成為了澳洲僑民。

可我的澳洲僑民故事，並不是從這時才開始的。早從我懂事以來，我們一家就在等待移居澳洲。可惜這樣的客旅心情，無限期延續；直到我快唸完高中了……，都沒有辦妥移民手續。後來為了升學，我跟隨兩位兄長，去了美國唸大學。

我到美國一年後，母親終於拿到赴澳的移民簽證，她跟父親分離二十年後才再團聚，雖然早在一九三八年，她就曾在澳洲居住……

（一）

這須追溯到外祖父的年代，在窮鄉僻壤的中山小鎮，小村的男丁，一個接一個的去到湯士鎮謀生。外祖父抵達澳境，報名上冊時，入境官員把他的名字寫在姓氏欄上……。從此，在湯士就有了這姓 GOONCHEW 的一家中國人。

我們若去湯士鎮的公墓園，可以看到好幾個墓碑上都刻有姓 GOONCHEW 的故人。外公曾經試圖把家鄉的妻兒接去澳洲居住，但當時移民法不容許華工妻子入境。後來外公娶一土生女為二房，生下三男一女。這時，二舅父和母親才獲得批准去居住；母親的主要工作是協助庶母照顧小弟妹。而外公務農，四季稼穡不歇，常在果徑菜園中工作，母親也要學習不怕日曬、不辭勞苦。二舅父做了六十多年的僑民直到離世。母親卻沒有在澳長留，其中原因之一，是她不願意接受外公為她安排的婚事。

人生有許多抉擇，也帶來幾許憾事，母親回國後就與她的父親永別了。可幸，她的愛心和活潑性情，吸引著親人繼續和睦交往。

記憶中的第一位外來至親，是給我們帶來歡笑與快樂、高大開朗的迪維舅父。他在澳洲土生土長，黃膚白心，只會說中山方言。我們小孩子被他舉起、騎到他背上，又驚又樂。這位外公庶妻所生的小舅父，實在是 GOONCHEW 家的愛心大使。

二〇〇〇年澳洲舉辦世運會，各參與省市都舉行持跑奧運火炬的儀式；迪維就是湯士鎮選出的有幸參跑者。因為他年輕時是體操教練，曾經訓練過許多體操健將。在社區活動中，他是倍受愛戴的人物。

母親回國後，外婆和大舅均已辭世，只剩下親妹與她相依為命。她們輾轉到了香港，後來她與妹妹一起嫁給父親；育有八個孩子。父親因找不到適合的生計，就決定先回澳洲安頓下來，再把一家人接去居住。

父親的家庭也是澳僑，少年時也曾跟從祖父在湯士鎮生活了幾年，背景與母親很相像。當他第二次到達澳洲，生活的艱難、移民政策的不時改變；使我們一家人，至終都沒有機會完整地相聚同住。唯有長兄和二兄得到批准跟隨父親，僑居在澳。

父女的聚合，好像捉迷藏一樣。我在美國聽說母親已在澳洲與父親團聚，就決心辦轉學去澳洲。得到湯士大學收錄，可是移民局卻說，暫停辦理學士生簽證。然而，我還來不及懊惱，已經開出另一新路。父親忽然決定要搬來美國與他的姊妹相聚。所以一九七四年我第一次與父親相見是在三藩市姑姊家中。第一次見到父母親同住在一起，使我有莫名的安慰和惋歎。

此後，我們父女又見了幾次面，每次都很短暫，總是來不及消弭彼此間的隔膜就分開了。我唸完學士後，入讀工業心理學的碩士課程，常常得到本科教授的鼓勵。可是，此時我遭遇感情問題，又面臨半工半讀的經濟壓力，感到難以承擔。所以，決定先休學回香港。

我們的客旅人生就是這樣，母親離開澳洲的決定，改變了她的一生。我離港去美以後，漸漸把美國當作自己的家了，原本沒有打算離開。但是，當決定離開時，也沒有想到，從此竟然不再回頭！

（二）

我回港後不久，母親也回來了。她說，不想再過飄泊的生活了。她渴望一個安定的地方，一個心靈的家鄉。

這天，我懷著興奮的心情，預想著晚上與男朋友的約會，他將要向我訴說些什麼特別的事情麼？黃昏時，突然接到長兄從湯士打來長途電話，母親接聽不久哀慟號哭。噩耗報來，年方三十的二兄發生了交通意外，他騎車墜入山溝，當場死亡。

或許，沒有近年的幾次團聚，今天的傷痛就沒有這般巨大。二兄十一歲與母親離別，十五年後才與母親相聚，重溫舐犢深情。這時愛語猶存，誰料頃刻死生永隔！

當晚面對向我求婚的男朋友時，心情複雜，難以描述。當時我想，是不是要我母親得著這位女婿，來補償她失去的兒子呢?!

我在香港結婚定居後，有一段時間，父親也回來了，家人之間嘗到短暫天倫之樂。那時我想，我要像母親一樣，長住香港，不再移民了。可是，因為香港居民作英國殖民的歲月，要打上休止符了；習慣了的生活方式，預期急遽的轉變。我們被捲入這移民風潮，當時有好幾個選擇：新加坡、加拿大或澳洲。丈夫同意我把澳洲列入首要申請範圍，是考慮到母親拿的是澳洲護照，倘若有一天，有需要時，我們仍有機會同住一地。

此後十幾年間，家人分別移居澳洲和美國，父親也在三藩市病逝。人生的聚與散，就是這樣，不能預料、也不能掌握。血水情濃、骨肉至親的家人，在一生之中，能親切共聚，有幾許時光呢?有當珍惜，視若寶貴。

幾年前，我們七兄弟姊妹和母親們，終於有了一次團聚的機會，地點在昆士蘭省中北部的麥佳鎮。三位從美國加州登陸，一位來自香港，三位昆省僑民各居省南北三地；連同兒女眷屬二十一口人齊集，真的一個不尋常的聚會。

在麥佳鎮中心開辦中國餐館的長兄，年登六十；他的愛妻和女兒為他擺設驚喜慶生會。藉此，把兄弟姊妹聚集在一起。歲月的隔閡、心靈的疏遠，這才有機會得到縫合。除了合拍歷史性的全家團聚照外，還有幾天時間回憶往事，彼此共聚傾訴。事後，因家務工幹各自回家。賸下的幾位，駕五小時車程，到達湯士鎮探望其他親人：叔父、舅舅、表兄等。

回到湯士鎮，好像回到我們家庭的緣起。這個祖父、外公、父親、母親都曾經僑居之地，他們的後代僑眷在這兒興家立業，現在又成了二媽和三兄長居的樂土。這次，外公留下的四位子女，連同他們的澳裔眷屬，超越半個世紀後，竟能同桌共飯，中間夾雜幾句中山鄉談、幾句昆韻英語。如此聚合，恍若隔世。真是一幅很動人的圖畫！

有一首詩歌這樣寫：親愛者或要相離……歡笑聲從此難尋……切莫要怨歎悲哀……暫分別……只等……團…圓……

（三）

母親有兩個生日，一個在地、一個在天。八十六歲那年她重生了，不是重入母腹而生，乃是從神而生。

自從被接納為天父的女兒後，母親更充滿喜樂了。有一天，我們從「老人痴呆俱樂部」接她回家，丈夫問她：為什麼這麼開心？她答，有「人」跟她說：「不要再思想惡事，要原諒人、要思想良善的事。」

我們喜歡和心意返老還童的母親玩一個遊戲，就是聯接句子。當我們開始說：「神愛」……她就要接著說：「世人」；然後我們說：「不致滅亡」，她就說：「反得永生」，就這樣，把聖經約翰福音三章十六節的經文背誦完成。「神愛世人，甚至將祂的獨生子賜給他們。叫一切信祂的，不致滅亡，反得永生。」她不但背得鏗鏘有致，還理解經文內涵。她常常連女兒、孫子的名字都記不清楚，卻牢記神的話語！

母親九十歲生日那天，她的孫子帶來生日蛋糕和攝影機，為她慶生、為她拍照。我們幫她穿戴整齊，大家好像同心作好了準備……

二〇一二年的六月，年逾九十二歲的母親歇了地上的勞苦，真正享受安息了。女婿和孫兒為她主持告別會，兄弟姊妹和眾多親友，從各地各方來齊集，表達了他們對母親的敬愛……兒孫一行來到湯士的公墓園，就在外祖父的墓碑附近，看著母親的棺木下葬。我想起前人說過的一句話：一個人的成敗得失，不是看他怎樣開始，而是要看他怎樣結束。

我們在地上的客旅人生，無論富足貧賤、或榮光或喜樂，到了臨終的床榻，能否撚起這樣的盼望：即將與心愛的人在天上團圓？若得著這信心的果效，就是有了靈魂的救恩。

（二〇一四年六月二十一日寫於澳洲昆士蘭黃金海岸）

恭喜發財

／李澍

李澍

原名李樹蘭，筆名：李澍（用於散、雜文）、蕭俐（用於小說）。曾任職中國大陸總政話劇團舞臺美術隊、總政話劇團劇本創作組。一九八四年赴澳留學，曾任職澳大利亞國立美術館美工組組長，高級美工師。在澳期間繼續寫作，曾在澳主要中文報刊雜誌發表多篇散文，小說。

新年將近，我正在埋頭裱畫，忽然一個大嗓門在我身後嚷了些什麼，我轉過頭，看見一個陌生的女人瞪著大眼睛看著我。栗色的頭髮雞窩似的堆在頭上，一張大嘴在她的長臉上畫著一個滑稽但卻真誠的微笑。

看見我抬起了頭，她又衝我大聲重複了一遍她的話，看我一頭霧水的樣子，她不太有信心了。

「冬、懂、東、動」但是她還是又說了一遍。

我恍然大悟，她一定是在跟我說廣東話，"SAY IT AGAIN"（再說一遍），我跟她說。「共、海、佛、翠」她說。這回我聽得比較真切了，是港語的「恭喜發財」，我哈哈大笑，現在輪到她一頭霧水了：「我說的不對嗎？」她窘迫的說。

我說：「對對對，只是你說的是『堪東尼斯』（廣東話），我說的是『曼佐林』（國語）。」

她說：「我希望你告訴我，你能聽懂我說的是什麼嗎？」

我說，新年將近，我猜都猜得出來你說的是什麼。我跟她解釋了「恭喜發財」的英文意思，並告訴她，這是香港人的風俗，因為錢對於香港人是至關重要的，所以人人過年都要祝賀彼此發財。生在大陸的人就不一樣，上個世紀四〇至七〇年代之間出生的中國人大多都不知道錢為何物，所以過年，大家都像西方人一樣互相說個：「新年快樂。」

她點頭稱是，又叫我教她說：「新年快樂」。她搬著她的大舌頭攪了半天，終於四聲不全的把這四個音發出來了。

接下來她介紹了自己，她說她叫珀茹，是新來的，負責館裡教育部亞洲組的工作，今天特意來找我這個館裡唯一的中國人給她糾正發音，因為下個星期她將主持一個為亞洲人舉辦的活動，她願意說幾句中國話作為開場白。

此後，她就經常來找我，不是叫我教她說幾句中文，就是叫我幫她寫幾個中國字，她們部門來了中國訪客也叫我去作陪。

相處久了才發現她的脾性和我那麼相像；大大咧咧、嘻嘻哈哈、沒頭沒腦、沒心沒肺。因為她長得大眼、大嘴、大塊頭，我就叫她大珀茹。大珀茹四十大幾，還是單身，她說她不願意失去自由，所以不結婚，一個人做單身貴族是最得意不過的。那年，她一高興就決定跑到夏威夷去看海上日出，到了那裡才知道，要想看好的海上日出，就得住在一千多美元一晚的酒店，她二話不說住了兩晚。「如果有了家庭，有這個可能嗎？——IMPOSSIBLE！（沒有可能！）」她拉長聲音，挑起她那滑稽的眉毛聳了聳，得意地說。

由於她主管亞洲部的活動，又那麼熱心，我一直想搞中國音樂會的念頭又蠢蠢欲動了，那年中秋節，在我的慫恿下，她終於在美術館的小劇場裡舉辦了一場中國中秋音樂晚會，讓我在坎培拉的大小音樂家朋友們都有了展示才華的機會，也讓猶如生活在文化沙漠中的我的同胞們如沐甘霖。

可惜幾年後，總是在一個地方待不住的珀茹，跑到維省一個小城的美術館去做館長了。我相信每到新年，她一定會為那裡的亞洲人舉辦些活動，也還會對那裡的亞洲人說一句「共、海、佛、翠」或是「醒、捻、蒯、樂」。

忘記年齡 享受生活

／吳愛珍

吳愛珍
長期生活在上海，畢業於師範大學。退休前任分析化學教師和化學工程師，曾獲個人科技成果發明獎。興趣廣泛，愛好音樂、戲曲、繪畫和文學等。現為澳大利亞維州華文作家協會會員。有多篇文章在《大洋時報》和《聯合時報》發表。

我以古稀之年，從繁華的上海，跨海來到地廣的澳洲，與孩子團聚，孩子在墨爾本，我也有幸來到這個美麗的城市。

墨爾本的天是明朗的天，燦爛的陽光多美好，藍天白雲下樹木郁郁蔥蔥，芳草碧翠，家家戶戶鮮花盛開，豔麗奪目，千姿百態，令人心曠神怡。墨爾本被譽為世界花園城市之一，真是名不虛傳，連私家汽車的牌照上也標著 GARDEN 字樣。

這裡不僅環境優美，人的心地也美。澳洲人純樸善良，居民友好禮貌。我們初來時人生地不熟，就有熱心的朋友領我們到社區去參觀訪問。第一次到華人社區，就感到人與人之間很親近。接著就參加了離住處較近的博士山老人會。老人會活動內容豐富多彩，有歌詠、戲曲、舞蹈、畫圖等。歌詠組由上海著名指揮家司徒漢的高足陳惠民老師執教和指揮，使參加者受益匪淺；以後在節日裡經常參加匯報演出。戲曲組主要是浙江省的越劇，越劇在上海較普及，我從小跟著媽媽一直看到大，很幸運，在墨爾本也有白娛自樂的越劇。越劇組的女同胞，經過化裝，穿著五顏六色的戲裝在臺上演出，個個像古典美女，真看不出她們的年齡已在七十歲上下。我偶爾也參加演出，穿上託人從上海帶來的戲裝，在臺上手舞足蹈，過過演出的癮。在上海，我從未參加過演出，在這裡卻有這樣一個機會讓我上臺，這是做夢也未曾想到的。從此，我也每年去養老院為老人們演出。

我的興趣愛好較多，除了唱歌、戲曲外，還喜歡畫圖。來墨爾本之前，我已在上海徐家匯社區開始學畫，因為一開始就畫得與樣本很像，遂激發了我的興趣。到了墨爾本，由資深畫家何鴻桂老師教授，畫技更有提高。從上海到墨爾本，前後已畫了近十年，畫了幾百幅圖。花卉有牡丹花（還畫在扇面上送人）、荷花、菊花、梅花、桃花、水仙花等；還學齊白石畫的仙鶴、壽桃、蝦，徐悲鴻的馬、雞、婦女等；另外還畫了金魚、鳥、孔雀以及壯麗的祖國山水等。

我也喜歡看書看報，所以常去新金山中文圖書館。那裡除了書報外，還舉辦一系列活動。如講座、座談、展覽和京劇、電影欣賞等。電影影片由著名作家，德高望重的陸揚烈老師選定，並作生動的義務講解。看過的影片有《黃河絕戀》、《紅河谷》、《金陵十三釵》、《翠堤春曉》、

《魂斷藍橋》等中外名片。

「新金山」在墨爾本已有一定的名氣，它是從中文學校起家的。創辦人孫浩良先生在上海時我們就認識，他謙虛聰明，熱心助人是「四十千」（指「六四」前後來澳的人，人數約四萬，英文中稱四十千）中的佼佼者之一。開始辦學時，連他兒子在內，只有六個學生，現已發展到三千多學生。在成功辦學的基礎上，又花錢買了房子，辦了中文圖書館，弘揚中華文化。到今年三月，圖書館剛過五歲生日。現有圖書五萬多冊。館內工作人員全是義工，他們中有資深的教授、醫生、專家等專業人才，真是人才濟濟，藏龍臥虎，這在世界上是罕有的。年已八十二歲的徐少英館長患有疾病也來做義工，為圖書館嘔心瀝血。每天忙忙碌碌，安排每個月的活動和日常工作，並主持各種會議。他待人和氣，面帶笑容，雖已年邁，卻有一顆不老的童心，心態好。他原是天津電視臺的臺長，採訪過三鄧：鄧小平、鄧波兒和鄧麗君。他是個熱心人，但對自己的健康不夠注意，常常忘我工作和廢寢忘食。

澳大利亞是個多元文化國家，對華人很重視關心，例如：春節是中國最大的節日，在墨爾本，春節的慶祝活動要連續幾週，在各個華人集中區輪流舉行，其中有澳洲的領導人致賀詞。在臺下我看到過陸克文，他問：「我用中文講還是用英文講？」我們都說用中文講，陸克文就熟練地用中國普通話致賀詞。後一年又聽到吉拉德致詞，他們都笑嘻嘻地在我們的面前走過。在中國，平民百姓是看不到政府領導人的，在這裡，我們高興地看到了。致詞之後，馬上有鑼鼓鞭炮聲響徹雲霄，彩色的獅、龍紛紛舞動起來，這在中國也是少見的。每次節日來到，我們一些女同胞打扮得漂漂亮亮、喜氣洋洋相約而來一起參加慶祝活動，觀看精彩節目，在外國過快樂的中國春節。

我來墨爾本覺得日子過得很快，我的心沒有老，生活很充實，每週日程排得緊緊的，有時一天有兩三個活動，我都會去參加。墨爾本是我的第二故鄉，在這裡生活得很愉快，人與人和睦相處，相互尊重。我們是一些心態好、忘記年齡的老人。願所有老人們都幸福長壽！正如一首歌中所唱的那樣：夕陽多麼好／生活真美妙／只要心兒沒有老／幸福的日子已來到！

民國才女潘柳黛

／周文傑

周文傑

女，退休中學校長，高級教師。曾任南京市教育科學研究所特約科研員、《江蘇省教育誌》編輯。現任澳洲華人作家協會會員、世界華文文學家協會監事。曾在北京《新文學史料》、臺北《傳記文學》發表人物傳記。出版有《文壇四才女——關露、潘柳黛、張愛玲、蘇青的淒美人生》（獲第四屆中國優秀婦女讀物獎）。《誰是潘柳黛？》、《柳黛傳奇》及與郭存孝合著《歷史的履痕》、《往事盡在笑談中》等。

一九九九年，澳大利亞《維多利亞州老人福利指南》，選了華裔老人潘柳黛為封面人物，是有史以來的第一次，也是中澳友好的見證。距今十五年了。

潘柳黛對很多人來說是陌生的，但老上海人知道她，她是上世紀四〇年代上海灘的四大才女之一（關露、潘柳黛、蘇青、張愛玲）；老香港人也知道她，她是上世紀六〇年代《不了情》電影的作者；墨爾本華裔更知道她，她是熱心公益的老人。

一九九六年筆者與她相識於 BOX HILL 老人會，她矮胖的身材，鬈曲的白髮，一個內心從容、儀態不凡的潘柳黛依舊光彩照人。她給人的感覺像北方的秋天，透著一絲清爽、明亮，說話的語氣和笑聲都沒有一般女人的矯情。顯然是位隨和、豪爽、坦誠、健談，知識淵博的長者。我視她為前輩、大姊，敬重的女作家。之後，我才逐步瞭解到她曾是上海名女記者、編輯，去香港後又是專欄作家、劇作家，雜誌主編及督印人，還是個多部電影中獲得好評的客串演員。

她原名思瓊，別名柳黛，一九二〇年十二月出生在北京旗人家庭。大學肄業，十九歲即任南京《京報》見習記者、記者。她的報導、採訪都是鞭撻黑暗社會的聲音。後她轉赴上海任《平報》、《力報》記者、副刊編輯。偶寫小說、散文、詩歌、雜文。小說《魅戀》曾在《力報》連載四十五天。展示了女性熱戀中平實、自然的心態，一派好評。當年作家朱鳳蔚說：「潘柳黛小妹子之《魅戀》為新派女作家中之標準小說，至少可並蘇（青）張（愛玲）鼎足而三。」《語林》雜誌一卷二期編者在她作品前寫道：「柳黛女士的小品文，旖旎可誦，在蘇、張之外，另闢蹊徑……。」

由於潘柳黛豪爽、幽默，文章難免辛辣、尖刻，因此她得罪了一些人，包括胡蘭成和張愛玲。

一九五二年張愛玲到達香港，友人告訴她潘柳黛也在香港，張愛玲冷冷地說：「潘柳黛是誰？我不認識。」這位朋友把話又傳給了潘柳黛。正巧香港《上海日報》約潘柳黛寫《上海幾位女作家》。她在《記張愛玲》一節中，遂將當年矛盾又抖了出來，對這篇文章貶褒不一。

潘柳黛和張愛玲原本都是朋友，曾同臺演戲，同參加女作家聚談會，她與蘇青同赴張愛玲家作客……。當胡蘭成熱烈追求張愛玲時寫了《論張愛玲》一文說「張愛玲是魯迅後第一」，形容張愛玲文章是「橫看成嶺側成峰」，又誇她貴族世家，身染「貴族血液」等等。

據潘柳黛告訴筆者，那時張愛玲剛出名，大都認為她才華出眾，大有前途。但對她過分渲染貴族家庭，均不以為然，但未作評論。潘柳黛說：「那時我也年輕，見胡蘭成如此吹捧，心血來潮以戲謔的口吻寫了《論胡蘭成論張愛玲》，以幽她一默的姿態，把他們大大調侃了一番，矛頭是對胡蘭成的。」

首先潘柳黛把胡蘭成獨占「政治家第一把交椅」，挖苦了幾句，接著問胡蘭成對張愛玲的讚美「橫看成嶺側成峰」是什麼時候「橫看」？什麼時候「側看」？這還不算，最後把張愛玲的「貴族血液」調侃得更厲害了。潘說：「我記得當時舉了一個例子說，胡蘭成說張愛玲有貴族血液——因為她是李鴻章的重外孫女，其實這點關係就好像太平洋裡淹死一隻雞，上海人吃黃浦江的自來水，便自說自話是『喝雞湯』的距離一樣。八竿子打不著的一點親戚關係。如果以之證明身世，根本沒有什麼道理，但如果以之當生意眼，便不妨標榜一番。而且以上海人腦筋之靈，行見不久的將來『貴族』二字，必可不脛而走，連餐館裡都不免會有『貴族豆腐』、『貴族排骨麵』之類出現。誰知我文引起轟動。正巧陳蝶衣主持的大中華咖啡館改組賣上海點心，果然以潘柳黛女士筆下的『貴族排骨麵』上市為海報，還以『正是論人者亦論其人』為我文之結尾。」

陳蝶衣原名陳元棟，資深報人，曾是上海《萬象》、《春秋》雜誌主編。一生填寫三千多首歌詞，五十多部劇本。二〇〇七年十月在香港化蝶而去，享年九十九歲。

當年潘柳黛、陳蝶衣不謀而合對胡蘭成進行了公開挑戰，從此胡蘭成、張愛玲不再搭理他們了。當今恩怨也隨歲月而逝。

一次，筆者問潘柳黛：「『鋼筆與口紅』漫畫，畫的是三位女作家，『事務繁忙的蘇青』，『奇裝炫人的張愛玲』，『弄蛇者潘柳黛』，為何你是弄蛇者？」她哈哈大笑說：「那是我一篇《弄蛇記》，取材於初戀心態，文章轟動了，綽號也出爐了。」

當年潘柳黛屬新潮，她不算很美，但她獨特的文人氣質，顯露了不凡的魅力。在眾多追求者中，她選擇了時任聖約翰大學教授的李延齡。

不久，上海報載「名記者兼女作家潘柳黛小姐，與『熱帶蛇』延齡先生，定今日下午三時於新都飯店舉行婚禮，……。」「……參加婚禮的有包天笑、周越然、平襟亞、湯修梅、柳雨生、江楝良、黃警頑、張善琨、林徽音、關露、蘇青、周諫霞、吳青霞、張德欽、王效文、王雪塵、金雄白……。」

遺憾的是他們婚姻僅半年，沒有等女兒出生便分手了。儘管女兒也崇拜父親，但她曾對筆者說：「是我父親不對，是他背叛了家庭。」

那年，潘柳黛任上海《新夜報》副刊主編，同時出版了她的長篇小說《退職夫人自傳》，是她的代表作。曾被譽為「中國女性主義小說的經典之一」，「和蘇青的《結婚十年》堪稱『雙璧』」。潘柳黛曾告訴筆者，這是她和第一任丈夫相識、相戀、結婚、到分手為藍本的再創作，並非自傳。二〇〇二年獲再版。

一九五〇年，潘柳黛赴香港，她的《明星小傳》、《婦人之言》小品集相繼問世，《退職夫人自傳》獲再版。這時潘柳黛不僅寫小說、詩歌、隨筆，又成了知名的劇作家之一。她的《冷暖人間》等多部電影先後上映均獲好評。尤其一九六一年的《不了情》轟動了東南亞，該片榮獲第九屆亞洲影展最佳女主角等幾項獎，使林黛榮獲四次亞洲影后殊榮。潘柳黛還在《滿庭芳》等片客串重角，據《電影資料》記載：「女作家潘柳黛雖然初次客串上鏡，但因為她對銀幕的技巧有深切的瞭解，所以也演得突出而成功。」

一九五二年潘柳黛在港重組幸福家庭，夫君蔣孝忠是蔣經國先生侄輩，她曾多次陪夫君赴臺探親，也獲蔣經國先生家宴款待，她曾告訴筆者「蔣先生和你交談既沒有官架子，也沒有長輩架子」。她對寶島風光和小吃讚不絕口。在港時她和夫君出雙入對參與社交活動，引得眾人仰慕。可惜，正當潘柳黛又獲新加坡《南洋商報》邀請她主編「婦女版」不久的一九六三年，蔣孝忠因患腦炎不治而逝，令她一度跌入人生低谷。他們育有二子蔣友威、蔣友文現在澳洲均事業有成。

潘柳黛還創辦過《環球電影》畫報，任《嘉禾電影》主編。後受《新報》、《東方日報》及《翡翠週刊》之邀，開闢專欄。用三言兩語，敘述哲理，啟迪人生。不少香港人視她為生活、愛情、家庭顧問。

一九八八年初，她在兒子的陪同下，來墨爾本定居，從此她熱心公益活動。並應讀者要求，將已發表的散文、語絲，重新修改，以她豐富的閱歷和淵博的知識，告訴讀者和諧的家庭必須以妥協和寬容作為基石，推出了生動的《五分鐘兩情相悅要訣》和《五分鐘女性擇友指引》兩書，三十六萬字。一九九二年香港出版發行，頗受讀者歡迎，是她封筆之作。她一貫低調，曾拒電視臺採訪，但晚年還是成了《維多利亞州福利指南》的封面人物。

二〇〇一年十月她赴港探親病倒，回澳醫治無效，十一月二日謝世，享年八十一歲。

回顧往事，潘柳黛留給人們的印象是親切、隨和、率真、超脫。她是四才女中最長壽的一位，也是最幸福的一位。浮華已褪，音容宛在；佳作縷縷慰芳魂，絕調略談潘柳黛。

那裡的聖誕靜悄悄——懷舊篇章

／唐飛鳴

唐飛鳴
澳大利亞國家翻譯局翻譯，專業翻譯三級。出國前為中國上海大學英語講師，專業口、筆譯。樂做「語言管道工」，在兩種語言間交織歲月，做積極「邊緣人」。現兼職澳大利亞翻譯學院執教，為「澳洲華人作家協會」祕書。作品散見於紐西蘭、印尼和中國雜誌及澳洲各中文報紙或編入維省華人作家協會叢書及澳洲華人作家協會出版的《澳洲情思》叢書中。

就這麼簡單，我一下子站在了闊別十五年的房子面前了。今年的耶誕節那天，我對一向無禮品往來的老朋友開了個口：「想問你討一份聖誕禮物。」他怔了一下，又馬上幾乎不露痕跡地說：「要什麼，說吧。」「請你有機會帶我去看一下十幾年前我曾賴以生存的地方。」這麼些年我常常想起它，一直希望能舊地重遊，圓一回夢，「OK，這簡單，要不要現在就去？」就這樣，我現在站在這條街的52號門前了。

這是座缺少維修的、很古老的大房子，牆是用那種價格昂貴的大塊蘭灰沙岩（bluestone）砌成。靜靜的街道，褪了顏色，油漆也剝落了的大門，頗有些古典味的外表，使整個建築蒙上一層神祕的色彩，是典型的十八、九世紀西方小說中的故事發生地。這格調與曾住在裡面的「原居民」是多麼的協調！

怎麼會是這樣？眼前所見顯得奇異而令人困惑不已。上了鎖的大鐵門後是一片廢墟。透過鐵門只看到一個朝天開口的垃圾箱。裡面堆著大量泥灰土、舊板條或報廢的電器。怎麼會是這樣，我不斷地默問。誰又能回答我的問題？大鐵門上掛著一個牌子：裝修公司，禁止入內。不，我既來此，一定得進去看一下才死心。任何善解人意的澳洲人絕不會拒絕我這份「戀情」。我於是熟門熟路走向右側。這不，沒有大門的牆的一部分永遠開著。我徑直向門裡的雜草叢走去，尋覓以前的時光……。走著走著，荒蕪不見了，我的眼前分明是一片燦爛陽光，一群老太太們悠閒坐在椅上，享受南半球的春光，看，那個永遠身穿黑色長大衣，手背在身後的不是曼蘿妮嗎？她曾是拉脫維亞歌劇院的女高音，如今還不時獨展歌喉唱它幾嗓子的。那個戴眼鏡的斯黛拉還是那樣笑顏常開，她是個總喜歡在廚房幫忙的熱心人，年輕時相片裡的美貌曾讓我站在她面前驚得合不攏嘴。都說時光是醫治一切的最佳良藥，然而時光老人又是那麼無情地把你拉回現實！我每天得不時觀看她身上是否穿尿片或何時又因「事故」而發出異味……。

走到後園，真怪了，這後花園怎麼徒然變得這麼小？不禁奇怪自己的感覺怎麼會有如此大的差異，初來澳的我，每天中餐完畢，便開始在洗衣房工作。每當我從機器裡取出衣服到後花園晾時，就進入了「自由王國」。明媚的陽光照耀著這一片暫時屬於我的天地，我甚至常常哼著歌曲，腦海裡是《音樂之聲》中的「灰姑娘」在山頂上快活旋轉著的那份自由的喜悅，不時在嘴裡放上一顆從園中高大無花果樹上採下熟得爆開的甜美果實，還是第一次認識一種名叫「法家娃」（fejioa）的專拌冰淇淋的澳洲果樹（據說是從中國飄洋來此生根的）。通往「小後門」的木頭幽徑依然如前。我輕輕推門上了客廳，窗戶上的彩色玻璃五彩照舊。我每天進入工作狀態的第一任務是把它們打開，想像著此時的自己是《簡愛》小說中的窮女管家，讓這略顯昏暗的起居室因跳進的陽光而變得溫馨可人。

我怎麼可能對這兒沒有感情？這是我來墨市不久後的第一個穩定的居處，是她讓我在付出辛勞後，在交通方便的墨市「靜安區」裡有一個簡單、安全的棲身之處。讓我在這個立足點上漸漸熟悉這片異國的土地，慢慢感覺她的魅力。莎露太太是位善良的、「自雇」的老闆娘，獨自經營這個地區性老人院已有十年的歷史，她對我進行管理老人的初級教育，諸如替她們洗澡，換衣，摔倒如何攙起，心情不快如何做個「心理諮詢」，進行開導；又對我作簡單的藥物管理的教育。我在這兒學做西點蛋糕並驕傲地展示給週末來到的朋友們一起分享，十八年前的「難兄難弟」們中少有機會到養老院看看的，我用「西餐」招待的同時，不忘揶揄一下「你們暫且做一回澳洲老太太吧」。莎露對順利通過澳洲護理老人的口筆試，拿了證書的我，給予充分的信任，我學會了獨自在此半夜遇事不驚。一旦有情況發生，冷靜地去電急救中心求助，再目送救護車出門，然後回房休息。

一到週末，在這個「獨立大隊」的自由王國裡，我把十多位老人們的生活起居安排得井然有序，在這裡得運用「優先法」來合理安排時間。我會先把隔夜浸泡的澳洲粥放在煤氣灶上用小火煮著，然後一間間房間挨著搖鈴「早上好姑娘們（對這群風燭殘年的老人們的愛稱），該起床了！」憑著在國內上大學時與大學生打交道的經歷，就不信在這裡管不了一群老太太的勁頭，迎著這特殊群體對我全新的挑戰，學著管理不同的人。來澳前在國內天天見面的是被譽為早晨八、九點鐘太陽的一群，他們充滿精力而朝氣蓬勃，思維敏捷又身體健康，「世界歸根結底是他們的」。眼前的這一群處處都可用反義詞描述之，世界歸根結底是他們曾經擁有過的。不管這是生活中的反差也罷，風馬牛不相及的變遷也罷，卻讓我慢慢變被動為主動，從難熬，例行公事，到可適當「改革」。我發現在他們即將走完所剩有限的人生道路上，（用朋友的話：「你是在墳墓前最後一步的地方幹活！」）我竟成了老人院不少人唯一的照顧者，卻又是這個發現觸發了我心中本能存在的愛心。我變得更會憐愛、寬容。雖在這之前，我曾失控地缺乏耐性，稱某些人「朽木不可雕的一塊」，不止一次落淚不願再幹下去。

慢慢地，我對她們有了感情，誰會永不變老?!在老之將至前，人人都有自譽輝煌的一段時光，誰願意年老時看到別人鄙視的眼神！這麼一想，心平氣和，老人更需要別人的關愛。既然給她們溫暖和照顧是我的工作，得先給自己打造個良好的精神狀態，和她們一起迎接每一天的到來。我得積極面對現狀，方可「客隨主便」有效地適應環境。每天辛勞必定的工作：洗澡、更衣、打掃和配餐就不再顯得令人煩惱。老太太們脾性各不相同，我最喜歡替樂觀又嫻靜的凱倫太太洗澡，每當輪到自己的日子，她會早早把一切準備妥當，靜靜等候。沐浴，撲粉，穿衣後一個香噴噴的她面帶微笑，拄著四腳拐杖，雄糾糾地走出澡房，離開前還不忘幽上一默：「戰鬥結束，把所有的髒廢物留下——除了我自己！」她已八十九歲高齡，還常為慈善機構繡上點什麼。我也喜歡與瑪戈太太討論莎士比亞大師的一些著作，尤其是發現中、西讀者觀點不同時更覺來勁。我把喬琪太太當作磨練耐心的物件，每當她問今天是星期幾？我壓著性子，禮貌地回答：「這是你今天第十遍問我這個問題了！」不知不覺中，「晚安，媽咪！」竟成了她們很多人向我晚上臨睡告辭的話語了。是啊，這是一種生活，精神上對我的深深依賴。每天我可謂事無巨細樣樣照看，與她們一起過了第一次由我操辦的耶誕節，為她們定期請腳療師、理髮師，組織參加各種社區的活動，甚至每月一、二次包餛飩過「中國日」，常常一天不停走動的工作，使我晚上拖著沉重雙腿進宿舍時，入睡速度大大加快……。

這一段難忘的經歷，讓我對生命有了不同的詮釋，也讓我有了個切入點。通過解剖這個「五臟俱全的小麻雀」，對澳洲社會及其醫療制度運作有了個較具體的瞭解。以至於當時還有過「棄文從商」，回中國在上海創辦當時肯定還屬於新鮮事物的「私人養老院」的衝動，這是後話了。時光慢慢流逝，我對這個小天地給我留下了溫馨，她是我隻身在外的家，我與她相互依賴。在盼來了家屬團聚後，我決定把生意買下來，也來個「自雇」，為我的小家庭撐起一片天，開始了不再到處流浪的生活。在這裡有太多的「第一次」，我曾是當年留學生唯一的雜誌「大世界」的主編，已故吳大耀先生的採訪對象，至今還很感謝他在那篇〈溶融人間不老情〉中用充滿感情的文字，形象而真實地記錄下我的那段生活，更不用說中文電臺播音員李玲女士用她那甜美圓潤的聲音所播送的有關我的配樂散文了。

站在這條幽靜的街道的這座老房子面前，更有理由引發我對往事的回憶……。

「你還在那兒發什麼呆？」朋友在車裡喊了起來。是呵，還想站多久？對這個腦海中有太多鏡頭的地方，我絕不會作「憶苦思甜」。很多人把以前的經歷比作洋插隊，然而它對我是一段不可多得的人生經驗，它讓我從初到澳洲，猶如無根浮萍隨水漂流；直到把根扎在了這片土地上。我微笑面對這個世界，對她不再陌生。我感謝這個社會的寬容及所給予的平等機會。每個人靠自己的辛勤勞動可體面地生活著。根漸漸扎深了：我熱愛這片土地。我始終記得有位西方作家曾說過「生活中的每一個新的階段，應是重新創造自己的機會！」

有人說懷舊是變老的開始，讓你感慨時光之無情。我卻更願相信懷舊是生活有了一定「經歷積累」的資格，是過往擁有一段可稱之謂生活的標誌。逝去的歲月不再，無法抹去的情愫永存。今天我的這份情愫算是得到了滿足，我的懷舊、思念之情，得到了寄託。

謝謝你，柯帕雷先生，給了我這份特殊的聖誕禮物。

滑雪的感覺，飛的體驗

／胡仄佳

胡仄佳

四川人，現居澳洲。四川美術學院油畫專業畢業，曾做過描圖工、攝影記者、美編等職。一九九七年開始寫作，數年前開始網上博客寫作，在紐、澳、臺灣、香港、美國和中國等地的華文刊物報紙發表數百萬字，並出版散文集三本，曾獲世界日報第一屆新世紀華文文學獎首獎等多次獎項。

已是第二次去滑雪了，以我的年紀，知道的人無不大驚失色，說你別把骨頭摔得七零八落的？現代人生活條件好了，但骨質照樣疏鬆，特別是到了一定年齡的女性，摔一跤就斷骨裂骨的人多著哪！妙的是說這溫柔話的都是同胞，澳洲、紐西蘭人沒心沒肺的，不僅不會如此關懷他人，七八十歲了，還跟年輕人一樣愛這類刺激冒險的運動，我不得不相信西方人是酷愛室外運動的，而華裔男女絕大多數是室內運動好手。只是我自己究竟是喜歡戶外還是室內呢？還沒來得及多想，我已經興致勃勃或可說是膽大包天的上了滑雪場。

我是這樣的四川人：一輩子沒見過幾場真正的大雪，小時沒滑過旱冰甚至沒蕩過秋千。活了幾十歲突然起意滑雪，怪不得他人驚異，實在是連我自己都沒想到。滑雪緣起是搬回澳洲後結識的朋友尤金和艾麗夫妻，他們熱情相邀，我們一家隨他們去新南威爾士州的紹雯雪山滑了兩天雪。這對待人溫暖真誠的夫妻在雪山小鎮上有自己的度假屋，寬大舒適的度假屋住三四家人都綽綽有餘。有地方吃住，開車半小時左右就到雪場外，穿戴好衣靴就磕磕絆絆滑雪去也！

澳洲新南威爾士一帶的雪山並非雄偉險峻，卻有著平緩的丘陵地貌，一路都在奇怪，大雪山怎會隱避其間？然而，大雪山確實就蹲伏在那裡，山一坡緩一坡，後面山勢隨之展開，眼前白茫茫一片。首次滑雪的記憶，是既無自信更無技巧，站都站不穩的情況下自己動不動就驚嚇得主動摔跤！好在摔倒時還本能動作柔和，左摔右倒也沒傷著自己。

滑雪場上一大幫四、五歲的，穿得厚厚滑雪衣的孩子也在學滑，不是父母牽著拉著，就是滑雪教練老母雞帶小雞似地領著他們滑行，連滑雪杖都不用地從緩坡到陡坡的往下滑。小孩摔了跤爬起來繼續滑，偶有一兩個扯直嗓子哭喊媽咪爹地的，眼淚還沒收住，一轉身哧溜又滑開來，像雪地上好玩的小企鵝。相形之下成年人由於重心高，一跤摔痛是小事，主要是摔得人難堪，彷彿滿世界嘲笑的眼珠子都凝聚到四腳朝天的姿態上去了。自覺無地自容的成年人，真恨不能把頭藏在褲襠裡去。但很快我發現，專門來滑雪場上看他人笑話的人很少。

人都是來滑雪的，而且每天滑雪的時間不長，從早到午滿打滿算最多有六、七個小時，冰態的雪地和風雨大霧都不能滑雪，至少不適合一般水準的滑雪者。更何況滑雪本身是項貴族運動，入場費、滑雪用具租費和相關的住宿交通費用統算下來，每個人幾天裡就要支出上千元，誰有工夫專看他人的笑話呢？換句話說，撅著屁股不得勁的摔跤者，摔得滑雪板大小腿交叉，死活爬站不起來，不會前行反而後退的種種窘相都是滑雪場上正常現象，摔得再滑稽也難得引人爆笑。我還意識到，在此才懂得了「在什麼地方跌倒，就在什麼地方爬起來」的樸素真理。只有摔了才會站立，才能學會滑行，摔是序曲，自如滑行是將來的飛翔樂章，道理就是這麼簡單。

接下來的我不再摔跤了，用心用身體漸漸體會習慣了與走路全然不同的滑雪姿勢，人便進入了新的滑雪境界。頭一天就滑到不知飢渴，滑到下午四點，山上氣溫下降，雪面開始冰化我都不願離去時，我知道自己不可救藥地迷上了這項運動。

第二天坐上晃悠悠的纜車上到高高大雪山頂，眼前寬闊的滑雪道這條比那條更陡，身體裡的血液頓時凝固了一兩秒鐘。這滑雪場不是山腰間初學者蹭來蹭去的小緩坡，而是天寒地凍凍得嘎吱響的山骨頭，雪肌肉，是一地大斜坡傲慢反骨架式。躊躇中我知道只要滑雪杖輕輕一點，我百把來斤的肉體就將火箭般飛射下去，不摔跤不撞別人也別被人撞，別變成易碎的雞蛋就是大幸。

當時心一橫，果真是「惡從膽邊生」，滑雪板緩出然後加速，速度越來越快之際，「膽」已不知忘到哪裡去了？全心全意就想著控制好雙腿別打滑，別讓兩塊滑雪板交叉打橫，穩住重心千萬後倒不得。兩耳生風中，雙腿緊張僵硬覺得自己像輛沒裝彈簧的吉普車，蹦跳著幾乎失控的飛衝下山。居然，從那麼長那麼陡的滑雪道衝下來，暈頭轉向地定住神，發現自己周身零件完好的站在那裡沒事，便有了復回山頂再一次兩次三次重滑下來的勇氣，我的技術水平仍屬初級階段，暢快淋漓的滑雪感卻大大超前了。做滑雪「初哥」的感覺，是滑雪後雙腿酸痛的肌肉好幾天才緩緩鬆弛下來，心的無比快樂卻一直延續了很久很久。

轉眼澳洲的冬季又到了，今年我們決定飛越大洋回紐西蘭南島上的汪努卡雪山去尋找感覺。澳、紐兩國雖有海峽相隔，其直線飛行距離不過兩三個小時。但紐西蘭南島的大雪山世界著名，女皇城附近的汪努卡境內的山既高雪也厚，但機票加住宿以及租車費用和滑雪場門票在內的套票價格，卻比在澳洲本國滑雪費用還便宜。

傍晚從雪梨飛到基督城一路順風，第二天清晨轉機去女皇城卻因大霧航班取消了。改乘大客車去汪努卡用了七小時，路上聽到的雪消息卻不大妙。司機傳說汪努卡天氣暖洋洋的不夠冷，山上的雪層也許不夠厚，滑雪場開不開放都是疑問？到國外滑雪的套票雖便宜，但老天爺的脾氣卻很難預料。萬一滑不成雪，冬天的汪努卡不能釣魚，無法玩滑翔機，這趟旅行就可能無聊了？深夜才抵達汪努卡的我們，在心理上先做好了將在飯店天天睡懶覺，在湖邊早晚散步的無奈準備了。

等到丈夫急促地催我和兒子趕快起床時，朦朧中盯著窗帘外直說天還沒亮呢。拖拖拉拉地起來收拾打扮好，租了滑雪用具開車到滑雪場，才發現半山的停車場幾乎都找不到空地了。早來滑雪者的車占據了離滑雪場最近的停車地，停得遠人就需走好大一段路，穿著滑雪靴走路真難。遠遠望去，山上雪厚厚的，芝麻點大小的滑雪者滿山都是。急忙扛著滑雪板和雪杖，磕磕橐橐拚命走到纜車處，蹬上滑雪板抓住纜繩扣把自己拽上高坡，山風颳來颼颼透涼，一下子興奮了起來。

連著摔了好幾跤，這塊滑雪平緩，心知自己可以滑得更好，至少不用老摔跤，後來滑得果然好了些。第二天八點出頭就往雪山奔去，把車停在滑雪場大門前，又請了位私人教練為我們三人做技巧點撥。丈夫和小兒子的技巧勝過我卻仍不夠專業，私人教練點撥的時間短卻管用，點明了身體雙腿與雪靴滑雪板之間的力度關係，呈之字形下滑時移動重心就自然，即使心到身體還做不到，有了觀念便會努力去做。隨即在眾多的滑雪者中左右衝突，從坡這頭斜滑到那邊，急轉彎避開飛速衝過來的人，被教練過的好處就立竿見影了。

這雪山有三條高空纜車帶人分別去不同的滑雪道，最險峻的滑雪道陡峭我不敢上，中等的卻已能應付。晃晃悠悠的纜車椅上是欣賞風景和陌生人聊天的好機會。一同座的女孩說這家滑雪場優待當地人，一張季票才一百五十紐西蘭元。她在雪山下長大，十八歲已有十五年滑雪經歷。她說她已厭倦了雙滑雪板而愛上了對平衡能力要求更高、更快更刺激的單滑雪板。現在雪山上大約有三分之一的人在玩這種瘋狂的滑板。再坐一次纜車，同行的是位澳洲女士，一位專業獸醫，這次她是來紐西蘭為動物會症做手術，手術做好了就來滑雪，從女皇城最著名的滑雪場地挨個滑過來，體會紐西蘭大雪山全然不同的風格地貌。她在我前面自如優美的滑行，索性我跟在後面模仿她的動作，滑雪技巧掌握需要時間，但熟總能生巧。

汪努卡的城、湖、山和滑雪場都那麼美，白天陽光燦爛，夜降雨下霜，山上的雪沉一天比一天好，真遺憾不能多待幾天把雪滑夠。平安優美的滑雪日子裡，遙遠大洋那頭的倫敦城卻發生了恐怖爆炸事件。回到雪梨家中，兩度滑雪的記憶形象為幾十張照片畫面。我記起，那張照片是我們滑雪頭一天拍的，那天是我丈夫生日，在雪山襯映下他的表情生動，而照片上絕對看不到世界嚴酷不可琢磨的那一面。逝去的陽光，遠去的雪山，滑雪時體驗到的飛躍美感，沉沉甸甸。

（二〇〇〇年八月三十日於雪梨）

那年春節

／梁綺雲

梁綺雲

來自香港的澳洲華文寫作人，有散文集《澳洲風情畫》、《閱讀澳洲》，由香港星島出版社及三聯書店購下版權出版發行；其作品被選入一九九五年臺灣《中央日報》出版之《世界華文文學選粹》，並曾獲香港、澳洲及臺灣十二項文學創作獎，包括：香港天地出版社散文徵文比賽優異獎，散文集《閱讀澳洲》獲得臺灣華僑救國總會主辦之「海外華文著述獎」散文佳作，香港《明報》月刊主辦之「世界華文散文大賽」優異獎等。

（一）

珍妮花要帶著小孩和丈夫返回英國老家居住，我不禁有點惆悵。

珍妮花是愛爾蘭裔澳洲人。一九七〇年代我從香港移居澳洲雪梨市，她是我第一個洋朋友；我從她那裡學會用西餐餐具吃飯，學會飲點洋酒。她改變了我的人生觀和價值觀。

我在抵澳的翌年，到一家大醫院攻讀課程。一班學生二十人，我是唯一的華裔，十九個白人同學對我很友愛。我初到異鄉，面對陌生的環境，和另一種語文，總有力不從心，和飄浮無依的感覺。白人同學的善意大大地安撫了我的徬徨心緒；其中，珍妮花對我特別友好。

世事紛紜，很多偶然，其實早已寓於必然之中。珍妮花的父親是退役軍人，曾駐守亞洲，對東方文化並不陌生，老軍官將自己對亞洲人的包容和尊重，傳給子女。

澳洲長年陽光普照，和風怡人；生活的河水亦微波點蕩。一班同學在上課、實習，和考試的忙碌間，培養了友誼。

珍妮花家住山間農莊，我們在宿舍裡貼鄰而居。她天生麗質，有淡褐色的天然捲髮、雪白的肌膚、和藍眼櫻唇、苗條身材；在陽光下、在燈光下都好看極了。上帝造她的時候，一定是心情歡快，才會造出個美人來；而且，沒有忘記給她安上一顆溫和、善良的心。

我們在醫院飯堂吃飯時，珍妮花做什麼，我就做什麼；如此這般我學會了用西餐餐具吃飯，也學會了西洋人的餐桌禮儀。珍妮花很有耐性，總是靜靜地聽著我那結巴的英語，從來不會煩躁；我的英語一旦說錯了，她就給我改正，從來不會嘲笑我。與她作伴幾個月之後，我的英文讀、寫、講、和聽能力大有進步。二個月的課程完結，我們要出病室實習，要穿制服。那天，她陪我到鞋店買制服鞋，耐心地替我向店員解釋，看著我買了鞋，她才回家。

那年春節，我們正在上課，我邀請珍妮花和我回父母的家吃團年飯，飯後一起乘火車回宿舍。她很高興能夠看看中國人怎樣過年。

（二）

「抓住傳統，是海外華人在完全陌生的環境裡獲得安全感的唯一方法。吃中國菜、上中國城看看商店的中文字招牌、上廟燒香、過中國年，是必要的。」除夕夜，坐火車回家時，我向珍妮花解釋。

「年夜飯最重要，家中人不論去了哪裡，都要在除夕回老家團聚吃飯。這包含很深的意義：美好、和諧、愛、思念、關懷、和不忘本。」我用不大流利的英語告訴珍妮花中國人的習俗；從吃臘八粥、祭灶神、上廟燒香、拜祭祖先，說到除夕。她耐心地聽著。

父母對我的洋朋友很熱情、客氣地招呼她。吃飯時，我解釋中國文化是農業社會的文化，過年節時必須有雞、有魚、有肉、有齋菜的各種涵義，珍妮花專注地聽著。每樣菜她都津津有味地吃，還稱讚我母親做菜的手藝好，逗得老人家很開心。吃過湯圓，我們要回宿舍，父母給我壓歲錢，珍妮花也有一份。

「中國人的習俗是美好的、浪漫的。」珍妮花在火車上拿著紅封套壓歲錢包，問我：「為什麼剛才你媽媽燒香拜祖先時，要你的弟弟先叩頭呢？」

我告訴她：「中國人很重視死後要有子孫拜祭，就算是買自己的墳地，那塊地也要為著子孫好。中國人的一生是一個多面體：家族、祖先、父母、妻子、兒孫，要面面顧到。我們不單是為自己而活。」

「這樣活得太沉重了。怪不得中國人都是沒有笑容的。」珍妮花憐憫地看著我，說：「我們只能活一次，就要為自己而活。中國人要有男丁，可是，不能保證一路下去都有男丁呀！女人也可以發展事業。上帝讓我們活一次，就好好地過活。上帝給我們兒女，便帶領他們去欣賞人生之旅的美景，然後是兒女走他們的人生之旅。有無子孫拜祭何必執著？」

在火車有節奏的晃動中，我的腦海裡浮現出唐人街上一張張緊繃的黃面孔，一副肩負愁苦重擔的樣子，對別人總有反射性的警戒和提防，人人繞著圈子說話，看著真累人。

拉開一段距離來看，中國人站在澳洲人身旁，真是活得太沉重了。

我沉默下來。我想，人常常不自覺地落在被世俗或傳統所劃定的圈子裡過活，不停地重複走著別人的路，忘記了自我。

今夜無眠非守歲，客中有夢總歸鄉。

我睡在宿舍裡的床上思索。我可以走出這個唐人街的框框，去為自己而活呀！

（三）

畢業了，二十個同學都通過了考試，各奔前程。我取得優異的成績。珍妮花希望我陪她坐大郵輪去斐濟群島遊玩。「我們一年來未放過假，來吧，出去玩玩，回來才找工作，職位多的是。」澳洲人不管是大老闆抑或是小工人，都習慣年中出去度度假。

我們坐上大郵輪，從雪梨市出發，在太平洋菲濟群島之間緩緩遊航。兩星期的旅程中，我們在船上享受豐富的食物，晚上欣賞表演項目。日間，乘客隨意參加各種興趣班，或者什麼都不做，天天在甲板上曬太陽。船在五個港口停泊，讓乘客上岸遊玩。

當時我在澳洲住了一年多，這次海上遊令我對東西兩極文化的差異有深切的體會。澳洲人活得輕鬆、快活；他們工作時認真工作，玩樂時盡情玩樂。船上的年輕人穿著比基尼泳衣在甲板上走來走去，或者在酒吧裡喝酒。大家有禮貌地交談，平等、友善，從不探討別人的私事。沒有做作，沒有虛偽，更沒有人炫耀名牌衣物或財富。

郵輪停在斐濟的首府蘇哈港，我們上岸去看土風舞。皮膚黝黑、頭髮捲曲的土著光著上身圍著草裙，手拿樹枝跳舞，跳出濃烈的原始氣息：捕獵收成的歡喜、男女情愛的甜蜜，都赤裸裸地表達，沒有虛偽，沒有矯飾。

晚上，我們在船上的大廳也跳草裙舞。洋人穿上便裝，圍著花綠綠的草裙開懷地跳。我站在一旁靜靜地看。這一段距離讓我重新審視自己，和自己的文化。

我從中國人的拘謹，和過多過重的精神包袱中走出來。我意識到中國人可以有另一種生活：人生苦短，且放下世俗人的閒話、無謂的顧慮；在正道中，為自己而活。

旅遊回來後，我和珍妮花分開在兩間醫院工作，一年後我結婚，她出席婚禮，對中國人飲宴時吃這麼多菜甚為驚奇。她送我銀造的燭臺、和咖啡壺做禮物。

幾年後，她也結婚了，是在庭園中開派對，我送她一對繡花便鞋、一個繡花晚裝手袋和一件絲綢晨袍做禮物。她撫摸著軟滑的東方綢緞，高興極了。

珍妮花婚後，跟隨做工程師的丈夫移居美國，每年都寄來聖誕卡。兩年前他們帶著小女兒回到澳洲，住得很遠。我們互相探訪，彼此看看，都老了；但上帝對她特別仁慈，她仍是美人。我們談到同窗共住的時光，她友愛地看著我說，我當年是一個很拘謹、缺少笑容的中國女孩，現在是一個祥和的、愉悅的、輕鬆的澳洲中年媽媽。聽到我不經意地說：「子孫將來拜不拜我無所謂。」珍妮花笑起來：「這樣很好呀！你現在很開朗、寬容、通達；不再是唐人街裡的中國人。」她誠摯地說。

我的心弦觸動，感到有一陣暖流流過。長久而美好的友誼不易維繫，要維持異族情誼更難。這裡面必須對彼此的文化有一份尊重和理解。

（四）

歲聿雲暮，鼉鼓頻催，大家快要添一歲了。

雖然澳洲的農曆春節是在炎夏西風中度過，而且沒有假期，華人仍然依習俗營造過年的氣氛。唐人街有年市，有舞獅；吃過臘八粥之後，雜貨鋪就羅列出滿滿的過年食品，餐館也推出一系列寓意吉祥的團年飯餐單以作招徠。

想到那年春節，珍妮花跟我回家吃年夜飯的情景映現眼前；又是年晚，重疊的守歲夜之間，是三十年的韶光。

既然珍妮花夫婦快要回英國去，我便邀請他們帶同女兒來我家過年，吃了年夜飯，在我家睡，翌日一起去中國城看舞獅、吃茶點。

今天，我已是兒女繞膝。我上市場買新鮮的雞、魚、豬肉、和大蝦，再跑一趟中國城買材料做魚翅湯和羅漢齋菜。我買了急凍的紅豆湯圓做甜品，還有畫著元寶和銅錢的利是封套。

我拿著大包小包上了火車坐下來，舒一口氣。在火車微微地晃盪的旋律中，我拍拍這豐盛的過年食品，心裡有一種無可名狀的充實感，彷彿擁抱著一個溫暖的家。我忽然體會到自古的帝皇在祭天時，首先是祈望風調雨順過豐年。歲晚時一家團聚吃一頓好飯。這是中國人幾千年來平實的想望。

都說根是不會斷的，母國文化深深地、纏綿地淌流在人的血液中。我看著火車窗外緩緩流瀉過去的澳洲房舍、商店，和公園。三十年的時空之間，我在這些風景線上吃盡西風洋雨，總認為自己已離家很遠，故鄉是前世的事了；今天，一個中國年，卻讓我重拾那一份古舊的、源自黃土地的踏實與安穩，就像浮萍找到了根，是兒時的回憶，抑或是一直揮之不去的鄉愁？我為這根的深遠細密，既感慨，又有點驚異了。

我要和珍妮花再過一個中國年，我要讓她知道在三十年的光景後，儘管中國人的習俗和根仍潛藏在我的血液裡，我已融入澳洲人的生活中。

從她那裡，我學會尊重不同的種族和文化；我學會對在陌生環境中，徬徨苦惱又害怕的人伸出善意的手；我學會從中國傳統裡不必要的枷鎖走出來，放下負累，好讓自己在人生路上走得輕快一點，活得開懷一點。這是我在異鄉生活多年，所得到的最大的、精神上的獲益。

明天是除夕，珍妮花，這個在我履足澳洲不久，就給我友誼的異族朋友，明天會來，和我過一個中國年。

臨時房客

／海曙紅

海曙紅
自幼喜愛文學藝術。上世紀八〇年代初因主修石油地質而往挪威留學，回國後曾任大學助教、譯叢編輯、旅遊記者等職。一九九二年加入江蘇省作家協會。一九九六年從中國南京移居澳洲雪梨，陸續在中國大陸、香港、臺灣、澳洲的中文報刊雜誌發表散文隨筆，並先後出版有散文集《三海集》（合著），旅遊文化專著《江南》（合著），長篇散文小說《在天堂門外》、《水流花落》等。新著藝術隨筆《一個中國人眼裡的澳洲藝術》正待出版。

女兒上中學時選修了日語作為外語，因為她隨我移居澳洲時剛好小學畢業且漢語相當不錯，所以她想挑戰自己選學一門新的外語。有一天她放學回家喜形於色地告訴我，學校要接待一批來自日本的女學生，她們來雪梨兩個星期觀光學習英語，白天和澳洲學生在學校一起上課或郊遊，相互學習交流語言。但老師說了，晚上的住宿要由學日語的同學志願承擔接到家裡，因為同吃同住同生活才能更好地強化語言練習。

為了學日語，女兒心甘情願地騰出了自己精心佈置的房間，還特地把家裡打掃整理了一番。分到我家住的這個日本女孩叫繁子，快十六歲了，看樣子很靦腆內向。我是喜歡安靜的，心想這臨時房客挺好。吃晚飯時，我問繁子喜歡中國餐嗎？她先抿嘴笑笑然後點點頭。吃完飯後，繁子把飯碗輕輕一推，坐在桌旁也不說話，女兒幫著我收拾碗筷並一起下廚房洗碗，看得出女兒一下子懂事不少，因為繁子是她領回家來的同學，也是她的客人，所以她努力要減輕媽媽的負擔。

一開始我以為繁子到了陌生之地多少會有些不習慣或是顯得無聊，便主動問繁子，喜歡看書嗎？因為女兒的書架上有些英文讀物，當初她迷上英文就是從閱讀通俗讀物經典小說開始的，沒想到繁子說她不愛看書。假若我不找些話說說，繁子好像從不喜歡主動開口說話。她的眼睛一直盯著女兒的電腦，我想她肯定是個電腦迷，果然她問我能否打開電腦玩遊戲，這是她認為我們家唯一可以娛樂的東西了，因為我們家的電視機、DVD機在她看來早就過時得像古董一樣。我趕緊叫女兒別洗碗了，把手擦乾淨，快去和繁子一起練習說話。

後來我發現繁子不愛說話是因為她不太會說英語，每用英語說一句話都要憋足了勁，再又發現她學英語的態度並不積極，有時她用錯了詞女兒糾正她，她卻擺出無所謂的樣子。其實，她壓根就不想學英語。於是我有點好奇，我說繁子你花這麼多錢來澳洲度假是為什麼？不就是要來和澳洲的學生交流語言或是多學點英語嗎？語言這東西你不肯開口多說怎麼會有長進，回去以後又怎麼向你的父母親交代？

繁子說她父母親有的是錢。通過女兒一會兒英語一會兒日語地翻譯，我總算明白了，繁子才不在乎英語有沒有長進呢，更不擔心浪費了錢。繁子的父母親是小店主，雖比不上大公司老闆財大氣闊，但學校裡有錢人家的孩子都報名參加中學生澳洲觀光學習團，她的父母親當然不甘落人後，父母親為她報名交了錢她就來唄。學英語在日本是一種時尚，得步步緊跟著，哪怕是裝裝樣子也行，所以繁子是為了給父母臉上貼金才來澳洲的，至於英語學得怎麼樣，她父母親哪裡知道，所以也就管不著了。

但現在我是家長，我得管著，繁子不想學英語，可我女兒還想學日語呢，於是我規定她們倆每天晚上吃完晚飯，在玩電腦之前先得練習說話。為了語言交流，我提示女兒找些和繁子有共同愛好的話題聊天。有一天晚上，繁子大概是想家了，主動給我們看她帶來的一本相冊，她家住在日本靜岡縣，父母親開有一家五金店，她自己有個很大的臥室，還套著一個帶SPA的浴室，房間裡環繞音響、超平電視應有盡有。繁子指著照片說了些什麼，女兒偶爾提醒了她幾次英語的說法，也主動問了她兩次日語該怎麼說。我坐在一旁瞧著這兩個孩子，一個指點照片一個觀望照片，那神情似乎給人感覺她們像是生活在兩個不同世界的人，說著兩種截然不同的語言，卻硬是要待在一起看圖說話互相交流。

一個星期後，有一天我下班到家，發現家裡多來了一個日本女學生。女兒趕緊摟住我解釋，說是繁子的好朋友香美本來是住在另一個同學家的，不知發生了什麼事突然逃到我們家來了，媽媽你一定要把她留下，她太可憐了，而且老師說等你下班到家會打電話給你。果然，我還沒忙定當晚飯，學校老師就來電話了，說是真不好意思打攪你，但現在香美就是不肯回原來的房東家去，而繁子是香美最最要好的朋友，她死活只想跟繁子待在一起，沒有其他辦法，老師請求我先讓香美在我家住下，然後再去和日本領隊商量。繁子和香美抱頭在房間裡哭，一直哭到我掛了電話去敲門，說是你們可以待在一起了，她倆馬上破涕為笑，摟在一起發瘋般地狂叫，那天晚上她倆在一起嘰咕日語一直到凌晨。

第二天女兒放學回來告訴我，說是香美原來住在王林家，王林十二歲時媽媽離開了家，她就一直和爸爸兩個人生活在一起。雖然王林家地方很小也很簡陋，但她太想學日語了，她甚至沒和爸爸商量就把香美接到家住下了。沒想到香美是個被寵壞了的女孩，她不願和王林一同擠在一個房間裡，儘管王林把所有的好東西都給了她，讓她睡床上而自己睡地鋪，她還是委屈得不行。香美對王林家的陳舊簡陋百般地不習慣，再加上王林的父親每天工作到很晚才能到家做飯，不難想像一個沒有女主人的家會是什麼樣子，香美只好跟著王林經常吃泡麵。

我一下子就覺得王林這孩子太不容易了，一個沒有母親的女孩子跟著單身父親過日子，生活本身就比其他的孩子要艱難，但她為了學外語竟有這樣的忍耐力，我甚至不敢想像王林這孩子睡在地鋪上的樣子。沒過多久日本領隊來電話了，說是很感激我昨晚收留了香美，他們在雪梨還有一個星期就要回國了。一個星期是短暫的，但對一個嬌生慣養的女孩來說就很難熬了，尤其是香美現在情緒不穩定，只想跟好朋友呆在一起。我聽得出他的話外之音是要讓我慈悲為懷，我知道我說啥都沒用了，只能把繁子的好朋友香美也收下當臨時房客。

本以為孩子們吃住在一起，可以有更多的機會作語言交流，可接下來那幾天，我們家就很少聽到英語了。繁子原來是那麼愛說話，愛和自己人說自己的話，她和香美在一起有說不完的話，她們的日語說得實在是流利自如。除了YES和NO或蹦點零星單詞，她們似乎就只願用母語說話而不願費勁地去說完整的英語了。後來那幾天，繁子和香美都很快樂，好像不學英語更快樂。我女兒除了旁聽她們的日語會話也沒法介入她們的交談，但她並沒因為失去語言交流的機會而煩惱。不管怎樣，語言功夫並非幾天時間可以提高，而大家平安相處生活得快樂比什麼都重要。

臨別那天，繁子把她的手工摺紙送給我作紀念，我問她喜歡澳洲嗎？她說NO。後來女兒告訴我，這次來的十八個日本女學生都沒想到澳洲是如此空曠清靜，雪梨作為大都市也不如她們想像中的那麼熱鬧，而她們入住的房東大多是中國或南韓移民家庭，給她們的感覺也好像不是在澳洲。兩個星期的觀光學習對她們來說是一個漫長的苦差事，但她們太有錢了，如果家長以後還要把她們送出來，她們為了家長的體面還會再來。但我作為家長，雖然事後還得到了一張學校頒發的榮譽證書，斷然不敢再有這樣的臨時房客了。

（原載二〇〇二年二月五日《澳洲日報》副刊）

三世同堂的日子

／曾湘平

曾湘平

一九五六年生，一九八一年畢業於上海第一醫學院（現復旦大學醫學院），一九八六年在中國醫學科學院，協和醫科大學取得碩士學位。一九八七年出國留學，一九九一年在澳大利亞昆士蘭大學取得博士學位。目前在澳大利亞衛生部任職。二〇〇三年開始寫作。

漂泊他鄉的歲月裡，享受三世同堂的樂趣少之又少。然而，那些日子卻留下了許多溫馨、愉快而有趣的回憶。

一九九三年大雁南旋的時節，母親第一次飛到澳大利亞來探望我們。那時中國南方老家正是秋風漸起、楓葉紅透的金秋，雪梨卻已是綠草如茵、百花爭豔的暖春。媽媽對於南半球藍天白雲下這塊廣袤的土地和雪梨這個四季如春、繁花錦簇的海濱城市印象不錯，對我們在這裡安家感到欣慰和放心。只是，媽媽還常常自覺不自覺地將雪梨和我們離國前居住的北京相比，言談之間時不時會對我們離鄉背井、放棄了在北京的工作和家居感到遺憾。

那時正值國際奧委會討論投票決定二〇〇〇年奧運會舉辦權的前夕，雪梨和北京作為主要爭辦城市爭得如火如荼，難解難分。當時雪梨乃至整個澳大利亞的氣氛都異常熱烈。這個國家雖然人口少，卻人人天生熱愛大自然，酷愛運動，也特愛湊熱鬧。那些日子裡，舉國上下群情高漲，呼聲高昂，朝野兩黨空前一致地支持雪梨爭辦奧運會，空氣裡聽不到一絲反對、擔憂或抱怨的雜音。

這件事自然也是我們全家關注的焦點，家裡因此形成了「左、中、右」三派。母親當然是堅定的左派——堅決支持北京爭辦奧運會，只是顯得有些勢單力薄。對於澳大利亞廣播電視裡日日夜夜的呼籲鼓譟叫囂，她可以充耳不聞——反正不愛聽也聽不太懂。可是，她最寵愛的時年六、七歲的小外孫，明明是北京出生的炎黃子孫，血管裡流著中國血，臉上烙著中國印，卻高唱反調，成了她的對立面。

兒子自認是「澳仔」（OZ），他每天一從學校回來，就興匆匆地向我們報告老師和同學們對爭辦奧運的議論和他們舉辦的什麼活動，間或還洋不洋土不土地反覆向外婆表示，雪梨決心要打敗北京！雪梨一定會打敗北京!!更有甚者，他還成天領著三、四歲的妹妹高唱：“Come on, OZ! Come on, OZ!” 向坐在門口低頭織毛衣的外婆示威。弄得一向對外孫們慈愛有加的外婆哭笑不得，只能從老花鏡後向他們翻白眼，嘴裡還嘟嘟囔囔：「憑什麼是雪梨？我們北京有上下五千多年的文明史，雪梨算什麼，二百五十年，還不及中國的零頭呢！」

我們中間的一對呢，不偏不倚，不急不惱，心裡坦然，穩操勝券。為何？北京是我們的老家所在，而雪梨是我們的新家所倚，誰贏我們都由衷地高興。想起一位政界名人說過的一句話：「打棒球，或踢足球，你為誰歡呼，你就是哪裡人。」我們這一代或許就是所謂的「邊緣人」，在中澳比賽的運動場上，我總是為雙方喝采。只是，如若中澳兩國兵戎相見，我們該怎麼辦？我只能時時祈禱和平，但願永遠不會有那麼一天。

爭辦結果揭曉的那日凌晨，我們被外面陣陣喧嚣聲歡呼聲喚醒，知道雪梨獲勝了。頭天晚上一直守在電視機前等待結果，不肯上床而在沙發上睡著了的兒子，此時揉揉眼睛，意識到發生了什麼。他立即一躍而起，跑去一把拉醒妹妹，兄妹倆在床上、沙發上、地上又蹦又跳，又笑又叫，還對著外婆大聲挑釁："We won! You lost!! We won! You lost!!"（「我們贏啦！你們輸啦!!」）看著老媽一副眼巴巴的失落樣子，我連忙喝令兄妹倆上外邊瘋去。

還好，豁達的母親轉而隨鄉入俗，和我們一道投入了街市中的狂歡。那一晚，在城裡，在雪梨港、情人港，飾滿絢麗霓虹燈的歌劇院、海港大橋和雪梨塔噴射出五光十色、千姿百態、瞬息萬變的節日禮花，處處歡聲笑語，一派喜氣洋洋。我們本想就這歡慶的背景拍幾張全家照片，所到之處，剛一站定，立即有不相識的遊人自動加入合影，人人臉上都綻開著燦爛的花朵。

不同的膚色、不同的服飾，卻擁有相似的笑臉，共同的歡樂，母親高興地將這些照片帶回去展示給家人朋友，留作紀念。

幾年後，北京爭得了二〇〇八年奧運會的主辦權。我們全家又一次歡呼雀躍，為中國祝福，並打越洋電話向如願以償的母親祝賀。

母親第二次來我家是在一九九六年，星移斗轉，那時我們已移居美國的佛羅里達州，落腳在美國地圖上那個羊角的坳口處——傑克遜維爾市（Jacksonville）。我們家就住在毗鄰大西洋海岸僅一箭之遙的海門路，每天聆聽海風呼嘯驚濤拍岸，享受著陽光沙灘的良辰美景。

然而，母親來後不久，廣播電視開始發佈颶風警告。颶風一步步逼近的消息頻頻傳來，我們如同聽到「狼來了！狼來了！」的呼叫，面面相覷，茫然不知所措。早就聽說，每年春夏之交，大西洋上的熱帶氣流都要在美國東南海岸登陸，有的達到颶風強度，無情衝擊掃蕩這一帶的一些沿海城市。但我們尚未親身領教過這風暴的威力。

那天上班不久，廣播裡傳出市政府的通知：颶風已到達距此數百海里外的海面，如風速、風向不變的話，預計下午五、六點鐘將到達本市。市政府要求居民密切關注颶風消息和市政府的撤離安排，我們沿海一帶的居民將要在下午三點之前全部撤離，由抗災指揮部統一安排到市政廳的防災棚避難。同事們三三兩兩紛紛交流應對措施，特別是那些住在高尚區、家財萬貫的高年教授和醫生們。不一會兒，幾乎所有公司和機構都宣布關門，大家各自回家應付緊急情況。

我們半生流浪，雖無家財，家中卻上老下小，「人才」濟濟。我急急駕車衝回家，家裡已經鬧翻了鍋。因學校停課關門，校車已經把兄妹倆送回了家。老母親自己聽不懂英文廣播，早被不到十歲的兩個外孫一半土一半洋，一句陰一句陽的消息「轉播」弄得心慌意亂，手足無措。我將颶風狀況和可能撤離去防災棚的消息告訴母親，她一邊開始張羅收拾東西，一邊嘟嘟囔囔地念叨：「真倒楣！小時候日本鬼子來了跑反，老來還被美國佬的颶風逼得跑反！」（瞧瞧，連颶風也成了「美式」的！）小兄妹倆則像服了興奮劑一般，手舞足蹈歡天喜地地開始將電子遊戲機、小人書、游泳衣等一一裝進書包，就像平日要到小朋友家去開爬梯過夜（sleepover）。

我交代安排好老小，又和匆匆趕回來的丈夫一同衝向超市去採購住防災棚所需的飲料乾糧。不料到得商店一看，所有熟肉火腿櫃臺、水果乾果和礦泉水飲品等貨架上的商品，已被搶購一空，那種零落蕭條混亂的景象，更讓人平添幾分大難臨頭的恐慌。我勉強撿了僅存的幾瓶平時沒人愛喝的蘇打水，和幾盒劣質餅乾。

回家時，遠遠看見兒子女兒喜氣洋洋地把守在家門的兩側，每人拎著自己的睡袋，坐在裝得鼓鼓囊囊的書包上，一副整裝待發的架式。屋裡的母親還在收拾東西，仍然滿腹牢騷，嘮嘮叨叨。

午飯後，因風力逐漸減小，廣播中預告的撤離時間一再往後推延。到下午四點左右，大家被告知風向轉變，警報最終解除，我們那條緊繃的神經才漸漸鬆弛下來。母親疲憊地攤在沙發上，像放了氣的皮球。

在聽到警報解除的那一刻，兒子一聲仰天長嘆“No!!!”，倒在床上，像洩了氣的皮球。

牛奶潑了以後……

／張月琴

張月琴

祖籍中國湖北，現居澳大利亞墨爾本。畢業於澳大利亞拉籌伯大學教育學院，曾任澳洲雪梨大同中文學校教務主任及維多利亞州中文教師協會理事會理事。現任澳大利亞維州語言學校畢業班中文教師。澳洲華人作家協會會員。歷年來，利用工作之餘，從事中文寫作，著有長篇小說《陪讀歲月》，並在中國湖北《黃岡日報》及澳大利亞多家中文報刊上發表過數百篇散文和雜記文章。

一天，柳依從超市購物回來，進門就連聲說：「耳聞不如眼見，這回真服了，不但服了而且還被感動了。」我莫名其妙地看著她，不緊不慢地說：「天下竟有讓你服的事情，真是奇蹟。」「別這麼說好不好，我並不是那種唯我獨尊的人，別人誤解我，你應該了解我啊！」我聽了，聳聳肩，算是默認了。

接著她說：「猜猜，猜我今天看見什麼了？……」

「別那麼神乎其神，快說來聽聽，讓我也感動感動。」

她呷了口飲料，像講故事一樣說：「今天超市買東西的人真多，每個收銀臺前都排著長長的隊。站在我前面的一對男女，邊等邊聊天，他們時而竊竊私語，時而哈哈大笑。不知怎麼搞的，那女人手中的一瓶兩公升的牛奶，突然翻倒在地，頓時牛奶四濺，噴得到處都是。而她，壓根兒像無事一般，仍然站在那裡談笑風生。」

「真不像話！」我忍不住插了一句。

就在這時，一位服務員匆匆地走來，手裡拿著一條乾淨毛巾，不聲不響地蹲在地上快速地擦開了，地面擦乾淨後。並客氣地對那打潑牛奶的人說道：「請問，你想要另外一瓶嗎？」

「要，謝謝。」那人答道。

服務員朝著存放牛奶的地方飛奔而去，眨眼間，為那個打翻牛奶的人再拿來另一瓶牛奶，終於輪到他們付款了，但沒人提到那瓶打潑的牛奶。

「牛奶潑了，但自始至終都沒有爭執，沒有衝突，有的只是高質量的服務及祥和的氛圍，我想這就是為什麼這個超市總是顧客盈門。」

柳依的一番話讓我對澳洲服務行業的周到服務讚不絕口。同時，也讓我聯想起去年回中國在商店遇到的一件極不愉快的事情。

那是在南方的一個國營百貨商店裡，我想買根皮帶。因為我不會說當地的方言，服務員對我愛理不理。當我開口說：「請把那根皮帶……」話還沒說完，有另一個顧客進來，說的是當地話，那位正在跟我說話的服務員立即過去為那個比我後來的顧客服務，把我晾在那裡尷尬地等著。不巧的是，剛好又是午飯時間，整個櫃檯就那麼一個服務員，更不湊巧的是接著又進來了幾個人，服務員好像把我給忘記了似的。

依我往日的脾氣，會扭頭就走，不買了，中國商店多的是，幹嘛非要站在這裡傻等。可那次我好像賭氣似的非要看看到底要等多久？

二十多分鐘過去了，櫃檯前終於只剩下我一個人了，服務員面無表情，更沒有「對不起，讓你久等了」的說法，她連眼皮子都沒抬起來將皮帶遞給我。我一看覺得顏色不好，就麻煩她給換一下，她換了一根，還沒打開，就見鐵鉤子是壞的。只有再換另一根了。她又遞過來一根，我一試，實在是太短了，本想再換一根長些的，話還沒到嘴邊，那位服務員便特不耐煩地說：「這皮帶你到底買不買？誰像你這樣挑三揀四呢？」她那帶有濃重南方口音的普通話極不友好地責問我。

「當然要，為了這根皮帶，我在這兒待了好半天了，不要，我待這麼久幹嘛？」我平靜的回答著。

她滿臉的不悅，將一根皮帶往我面前一甩，「啪」的一聲重重地落在櫃檯上。隨著「啪」

的一聲，實在令人忍不可遏，我氣沖沖地憤然離而去。

柳依聽了我的一番話，若有所思地說：「在中國，這樣的服務態度屢見不鮮，但我相信畢竟是少數。」

「幸虧是少數，要是多數那還得了。」我接著說。

任何一個國家，商店是必不可少。有商店就有服務與被服務的關係。而這種關係必須建立在相互配合，相互尊重的基礎之上。比如：柳依以上所說那位顧客，牛奶潑了之後仍泰然處之，這樣的態度不可取。而我說的那位服務員態度更是不稱職。這樣說，不怕有崇洋媚外，揚外貶中之嫌。每個國家都有她的長、短之處。好就是好，不好就得改進，這樣才是維護尊嚴，體現文明的表現。

「是啊，具有五千年歷史文明的中國文化，被少數人給攪亂了，歪曲了。有時候我也問過自己，假如那瓶牛奶潑在中國的某一個商店裡，會怎樣呢？……」柳依深沉地自言自語道。

為人之母

／蕭蔚

蕭蔚

女，生長於北京。北京首都醫學院畢業，任牙醫五年，一九八八年移居澳洲雪梨。出版小說、散文集《澳洲的樹熊，澳洲的人》，與父親合著散文集《雨中悉尼》。曾為澳大利亞國家民族廣播電臺「人間插曲廣播劇」劇組編劇及演播員之一。任澳大利亞新州華文作協第六屆會長。

母親節即將來臨，送給媽媽什麼禮物？那年，我按澳洲人的習俗，精心地為她挑選了一把菊花——淡黃色的。沒想到，她老人家嗔怪地說：「你打工那麼辛苦，掙點錢不容易，瞎花什麼錢，咱們家的花園裡不是有的是花?!」又一年母親節，我買了一把韭菜花，雙手捧到媽媽的面前，祝福她節日快樂。逗得她老人家哈哈大笑，高興得不得了。

女兒長大懂事了，可我也最怕她在過生日過節時送我什麼禮物。我所買的內衣內褲、鞋和襪子，均為「中國製造」；她送給我的禮物皆是各國名牌。同樣的貨物，價錢貴出幾倍。她還是個學生，沒有打工掙錢，到頭來，還不是我和她老爸掏的腰包?!

錢還好說，用了還可以掙回來，只怕她這個黃皮白心的「香蕉人」已經不能接受中國的傳統習俗，完全澳洲化！去年母親節，她捧來一大束菊花送給我——白色的。我強裝笑顏接過來，另找機會，繞著圈子和她講明：中國人辦喪事的時候才用白花！

花還好說，放蔫了可以扔出去，只怕是她送來什麼「留之無用，棄之可惜」的東西，扔不出去。去年我過生日，她送我一個掛鐘，說是「名牌貨」。我咧著嘴，不知是哭還是笑，怎麼和她解釋呢——中國人的習俗是：忌諱送鐘（送終）。我還想多活幾年！算了，想開點，為人之母，能按時得到孩子的一份禮物，就算是得到他們的一片孝心，一個褒揚，管它是什麼呢！

常常有人把母親的形象用四個字概括：「偉大」和「慈祥」。現實中，我也真的聽說和見過這樣的母親。

我曾經問一個即將高中畢業的印度男孩：「你打算大學學什麼專業?」他回答說：「律師和醫生兩者之一，具體選哪門，要聽媽媽的。」我探究原因：「為什麼要聽媽媽的話?」他回答說：「因為媽媽比我自己還更瞭解我！」我驚呆了。這位媽媽在孩子眼中竟然是這樣的偉大！

另一位為醫生祕書的西人朋友對我提起她兒子換過幾個女朋友的事情，兒子曾哭著對她說：「媽媽，怎麼沒有一個女孩像你那麼好呢?!」朋友語氣中帶有兒子對她這位慈祥母親的讚賞許和她的自豪，以及她對兒子戀母傾向的擔憂。

我想，我在一對兒女眼中絕對不會像上述兩位母親那麼偉大和慈祥，他們一定覺得我是一個整天只知道買菜做飯，洗衣拖地──非常平凡；整天只知道教訓他們──極為嚴厲的母親。不是嗎，當兒子三歲時把一堆沙土撒到床上，還沒容我發火，他搶先嚷道：「你這個小王八蛋，還不快給我滾蛋！」──那聲調和我的一模一樣。不行，我不能讓女兒把這樣一個「惡母」的形象寫到「母親節徵文」裡，我要幫她找到「母親是很偉大」的感覺。

我對女兒講述了這樣一個虛構的故事：如果她和弟弟掉到水裡，我一定會奮不顧身，一個猛子紮下去營救他們。女兒插話說：媽媽，你不用救我，我會游泳。對，她可以一口氣游幾千米！我繼續說：好，我去救弟弟，你游上岸之後趕快找人來幫忙。你放心，我一定會把弟弟救上岸。但是，如果一不小心我犧牲了，你們不要難過，讓爸爸再找一個新媽媽。

女兒真的對我刮目相看：「哎喲，媽咪，你真偉大！」是的，別忘了，其實我也非常地慈祥。

今年的母親節又快到了，我打算給我媽媽一個新的大驚奇──送給她一顆好吃又好看的菜花代替菊花和韭菜花，一定又會逗得她老人家再哈哈大笑一番。那麼，女兒又要送給我什麼禮物呢?!

第五輯

心動如水

亞美尼亞幼兒園

／山林

山林

本名趙偉華，生於四川成都，當過知青、賓館服務員。一九八三年四川南充師範學院政治系畢業。一九九一年底移民澳洲雪梨，打工學習並和丈夫一道經營IT以及其他零售生意。擔任過社區中文學校校長並教授中文，同時開始寫作。二〇一二年辭去校長職務，回歸單純的打零工、教中文並繼續寫作。現為澳大利亞新洲作家協會會員。

二十一年前，雪梨托兒所門檻不低，要進入社區正規幼兒園，也就是幼兒不用自帶午餐、還按年齡分班級的幼兒園，至少要等候兩年。三歲的新移民，詹家大兒從中國風塵僕僕投奔民主和富裕而來，欲入園就托，當即被拒之門外。那時，大人小孩面面相覷，真不知該說什麼好——中文澳洲老外聽不懂，英文詹家說不溜。有關部門讓也是新移民的詹媽在家好好照看自家小子，這完全符合當地民俗風情和人權宗旨。偏偏詹家急需澳幣，那當媽的也得趕緊找工掙錢。如今詹媽只能東碰西撞尋找負擔得起的各類私家幼兒園，托住小移民，以騰出身子掙澳幣。

所謂私家幼兒園，也多設在某一靜街的某一民居中。哪家老宅客廳的角落，擺上一臺黑乎乎的圓角電視機，地板上散落一些不夠光鮮的玩具，也攤開幾本舊殘的兒童圖書，三、四十個三至六歲的孩子就那麼鬧喳喳歡聚一堂；中午時分被直呼其名的阿姨，如貝蒂、蘇珊等等會把各家自帶的午餐發放給各位小餐主，有的家裡光給了兩片餅乾，小孩就噙著餅乾眼睜睜看著同桌悠悠然吞食著吞也吞不完的通心粉，好香啊！蘇珊抑或貝蒂就會和藹地催促孩子趕緊用完午餐，又在孩子的注視下把小伙伴吞不完的食物蓋回飯盒，好交還下班後來接寶貝的家長。民居外約三十平米大的院子裡，也有滑梯、攀爬架、沙坑一類的設施，其擁擠和簡陋有如當時中國某一小城區中的某一街道托兒所。不過，就是這樣的幼兒之家也童滿為患。

多虧詹爸同事及時通風報信，詹老大很快就被其中一家「街道」托兒所接受了。就是詹爸得開半小時的汽車才能抵達那裡。那麼遙遠的托兒所，換成還不會駕車的詹媽去一趟，以親眼目睹孩子的洋集體生活，乘公車倒巴士外加快步走，得花她來回三個半鐘頭；而為了趕上下午一點鐘的移民英語課，則僅有二十來分鐘的逗留時間。三個半小時換成在路邊拐角的小快餐店裡幹粗活兒，可以掙到二十一元錢。二十一元錢又可以買到四條八百五十克重的麵包，外加兩罐牛奶、一盒速溶早餐玉米片、若干生菜雞蛋鹹肉等等，星期一到星期五三個人的五頓早飯和兩個人的三明治午餐就都有了。當然菜、肉、雞蛋等等也是要在商店特價時或週末去費明頓集市採購，總之那二十一元錢能值那麼多。所以，在排隊等候社區幼兒園名額的同時，尋找住家附近的私家幼兒園空缺仍是詹家刻不容緩的頭等家務。

一天，終於讀到一則廣告，那針尖大的字母排列出讓她驚喜萬分的好消息，就在去打工地點的順道，就有一家朝八晚六並提供午餐以及小零食的幼兒園。電話打去，說是可立即去，無需排隊，甚至預約都可免去。

接著的週一，詹老大由詹媽領著去了這家就近的幼兒園。

新幼兒園座落在一處高坡上。詹家母子下了公車，氣喘吁吁登上了高坡，一條平坦馬路橫在了眼前。馬路兩邊無外乎紅磚或白漆木板一類的住家房子，還漫延出一片相連著的各式庭院。兩人步行五分鐘找到門牌號，看見院子圍欄簇新齊整；進了院門，正對的水泥磚房也是光鮮潔淨。一排大玻璃窗，一眼可見房內的情景：亮堂又利落。因為是夏天的早上，剛來的幼兒們同還未離去的家長都站在周圍長著花草的院裡，一位富泰、精神的老太太以主人翁姿態跟人們聊著天。當她看見詹媽和詹老大，就迎了過來，自我介紹是安陪媽媽，這裡的院長。通過一段英文初級口語和夾帶哼哼哈哈的對話，安陪媽媽將詹老大和其他孩子一道請進了屋裡。詹媽戀戀不捨站在大玻璃窗外往裡望，還未看清楚老師的面孔，就聽見圍坐成一圈的孩子唱起了歌謠。老大在其中，神色專注，雖然開不了口，卻並無不適的樣子，詹媽就放心離開，打工去也。

到下午六點鐘前，詹媽趕回幼兒園，正好是家長們接孩子返家高峰期。斜陽中，她與一位來接外孫女的臺灣老太太相遇，方知這是一家由亞美尼亞裔主辦的亞美尼亞幼兒園，新院落連同房屋剛蓋好不足一年，有專業幼兒教師，還有教孩子們說亞美尼亞語，寫亞美尼亞字以及唱亞美尼亞歌等等課程。詹媽搞不清早上聽見的那首歌是不是亞美尼亞歌，總之非中文歌無疑。

看到詹老大高高興興從嶄新的課室裡飛奔而出，詹媽奇怪這兒竟然有如此多的空位，總共二十來個孩子而已。「本地家長都不大願意送小孩到這兒來。」臺灣外婆說：「我們安吉拉下個學期也要去社區幼兒園了。」社區幼兒園實行分班制，亞美尼亞幼兒園就差這一點。詹媽有些捨不得安吉拉她們祖孫，實在是喜歡臺灣外婆的友善和健談。兩人話未完，就見小女孩安吉拉也飛奔而出，她身後橡皮糖般黏著一個金髮碧眼的小男孩，很漂亮的一個酷男孩，太像西洋畫中的小愛神丘比特，不像的地方是多了一身和他眼睛一樣藍的衣褲以及飛舞著的赤手空拳，他也跑得跟風似的。

「馬修，Come here!」臺灣外婆呼喚著向男孩展開雙臂，而馬修真就脫離安吉拉風馳電掣撲進了老太太的懷抱，讓老太太好好地親了他一下。詹媽帶著笑意看見馬修的小臉蛋白裡透紅，藍眼睛亮得透底兒，有些相信它們看不見東西。黑眼珠的深邃毋庸置疑，而藍瞳孔就是淺顯得多。正想著，小男孩又衝詹媽本人展臂而來，詹媽趕緊接住，未等站得穩，丘比特就把小紅嘴唇貼在了她半邊臉上。

「你是不知道，這孩子的媽媽剛剛和他的爸爸離婚了，跟另一個男人搬走了。所以他總喜歡和每一個跟他微笑的人特別是女的擁抱。」

剛才馬修緊追著安吉拉跑出來，肯定是黏錯了人，他到底不是真的丘比特。詹媽不禁又問安吉拉：「你喜歡馬修嗎？」

「不喜歡！」安吉拉好不乾脆，停頓一下，忿忿不平道：「他老跟著索尼婭。」這話讓她的外婆和詹媽一同笑起來。

外婆說：「索尼婭是你們的老師。小馬修跟她是對的。」

「馬修！馬修！來來，趕快過來，爸爸還沒來呢！」索尼婭站在房門口向院子裡招手。接孩子時間，家長沒有來，孩子就必須等在房間裡。馬修是趁了詹老大和安吉拉一前一後的離開溜跑出來的。索尼婭可是黑頭髮黑眼睛，而且五官極其勻稱，高鼻深目，加上玲瓏別致的身材，整個兒一位中亞美女。因為一下來了五、六位家長，她有些招架不住，就讓馬修鑽了空子。亞美尼亞幼兒園的家長們接了孩子都不急著離開，大人小孩都在院子裡逗留一下，索尼婭的呼叫透著輕鬆愉悅，馬修擁抱完了所有的女家長，心滿意足回到索尼婭的身邊。

過一段時間以後的一個週六下午，幫著詹爸擦洗汽車的詹老大果然唱起了亞美尼亞歌謠，因為曲調和詞語絕非英吉利式：「嘁：嘁：嘁可嘁……，嘁嘁、嘁嘁、嘁可嘁……！」稚嫩的童聲驚飛了不遠處地上覓食的一隻小雀，正擦著車窗玻璃的詹爸想也不想，也跟著唱起來：「氣：氣：，氣可氣……，娃娃沒了小雞雞……！」老大停下，聽詹爸唱了一遍，覺得不像是索尼婭教的詞，就按索尼婭教的重複一遍，詹爸也按聽見的重複一遍，還是「沒了小雞雞……」把個弓著腰在車裡清潔座位的詹媽氣得半死，她搖下車窗玻璃伸出臉，臉上全是憔悴——都是一星期裡又打工又上移民英語課又做家務又照看孩子鬧的，她狠著說：「再亂唱，咱老大也是馬修的下場！」

詹爸趕緊改口：「哼：哼：哼哈哼……，哼哼、哼哼、哼哈哼……！」詹老大啥都沒聽見，仍然按自己學到的唱：「嘁：嘁：嘁可嘁……，嘁嘁、嘁嘁、嘁可嘁……！」那時安吉拉已轉去社區幼兒園，詹媽也就無從得知歌詞原意，「哼吧，總比無聊瞎掰的強。哼！」她縮回車裡繼續幹活。

到詹老大長大成年，半路迷上了彈吉他，一天下班回到家，來不及換衣服就拿起沙發上的吉他彈出一首非樂譜化的快樂小曲調，很耳熟的那種異域小調。詹媽聽見了就說老大上亞美尼亞那陣子——詹爸糾正道：上亞美尼亞幼兒園那陣子，應是苦多樂少，因而就記住了稀少一些的樂曲。聯想到初來乍到哼哼哈哈講英文，致使詹家上上下下都覺得那段日子就是哼哈著挺過來的。

協議臨終關懷

／北笑笑

北笑笑

原名姜曉茗。自幼愛好習作，多篇散文、小說在中國獲獎。二〇〇八年到澳大利亞墨爾本留學。二〇一三年三月與河南文藝出版社簽約出版了以個人經歷為原型的自傳體小說《笑在澳洲》。現為澳大利亞維州華文作家協會會長。在某專家醫師機構做資深會計。

麥克，是典型的「澳洲大壯」男人。年輕時渾身力氣，高級技術工人，收入高也能「造」。「吃喝嫖賭抽」五毒俱全，婚也離了兩回。步入老年，得了肺癌。

他的好朋友找了個亞洲媳婦兒，勤勞能幹，對老公百依百順，他禁不住眼饞。於是經過高人指點，他在中文報紙上發了則徵婚啟事。上書：澳籍白人，七十五歲，罹患癌症，因不願在養老院離世，誠徵一名中國女性為妻，負責辦理女方身份。如去世時本人滿意，則所有名下遺產全歸女方所有。

玲姐，是一名中國普通婦女。八〇年代初，她頂替爸爸的名額進了毛紡廠做了名生產線女工。如同全國千千萬萬其他女工一樣，成婚生子，過著生產線一樣的生活。九〇年代初，玲姐下崗了。沒多久就被那個酗酒的無業老公打得死去活來。好在她有個兒子。

好像男子漢都出身於貧寒破碎的家庭——夫妻太恩愛了，兒子感覺自己多餘，就乾脆出去找事兒去了；父親要是對母親施暴吧，這兒子從小就有牽掛，沒了出去找事兒的心思，這樣的兒子反倒有責任感。

終於在玲姐再一次被老公打得痛不欲生的時候，在兒子的支持下，她下決心離婚了。

經過半年敲骨吸髓似的蛻變，玲姐拿著十萬人民幣、帶著十六歲的兒子，走出了那個位於城鄉結合部的魔窟。四十三歲的玲姐，青春已逝，沒有一技之長又沒有男人庇護，生活的重擔讓她日日輾轉難眠。一次偶然的機會她得知朋友的孩子在國外打工。這個消息宛如一星火種，莽如草原的生活壓力在這個火種面前突然變得飄忽若塵。經過數日思考，她對兒子說：「兒子，媽一共就十萬塊錢，媽想送你出國。咱不出去打工，咱出國讀書，讀了書就能找到更好工作，再也不用像媽這樣。媽這一輩子就這樣了，你要混出個樣子來，給媽爭氣。」

於是第二年，十七歲的兒子花光玲姐手頭所有的十萬人民幣，辦理了來澳洲留學。

二〇〇八年一月份她的兒子來到了澳洲。別人都是一分錢掰成兩半兒花，他是把錢掰成兩半兒裝兜裡，不花。他住的是華人家裡的車庫；吃的是從市場上撿的菜葉；出門騎自行車。真是沒娘的孩兒天照應，跟他一起住的人在切蘑菇廠工作，把他介紹了去。一個小時十七塊五澳元的工資，每周工作二十個小時。三個月過去，他就完全經濟獨立了，頻頻給他媽媽打電話，一定要他媽媽來住幾天。

六個月後，玲姐如願以償地來到了墨爾本。

兒子擠出每一分鐘的時間帶她到處遊走那些免費的景點。玲姐彷彿在頭頂上還開了一隻眼，貪婪地張望著每個角落。她夢裡都幻想著她所有認識的人都看見她歡樂的樣子。兒子為了給她解悶兒，每天都帶免費的中文報紙給她看。

這麼著，老麥克和玲姐就見面了。

玲姐的兒子做的翻譯。

麥克說：「我有癌症，活不長，想找個人照顧。」

玲姐說：「我身體好，一分錢也沒有。只要你能給我個家，給我辦身份，我肯定好好待你。」最後，玲姐盯了那根拐杖一眼，補充道：「你不能打我，打我一次，我就走了。」

最後一句話，和那個對拐杖的幽幽眼神，一下子打動了麥克。

於是只用了一個星期的時間，兩人就把所有事情談妥了。

二〇〇八年十一月，麥克去金店給玲姐買了一只碎鑽的戒指，讓她戴上去移民局辦手續。玲姐不要。麥克說，如果她連個戒指都沒有的話，移民局是不會相信的。

於是玲姐乖乖地戴上了她人生中第一只戒指。那份對於臨終關懷協議的堅持和小心，讓戒備的老麥克一下子鬆弛了下來。老麥克還是按照高人的指點在某個華人婚姻移民代辦律師那裡把移民所需的全部文件弄好了。辦手續的那些天，老麥克日日精神飽滿，他感覺他精心設計的這個「局」會為自己帶來好運。

玲姐拿上了過橋簽證，就在老麥克的政府廉租屋裡住了下來。老麥克每週給玲姐一百澳元，作為生活費。玲姐每天為老麥克精心準備一日三餐，把老麥克的一室一廳打理得窗明几淨。玲姐知道了花園裡的花兒隨便摘之後，更是日日用免費的鮮花把家裡打點得芳香滿溢。

老麥克常常滿意地看著玲姐在屋裡屋外忙碌，那昏黃的眼睛裡時時流露出滿足和憐愛的神情。於是每次的飯菜老麥克總是千好百好地把它吃淨，圖的是玲姐的高興。

玲姐的兒子看到這個澳洲老男人對自己那受盡了苦難的母親這麼好，就經常在週末給老頭買點啤酒喝，這樣每個週末的全家聚餐居然成了老麥克遲暮生活的一大亮點。

等玲姐的臨時居留卡拿下來，老麥克每週兩天送玲姐去學英文。初中畢業的玲姐怎麼也沒想到這年近半百了還能開始學英文，結果努千鈞之力於一篤，居然很快開了竅，加之一天幾乎二十四小時不離開老麥克，半年過後，玲姐的英文也七七八八了。

頭一年除了老麥克每兩個星期化療一次外，老麥克保有了七十五歲老人應有的體力和精力。玲姐也以為這樣無憂無慮的日子就過下去了。

可二〇〇九年十一月份，老麥克的癌症細胞開始擴散轉移，老麥克說起話來帶著嚴重的嘶啞聲，讓剛剛聽得懂英文的玲姐很費勁。但玲姐還是依然每天笑容滿面地陪他散步，在他劇烈胸痛的時候替他捶背。老麥克知道自己將不久於人世，遂常常在拿到養老金的當天跑到金店給玲姐今天買個金項鏈、明天買個金手鏈，他知道，玲姐是不會多要他超過那協議裡的一百澳元的一分錢的。

玲姐對於這個耄耋老人更是盡心竭力，晚上從來不敢有個囫圇覺，老人一晚起夜五次，她就起床五次扶他上廁所，老人的腳趾甲她是剪到一根毛刺都沒有。老人喜歡被她按摩著頭皮入睡，玲姐就常常一按按到自己也睡著了。

老人突然想起了自己多年失去聯繫的親生孩子們，想讓孩子們過來聚聚。玲姐看出了老麥克的心思，乾脆讓老麥克的孩子替他預約醫生，並以此為藉口，每當他的孩子們過來，她都要從菜錢裡擠出十塊錢給他們，說是謝謝他們幫忙給爸爸預約醫生。

老麥克的內心被感動得涕淚交流。

此時玲姐的兒子就讀的 TAFE 專業已經被明確列為不移民名單中。老麥克興高采烈自己還能為這對母子做點什麼，於是欣欣然為玲姐的兒子提供擔保辦理了移民。同時在來年的二月份拿出了自己終生儲蓄的一萬澳元為玲姐的兒子交上了一年的學費。當最後的日子快要來臨的時候，玲姐突然有了錯覺。她感覺老麥克成了她生活的支柱，他不再是她生活的一個驛站，她要留住他。儘管他風燭殘年，儘管他羸弱不堪，但他在盡他所能庇護她和兒子。老麥克更是一分鐘也離不開玲姐。他親眼看見玲姐把熬好的雞湯過濾了出來一勺勺餵他喝，而玲姐自己卻撈著那些早已沒有營養的肉渣和碎菜拌著米飯吃下去。那份對於她自己吝，讓閱盡女人的老麥克心痛不已。他恨自己沒有在年輕的時候多攢點錢，他恨自己那放浪的前半生，他常常用自己枯乾的手握住玲姐，深情地凝望。兩人年齡相差三十年，語言剛剛通，如今即將陰陽兩隔，老麥克真希望自己那柔迴千轉的深情能拉住自己不要走上奈何橋。

離玲姐可以拿到綠卡還有三個月的時間，老麥克突然發生胸腔積液，生命垂危。剛剛在醫院裡蘇醒過來的老麥克，執意要帶玲姐去移民局，他說他要趕在自己動不了之前看著玲姐拿到綠卡。玲姐順從地推著骨瘦如柴的老麥克在移民局裡進進出出，玲姐感覺自己的護身符在烈日的暴晒下正一點點失去顏色。

等移民局那裡終於有了說法之後，遲暮的老麥克終於被永久地送進了醫院。他也知道，他將在那裡走完生命的終點。玲姐痛徹心肺，在醫院的二十天裡，玲姐衣不解帶，陪護著他。老麥克每次醒來都能看到玲姐那雙焦慮期待的雙眼。

彌留之際的老麥克告訴玲姐，他對不起她，他名下什麼遺產都沒有，他騙了她。玲姐眼含熱淚拚命搖著頭。老麥克又說，他死的時候誰都不希望在場，他只希望玲姐能握著他的手讓他走。

玲姐淚流滿面點著頭，坐上病床，把他抱進了懷裡。老麥克笑得甜蜜得像個孩子，玲姐說，你不要愧疚了，我願意為你做這一切，因為，我們是夫妻啊……

說完這句話，玲姐抱著已駕鶴西去的老麥克熱淚盈眶……

當然，死後的老麥克名下沒有任何財產。

玲姐把老麥克的孩子們都叫到跟前，拿出所有老麥克給她購買的首飾說：「這是你爸爸死前留下的所有遺產，我希望你們把它們都拿走，我不要。」那幫老外頓時對玲姐肅然起敬。

那日偶遇玲姐，玲姐比以前我見過的要整整瘦掉十公斤。她說，我什麼也不想留下，留下了就會想他，想我老公，我老公對我，是真的好啊……

玲姐眼神中的淒婉，讓人肝腸寸斷……

後註：二〇一四年二月二十五日，作者在墨爾本普萊斯頓再次見到玲姐，玲姐穿著鮮亮的橙色連衣裙，燙著大波浪捲的披肩頭髮，腰身窈窕，滿面春風，已經全然看不出年屆五十。跟玲姐交談，她在麥克去世後就在購物中心的推拿店上班（請大家千萬不要想歪了，墨爾本購物中心的推拿店絕對無色情），自食其力。二〇一三年初遇到墨爾本第二大運輸公司的副總裁來推拿店做推拿，該副總裁認定玲姐的推拿技術一流，遂在接下來的半年多時間裡每個星期來找玲姐兩次，後來慢慢兩人熟悉了，他才得知玲姐單身，遂對玲姐展開熱烈追求。兩人的訂婚日期也已經定下，如不出意外，二〇一五年墨爾本第二大運輸集團副總裁未來的妻子，將是這位曾經飽受中國丈夫家庭暴力的初中畢業的中國女人。親愛的玲姐，好人好報，一生平安。

（本文完成於二〇一一年九月十二日）

心動如水

／崖青

崖青

本名龐亞卿，生於上海。華東師大中文系畢業。一九九六年移民澳大利亞。曾任中文報紙副刊編輯。現為中文教師，澳大利亞中文作家協會祕書長。在澳大利亞及中國、美國、臺灣、香港的報刊雜誌發表大量小說、散文、雜文、遊記、人物專訪、文學評論以及廣播劇，作品收入多種文集。已出版散文集《無背景狀態》、《S城》，小說集《誰是澳洲人》（世界華文微經典叢書）。

喬頴走出火車站的白色柵欄，就從提包中掏出中文學校的地址和示意圖，那是根據曹老師的電話指示畫下來的。

「需要幫助嗎？」

喬頴英語不好，這句話還是聽懂了。只見一位身材頎長的男子，笑容可掬地站在她的面前。在她抬起頭的一刹那，那張臉竟有一種似曾相識的熟悉。

不可能，喬穎到雪梨才兩個月，一直手捧一本王周生寫的《陪讀夫人》，但她的經歷與書中的女主人公蔣卓君一點也不一樣，還沒有和任何西人接觸過。

她告訴他，要去週末中文學校教課，地址就在那個中學，她揚了揚手中的紙。

「哦，並不遠，我可以順路帶你過去。」

喬穎聽懂了其中的幾個單詞，理解了他的意思。

就像曹老師在電話中說的一樣，他們轉左，上人行天橋，穿過一個小學的操場，右轉，他指著前面，說「不遠了。」

他是一個熱情的人，喬穎想，不光是因為他為素不相識的自己帶路，還因為他一路上總是和她談著。

喬穎先把自己反覆背誦過的幾句話說了一遍：「我叫穎，到澳洲兩個月，我的丈夫讀碩士，我現在去教中文。」

再沒有了。

他說的有幾句是聽懂了。

「你看上去很年輕，自己就像學生。」

喬穎笑了，她原是一位幼兒園的老師，職業的關係，從不施粉黛。一直與天真無邪的孩子相處，人們都說她看起來比實際年齡輕。

看得出，他知道對方英語不好，說著一些簡單的話。但喬穎依然大部分沒有聽懂，只能報以歉意的微笑。

能捕捉到的是，他叫凱尼。還有，他誇喬穎漂亮。

這時，喬穎臉紅了。她知道自己不算漂亮，但她在大學校園裡長大，小時候知道好女孩的標準是可愛，長大後，又認定氣質比外貌更重要。

他誇完喬穎長得漂亮時，他們已經走到了那個中學門口。遠遠地看到曹老師在教學樓邊眺望，因為喬穎是第一次來。

喬穎知道在西方國家，女人被誇漂亮，不能謙虛地說「不」，而應該「謝謝」。於是她說：「謝謝！再見！」

「是誰？」曹老師隔老遠問她。

「一個好心的過路人。」

「沒這麼簡單吧，瞧，他還盯著你看呢。」

喬穎回過頭去，的確，他還站在他們分手的地方。喬穎想再一次表示感謝，卻沒能與他的目光相遇。他的目光投向喬穎長裙下的小腿。喬穎知道自己的小腿像春天的白楊樹枝一樣，健康而苗條，舞蹈老師說她的手腳柔軟如蠟，可以隨心塑造，只是腳底能力不強，力度不足。

曹老師又說，不要隨便與西人搭訕，萬一他盯上你就麻煩了。有這麼嚴重嗎？喬穎想，他藍色的眼睛裡可是一片友善。

晚飯以後，丈夫益鋒忙著製作投影幻燈片，為下個星期的演示所用。喬穎洗著碗，忽然問益鋒，西方人與東方人的審美觀是不是有很大差別？

益鋒頭也不抬地回答，有是有一點，大致還是一樣的。

不過，喬穎想，也許西方人看慣了大眼直鼻的洋妞，就是喜歡單眼皮的東方女孩。凱尼誇她的時候，態度可是認真的。

一個星期以後，喬穎再次從火車站的臺階走下去時，發現凱尼正站在人行道上。微曲的金髮，深情款款的藍眼睛。

「你好！」他用生硬的中文說。看來，和喬穎一樣，他也作了一些語言上的準備。喬穎甚至把一些單詞與簡單的句子寫在一張紙上，放在衣袋裡，以便關鍵時拿出來看一看。

喬穎重新介紹自己的名字，並告訴他，這在中文中的意思是聰明。可是她忘了聰明怎麼說，匆匆掏出口袋中的紙，結結巴巴地補充著。

凱尼好像也特地準備了一些話題。他從皮夾中拎出幾張中餐館的名片，說他喜歡中國菜。還有一張是文華社的，他說他常去這個「普通話俱樂部」聽歌跳舞。

「哪天我們一起去好嗎?」

「不,不,」喬穎有點慌,「我沒空。我要學英語,還要照顧我的孩子。」

「不是今天,是有一天。」凱尼小心地解釋著。喬穎看上去那麼單薄,他怕嚇著她。

喬穎感覺到她和凱尼之間也許會發生什麼,她甚至有點期待,可又不想它來得這麼快。因為有人說,人到了西方社會,觀念就會變;因為她在《陪讀夫人》中讀到,大律師喬丹也情不自禁地向蔣卓君示愛。可她不想它來得這麼快。

在期待與遲疑之間,她有點恍惚起來。

要過人行天橋時,發現自動扶梯沒有開動,必須自己走。扶梯窄窄的,喬穎走在前,凱尼跟在後。

有時,喬穎要回頭,才能讓凱尼聽清楚她帶有中國腔的英語。快走到天橋時,喬穎因回頭,腳下一絆,皮鞋突然脫落下來,順著樓梯一直滾到地上。喬穎啊了一聲,就只能尷尬地站著,眼看著凱尼跑下去撿她的鞋。他在撿起鞋和將鞋還給她時,都有兩秒鐘的停頓,重新走上樓梯時,好像還用手比劃了一下。

喬穎接過鞋,一個勁地說謝謝和對不起。

穿行在小學操場時,喬穎告訴凱尼,她在這個中文學校教一個中文班和一個舞蹈班。她很喜歡這個工作,因為在一個陌生的國家,還可以繼續她原來的職業,依然與天真可愛的孩子為伴。還說她在上海時，曾把民間童謠編成舞蹈，參加會演，得了不少獎。

這些話她都事先準備過。凱尼聽了也說，你的英語進步了，上星期我什麼也沒有聽懂。

中文學校到了，凱尼還得往前走。喬穎覺得他們已經熟悉了，就問：「上星期你為什麼站在這兒看我？」

凱尼說了兩遍，喬穎還是沒有聽懂，於是，從衣袋裡取出那張記單詞的紙，請他寫下來，也好多學一個英語詞彙。凱尼寫完，神祕地朝她眨眨眼，順便寫上自己的名字和電話號碼。說不清為什麼，喬穎有點心虛地說：「我記不得家裡的電話號碼，也許下個星期可以告訴你。」

曹老師還像上次一樣在教學樓前等著她。

「喬穎，怎麼又是這個西人？他每星期來接你嗎？」

「不，他是順路走過。」

「這麼巧？」

是啊，喬穎為什麼剛才都沒有問他，他也是每星期六必定在此時走過這段路？在火車站遇到他時，竟那麼理所當然。

曹老師瞄了一眼喬穎手中的紙，更加大驚小怪了，「Can't Bear To Part，已經依依不捨了？還有電話號碼？」她懷疑地看著喬穎，那嚴厲的目光很像上海工作時的園長。喬穎本來就是一個循規蹈矩的下級，再說曹老師是爸爸的老同學，還是她介紹自己來這兒教課的，不好說什麼。

他留下的名字是凱恩，曹老師說，他自報叫凱尼，是愛稱。

愛稱，依依不捨，撿皮鞋，是不是都昭示著一種突如其來的愛？難道西方人真的那麼浪漫？天哪，自己跟他僅僅巧遇兩次，兩次共同走了一段十五分鐘的路。可是，什麼是一見鍾情呢，喬穎的眼前晃過無數愛情故事中，男女主人公偶然相遇的鏡頭，搞不清什麼是真實的。

舞蹈班上，喬穎從常規的形體訓練，演化出幾個新編舞蹈的基本動作，孩子們學得很認真。放學以後，她為幾位家長拷貝舞蹈用的音樂磁帶，回家雖晚了一些，因舞蹈帶來的輕鬆愉快的感覺像一塊融化的軟糖，在心裡流淌。

走到家門口，鑰匙剛插進鎖孔，就聽到孩子的哭鬧聲。原來益鋒在給兒子洗澡，不小心又把洗頭液弄到他眼睛裡去了。兒子一聽媽媽回家，哭得更凶了。喬穎心裡那塊融化的軟糖，突然就不知流向何方了。還有一大堆事：洗菜，做飯，洗衣服，這些瑣碎無趣的家務事，簡直把人蹉跎得發瘋。益鋒很快又坐到電腦前，給人一個苦讀的背影。喬穎好不容易將孩子哄睡，才有時間做她為舞蹈設計的幾樣小道具。

她剪著彩色的皺紙，心裡又想起關於船長的故事。她從小就認定，也會有一艘張著紅帆的船來接自己。初一時，她參加了少年宮的船模小組，益鋒就是船模小組的輔導員，他懂得那麼多航海知識。喬穎在他的輔導下，做出的船模，精緻又靈巧。喬穎初二，益鋒考上了大連海運學院。喬穎心目中，他就是自己的船長。

益鋒畢業後，上遠洋輪，當了三副，那身制服一穿，挺神氣的。一次，在他們的船靠岸時，喬穎迫不及待地去浦江海關碼頭接他。她穿著高跟鞋，走在外虹橋附近的街道上，總會想像自己是赤著腳在海灘上奔跑。那種欣喜的感覺，如風如水一樣在她單薄的身體裡蕩漾。益鋒長她五歲，像兄長像老師一樣呵護她。喬穎就依小賣小，常常像猴子一樣吊在丈夫的脖子上。她懶得很，不肯做家務，就撒嬌說：我小嘛！難得幹了一些什麼，還伸手：「給我一元錢獎勵。」

想到自己曾經的淘氣，喬穎忍不住笑出聲來。益鋒同時笑了。喬穎詫異地看著他，真有大腦電波相通？這樣的話，既可親又可怕。益鋒卻告訴她，在網上看到一則有趣的笑話，喬穎舒了一口氣。

接下來的兩個星期六，喬穎都沒有在火車站碰到凱恩，心裡有一點點失落。她甚至走下那幾級臺階後，在人行道上站了一分鐘，等待凱恩的出現。身旁的瓶刷樹上金黃色的瓶刷隨風飄動，就像無數枝愛神射出的箭頭。

喬穎將寫著自己名字和電話號碼的卡片，從緊捏的手中放回衣袋，她本來是想在遇到凱恩時立即交給他的。她想，和凱恩交個朋友，練練英語會話也不錯。有時有覺得願意和凱恩接近是因為內心深處對來自異性的愛慕和欣賞的永久的嚮往，甚至是一個做與常規背道而馳的事情的模糊願望。

可是事情剛剛有點開頭，就突然中止了。凱恩留了電話號碼，是讓我打電話給他嗎？這怎麼可能，沒有什麼特別的理由可以找他，喬穎可不是一個輕浮的女孩。再說自己這點英語，拿著話筒，說得清嗎？

他不再出現也好，自己可是有丈夫有孩子的。雖然好像不自覺地走上了另一次純潔而優美愛情的精神旅行，可是自覺也沒有十分的把握，如何能毫不傷及自己現在擁有的一切。

奇怪的是，喬穎竟有一點想他，即使不是星期六的下午。

好像有心靈感應似的，在依然希望他出現的下一個星期六，喬穎從火車站的檢票口裡取出車票，一抬頭，就看見凱恩精神煥發地站在街道上。喬穎忽然感到她寧靜而沉寂的心像少女時代一樣快活地急跳，雙腿卻酥軟得幾乎失去移動的力量。凱恩笑嘻嘻地迎著她的目光，好像窺視出她內心的顫慄。待喬穎走近凱恩，他提起手中一只「格雷斯‧布洛斯」的印有一朵蓮花的購物袋，從中取出一雙女皮鞋。

嶄新的灰色皮鞋，式樣很簡潔，鞋頭上綴著一朵本色皮做的小花，在後跟與鞋幫之間，貼著兩條青灰色的有著細巧紋路的蛇皮。看上去，整雙鞋就像兩片細細的綠葉，托著一個含苞待放的花蕾。凱恩對滿臉問號的喬穎說，鞋是給她的，前兩個星期他就是在做這雙鞋。他的樣子一點也不像開玩笑。

喬穎接過鞋，心倏地像琴弦一樣顫動起來，她驚喜地發現，本來以為隨著少女時代逝去而消失了的激動全身心的情感，又被一份新鮮的感情激活了。雖然來澳洲時間不長，可她聽人說過，西方人很現實，一請你吃飯，就意味著接下來要上床。可是凱恩不一樣，上次為她撿鞋，雖算不上英雄救美，畢竟他幫了自己的忙。現在遞上一雙新鞋，雖然不是灰姑娘的水晶鞋，可至少他花了時間去挑選了一雙式樣別致的鞋。也許凱恩與別的西方男人不一樣，可喬穎並不想平白無故接收別人的禮物，她想要的只是一種不食人間煙火的乾淨的愛情經歷。

看到她喜歡這雙鞋，凱恩臉上浮現了曖昧的快樂。

喬穎想說，要給他錢，她喜歡這雙鞋，但不願隨便接受別人的禮物。可是她有限的英語，也不知意思表達清處沒有。凱恩舉起手中的信封，說他要講的話都在信裡，喬穎可以回家慢慢讀。他希望喬穎告訴他電話號碼，以便和她聯繫。喬穎趕快遞上已經被揉皺的那張卡片。奇怪的是，凱恩就此與她告別，不再同行。

喬穎本來就提著一大包書本與教材，以及帶回家批改的學生作業，新做好的舞蹈用的道具，再加上一雙鞋，也並不會特別引起誰的注意。

那天放學後，忽然下起雨來。喬穎沒有帶傘，衣服又單薄，她雙手緊緊抱起兩只大塑料袋，跑向火車站。

火車上，她照例拿出學生作業來批改，要四十分鐘呢。

聽得報站，知道自己到了，急忙跳起來。忽然傳來一個很輕柔的女聲：「哎，忘了你的包。」是對面座位的女人，她那並不年輕的眼睛裡竟含著年輕的光。「謝謝你！」喬穎提上另一只塑料袋。在這一瞬間，她發現那女人和旁邊的男子牽著手，那男子兩鬢已經染霜，溫厚地微笑著。他倆衣著得體，姿態優雅，互相之間有著一份自然流露的親密，讓人羨慕不已。情不自禁又看了一眼，那女人輕輕地說著什麼，側著臉，她的頭髮碰到男人的肩膀。一遲疑，竟錯過了下車，只好在下一站再倒回來。

雨越下越大，還好這是一個室內站臺。因為週末，火車的班次少了一點，這樣一來一回，怕是要浪費了半個多小時。等車的時候，眼前又浮現出剛才那一對伴侶，想想不知什麼時候開始，當益鋒擁抱她的時候，自己不再呼吸急促，相望的眼睛不再有火花，心裡難過得要命。她生孩子以後，益鋒為了照顧妻兒，就不再上遠洋輪。可是他學的是航海，留在岸上有什麼可做呢。在公司裡搞搞行政工作，無聊至極。日子一天天變得十分雷同。喬穎再去勾他的脖子，他會說：「孩子都這麼大了。」浪漫與溫馨已經過去，只能日日與灰塵油煙作無望的鬥爭。喬穎用力地搖搖頭，彷彿要把這不快甩去。

再回到自己家的那個站臺，天已黑了。她一出車廂，本能地舉起一個塑料袋頂在頭上。剛一舉步，就聽到益鋒的聲音：「我來接你了。」透過雨幕，仍可以看到益鋒眼鏡片後面溫情的目光。喬穎說：「對不起，我坐過了站，讓你等急了吧？」她躲進益鋒的傘，相擁著走向停車場。想起戀愛時節，他們多次擠在一把傘下，一起繞過那些深深淺淺的水窪，她會在他不經意時，故意地往水中踩一腳，然後像泥鰍一樣從他的身邊溜開，還濺他一身的泥水。她下意識地攬緊益鋒的腰，記憶中的溫馨與浪漫一點一點膨脹起來。

益鋒為她打開車門時，她想說「親我一下」，可還是沒說。記得在她等待簽證的日子裡，她對越洋電話那頭的益鋒說，「我想你！」說著抽噎起來，益鋒叫她「不要這樣」。

回到家，從鄰居那兒接回兒子，益鋒教兒子畫船，喬穎剁菜包餛飩。窗外，依然是雪梨少有的大風大雨，屋裡卻格外溫暖。

原來益鋒一如既往地關心呵護著自己，只是一切都變得理所當然以後，就不再引起注意。喬穎想起，還在幼兒師範上大專時，曾經坐三十六個小時顛簸的海船，去大連探望從澳大利亞遠洋實習回來的益鋒。自己曾為他的畢業論文得獎而欣喜了好幾個月，也曾為他的船要過好望角而連日擔憂。這種從少年時代開始的，在悠悠歲月中建立起來的愛情，是一般的萍水相逢能比得了的嗎？她手中還提著另外一個男人送的禮物，內疚與慌亂衝撞著她的心。可是她要的只是一種新鮮的感情經歷，絕不會動搖她的婚姻的那一種，絕不會傷害她的家人的那一種。

等兒子睡了之後，益鋒照例又坐到了他的電腦前。因為剛把作業用 email 送進學校，他輕鬆地在網上瀏覽，不時笑起來，突然還讀出聲來：「痞子，痞子，我愛你，就像農民愛大米。喬穎，來看，這是說你喜歡的那個作家。」喬穎聞聲走過去，覺得這個比喻很好。益鋒的愛，對自己來說就像大米一樣，在豐收的年景，滿囤的大米，讓人感到生活有保障卻平淡實在，毫無詩意。現在自己握有的另一種愛情，就像天上飄落下來的美麗花瓣，優美而芬芳。

想到這兒，喬潁從丈夫肩上移開自己的手，走回到客廳，打開那只放在沙發旁的「格雷斯·布洛斯」的紅色塑料袋，取那封信，對著《英漢小詞典》逐句讀起來。

凱恩先稱讚她是個美麗又可愛的女孩，然後說他本人是一位女鞋設計師和鞋文化研究者。在與喬潁巧遇的那個星期六，無意中發現她走路時，雙腳呈內八字。於是，第二個星期六又在那兒等她，打算告訴她，他設想用鞋來糾正她走路的姿勢。當他得知她是一位舞蹈教師，這樣的想法就更強烈了。可是語言不通，也嫌唐突。卻又在無意中得到了她的鞋子的尺碼。回家研製了這雙鞋。鞋的後跟是內側高外側低，在後跟與鞋幫連接的地方用兩條裝飾貼皮，外觀來看，就沒有破綻了。

喬潁讀得汗都出來了，不知是因為翻譯太吃力呢，還是因為凱恩發現了自己的不雅的姿勢，還是因為自己對凱恩的誤解。

她取出了鞋，外表的確看不出與普通的鞋有什麼不同。套上腳一試，大小合適。站起來，果然，腳尖自然略略向外，去平衡站立的重心。再走幾步，果然，腳是直的。

喬潁這毛病從小就有，為此，父母多次帶她去兒童醫院骨科就診。可是，拍片顯示，她的髁骨是正常的，只是一種不好的習慣。要糾正相當困難，為這，她深深苦惱過，特別是在幼兒師範學舞蹈和談戀愛時。可是，一不小心，腳尖會自然向內撇去，她非常討厭自己的習慣，又怕被人發現。

凱恩的信還沒讀完呢，他在信裡還說，希望他沒有冒犯這個偶然認識的中國女孩，請喬穎試穿一段時間後，給他意見。信上再留了電話號碼。並說，他也會來找喬穎，以便改進這鞋的設計，給更多的走路姿勢不佳的女孩送去福音。他歡迎喬穎和她的丈夫去他的陳列室參觀，他收藏的鞋有好幾千雙，連中國的三寸繡花鞋也有，還不止一雙。

說來也怪，就像剛見凱恩時那麼突然一振，喬穎的心也隨之釋然，好多好多的感覺，全在這一瞬消失。讀這封信前，還對這種感覺難捨難分，現在卻想，幸好不是那樣。

她收起鞋和信，走進房間，從背後環抱住益鋒寬寬的肩膀，把頭湊到前面，說「親親我」。然後，她又喃喃地說：「你知道嗎，童話裡有個老頭，無論做了什麼事，老太婆總是說：『老頭子做的總是對的。』我就是那個傻乎乎的老太婆呀。」

（原載《東華時報》、《人間福報》）

名字叫「路」的餐廳服務生

／莊雨

莊雨

本名張新穎，澳洲華人作家協會會員，畢業於中國傳媒大學。歷任電臺和報社編輯；電視臺網絡英文部主管；以及澳洲公司翻譯等職。現為教師、自由撰稿人，定居墨爾本。作品：《師從天才——一個科學王朝的崛起》中文譯著。二〇〇〇，上海科技教育出版社。《GMAT寶典》一九九九年，北京航太航空大學出版社。《自在行走》散文集，二〇一三，文同生出版社。

餐館裡，許多廚師和服務員忙碌不停。只見伊藍和女伴們跑來跑去工作，連工作餐也是忙裡偷閒，匆匆吃完。大家早已習以為常，也都快樂著。直到有一天，來了一位男生。

他是位陽光男孩，笑容燦爛。大家摸不清他的來路，只覺得這樣的人才也作服務生，實在可惜了。他自己卻很樂觀，只是說自己來打工。名字叫「路」。

路很自然受到女孩們的注意，萬紅叢中一點綠。連女經理也對他頗為照顧。路對上級只是很客氣，禮數周全。在女孩們面前才顯出活潑本色。他笑嘻嘻地說，我對這裡還不熟悉，請你們多多指點。伊藍拿出大姊姊的架式，說，沒問題！

這天的客人特別多。已經下午一點，路端了盤子，看到伊藍匆匆跑上樓梯，口裡還嚼著什麼，不禁奇怪道：「不是你午餐時間嗎？」伊藍唔了一聲，只是點點頭。

路注意著伊藍，發現她怕客人等得急，吃兩口餡餅，就忙著交餐單、收拾桌子了。三點鐘了，客人稀少了，路悄悄對女服務生們說：「我覺得午休時間就是好好吃飯，你們這樣急急忙忙，好像很敬業，可是有點混亂。如果人手不夠，經理應該再招人的。」

伊藍笑了：「都是這樣的。我們習慣了。找經理去抱怨嗎？你是不是想炒魷魚？」說完，她世故地搖搖頭，嘆口氣，心想：真是個學生後，一點苦不想吃。路卻不洩氣，看她嘆氣，就說：「你真的不用這麼誇張。習慣並不代表正確。我看經理很通情達理，我去跟她提個建議。」

大家都起鬨：「呵呵，看你面子有多大，說話還蠻學問的。」

路回頭笑笑，露出一點莊重的神情，大家更是笑歡了。僅僅過了十分鐘，路就從經理辦公室出來，眉頭蹙在一起。

「哎，你提意見了嗎？」伊藍窮追不捨。

「沒有。」路肯定地說。他盯著伊藍那張嘲弄的臉，生氣地回應：「你知道經理在做什麼？她和採購員一起小酌，喝著紅葡萄酒，吃著下酒菜。」

伊藍她們又笑了：「這有何大驚小怪？人家是經理呀！」

路的臉色變得凝重。他沉思著問伊藍：「如果你是經理，你會這樣嗎？」

伊藍笑彎了腰：「我不是經理，也不做那樣的夢。不過，我不會自己喝酒，怎麼也大家一起樂呀。」

這事很快過去了，路變得和大家一樣勤快，仍然有說有笑，也沒再提意見這事。

半年以後，大家都認為路脫了不少學生氣，成熟了，懂得了書本上學不到的人世間。

一天，經理竟意外辭職了，東家來宣布人事更迭，召開了一個員工會議，會上宣布伊藍為餐館經理。伊藍吃驚地瞪圓了眼睛，嘴巴也張開了，似乎要吶喊，當然她呆愣著什麼話也說不出。

東家說，伊藍人緣好，工作認真負責，然後又佈置了一下工作，免不了一通鼓勵的話，最後大家鼓掌歡迎新經理。

伊藍這才想起了路，發現路也看著她，露出一絲勝利的微笑。

會議結束後，東家走到路身邊，隨意地介紹了一下：「對了，這是我兒子。感謝你們對他的幫助。」

紐西蘭篇

第六輯

寂寞紫園

從窮貧中走出來

／安娜

安娜

原名雷燕，遼寧瀋陽人，大學文化，早年在企業工作，後曾在職業高中任教。愛好文學，二〇〇一年移民紐西蘭。曾在奧克蘭《華頁》、中文《先驅報》和《紐西蘭聯合報》上發表文章過百篇。短期旅居愛爾蘭期間曾為都柏林《新島週報》撰稿。以孤帆的名字出版文集《我的尋夢之旅》。以遊記為主的文集《走遍紐西蘭》。

古往今來，窮字常與困字相連。窮字讓人想起賊字，想起骯髒和落魄。但是窮不可怕，因為窮則思變，思而會變，窮也能變富。除非人窮志也窮！如果人窮又無志，既沒本事又沒思想，即使有人給他一座金山也會用盡花光回復窮境！所以窮則思變，窮是動力，也是思變的源泉。

記得那一年在中國，大多數國有企業都處在破產和被兼併的邊緣。我所在的工廠也瀕臨倒閉。應該發工資的日子一拖再拖，從十二日拖到十八日，可是到了十八日又說要等到二十五日。作為單身媽媽的我，手裡除了幾十元的買菜錢就沒有了。兒子剛上高中，開學不久學校就收校服錢，要三百五十元呢。我對兒子承諾，只要一發工資就交上校服錢。可是單位發工資的日子一而再再而三的往後拖，我也著急啊。

週一的晚上，兒子放學後就很沮喪的告訴我：「媽媽，老師說了，全班僅我一個人沒交校服錢了，而老師的手裡一直放著全班其他四十五名同學的校服錢，只因為我一人的錢沒交，而不能上交給學校。老師說如果明天再不交的話就不讓我上學了。」看著兒子的眼睛因為拚命忍著要流下的眼淚而紅紅的，我的心酸極了。忙對兒子說：「沒事，明天媽媽一定去你學校交錢，明天上午十點半之前到你學校。」

第二天一早銀行剛上班，我就去把我僅有的定期五百元的存摺提前取出來了。騎車急急忙忙的跑到學校，終於交上了校服錢。晚上兒子回家後，我問他，早上你去學校的時候老師問你了嗎？兒子老老實實的回答說：「早自習的時候老師來的第一句話就問我是否帶錢了，我告訴老師說我媽十點半到學校交錢，因為媽媽去銀行取定期存款。」兒子又說：「同學們當時都笑了，說你家真是連三百五十元都沒有，交個校服錢還要去取定期存款。」我告訴兒子，沒事，只要你好好學習，錢的事不用你操心。

從此以後兒子以他的聰明才智和優異的學習成績，在學校裡贏得了同學和所有老師的喜愛。他並沒有因為家裡窮而自卑，家裡窮並沒有讓他有一絲絲的悲觀和自賤。他開朗活潑，愛玩，愛運動。樂觀向上，身體也非常健康壯實。從校服的事情以後，全班所有的同學都知道，我們家窮，沒錢，所以很多時候中午吃飯時，其他有錢的孩子都多買一份飯給我兒子吃，也有時那些家庭條件好的同學會把一些平時多餘的衣服牛仔褲等給我兒子穿，兒子每次都是欣然接受。從此，我不得不在工作之餘為人家織手工毛衣賺點錢貼補家用。每天晚上都會織到下半夜一、兩點鐘。平均一星期便織一件女式毛衣，一星期就能賺二十五元呢。這樣維持著孩子們高中期間最平常的生活需求。

兒子高一暑期放假，班裡的幾名要好的同學組團去遼寧著名的旅遊聖地「千山」遊玩。因為平時兒子很有同學緣，大家都很熱心的邀請他一起去，而兒子提出想帶雙胞胎妹妹一起出去玩。於是我為他們兄妹兩人忙了半天，盡我的能力準備我的雙胞胎兒女出門兩天要帶的東西。除了買火車票錢和住宿錢以外，我還狠心把家裡所有的剩錢都為他們帶在身上，深怕萬一有什麼急用，我自己心裡認為不少了，每人帶了五十元呢。

兩天後，他們平安地回來了。

在回來之前的最後一次晚餐時，那幾個孩子提議大家去飯店吃，我女兒知道她與哥哥手裡的錢僅有幾十元，可能不夠和大家一起去飯店，所以就說不想去，想早點休息。可是禁不住大家左一句右一句的勸說，才答應和他們一起去吃簡單點的晚餐。這次和我兒女出遊的那些孩子們人家裡條件都很好。僅這兩天的假期，他們的家長有的給了一千元，有的給了幾百元，最少的也有一百五十元。而我的兩個孩子一共才有一百元。那一餐，他們一共花了四百多元。當然沒讓我的兩個孩子拿錢。可是女兒並不領情，而是告訴哥哥「吃，這是我們用體力換來的。」原來旅途上爬山時幾個人的背包背不動，都是兒子幫忙給背的。

有句話說「窮人的孩子早當家」，從我的兩個孩子成長的過程中，我深深體會到這句話的精彩。窮人家的孩子不會恃寵而嬌，更不會肆意浪費。窮人家的孩子珍惜自己勞動的成果和家長的獎勵，窮人家的孩子懂得感恩。而且窮人家的孩子也不會永遠窮啊！

我與孩子們移民紐西蘭後，孩子們都很努力的學習和工作，如今他們早已成家立業了，買了自己可心的房子，有了自己的另外一半。可是從窮字走出來的他們，都很積極努力的工作，不怕吃苦，勤勞能幹。並且很滿足現下豐衣足食的生活。無論何時都會以感恩的心態對待人生所遇到的一切。

那一天家裡人和朋友聚會，兒子充當了「ＢＢＱ」「操爐手」。只見他一邊開心地翻動著色香味俱全的烤羊肉串，一邊和旁邊等著吃的一個朋友的兒子交談著。我在旁邊聽著他們的對話。兒子說：「你們現在真的很幸福，想吃什麼都有，家裡也從來不會缺錢。我記得高中時，週日的時候常去附近的學校操場打籃球，口袋裡沒有錢，家裡也沒有可以帶出去吃的，只好帶一瓶白開水，渴了、餓了就喝一口水，從早上九點鐘一直打到下午三點半才回家吃飯。」聽著兒子說的這段我從來不知道的經歷，心裡酸極了。那個朋友的兒子也正好是高中時代剛十七歲，在邊上聽著十分驚奇的說：「真的嗎？我這輩子都沒有體驗過挨餓是什麼滋味。」兒子說：「你才幾歲？人生的路還長著呢。其實挨餓、貧窮都不可怕，可怕的是人沒有志氣。沒志氣也就沒有窮則思變的動力。我高中的時候看著那些有錢人家的孩子有很多都不愛學習，所以我拚命地好好學習，在他們面前我也不差啥。」

是啊！因為貧窮過，挨餓過，所以懂得用自己的雙手創造幸福，也是因為貧窮過所以更珍惜努力得來的幸福生活。俗話說知足常樂！但是知足並不等於不思進取！人千萬不要橫向比，也就是人不要和人家比，人要縱向比，也就是要自己和自己比，現在和過去比。一定要放下過去，珍惜現在，而更重要的是要展望未來。有了理想，有了目標，即使你曾經貧窮過，挨過餓，你也會有走出貧窮，走向富有的那一天！

貓狗這檔事

／林寶玉

林寶玉
紐西蘭—奧克蘭大學應用語言研究所、懷卡脫大學東亞研究所碩士。畢業後更以中文教學為職業、業餘寫作為志趣。曾任紐西蘭華文作家協會副會長、會長；世界華文微型小說理事。參與過歷屆世界華文作家協會；世界華文微型小說年會。現任奧克蘭國際高中文學評論課程教師、奧克蘭藝文協會會長。

二十多年前剛到紐西蘭，搬入新居時，左鄰右舍會在週末傍晚時分，辦理「迎新」活動，邀請新鄰居，聯絡感情。聚會時少不了烤肉、也簡單備些茶點。「吃人一口，還人一斗」，當然我們也免不了要帶個「手信」回訪那些善意的Kiwi鄰居。這時，往往出來迎接客人的，除了男女主人外，左擁右簇的家庭成員中，少不了他們的「狗兒子」和「貓女兒」。

有人說：「紐西蘭是老人與寵物的天堂。」一點也不為過。

經常，追隨主人出門採買、接待客人的寵物，不論是狗還是貓，個個穿戴整齊外，一副玲瓏乖巧的模樣，儼然受過教育、有教養的寵物。跟在主人身邊，對著客人搖尾、微笑，既不調皮亂吼，也不造次擾亂，真令我們初來乍到的新移民嘆為觀止。

擁有一隻狗，不論是特立獨行的「哈士奇」，家庭良伴的「拉布拉多」，微笑「薩摩耶」，聰明、忠誠的「吉娃娃」，友善、充滿活力的迷你「雪納瑞」，還是德國牧羊犬，在現今時代已不再是年輕人的專利。除卻生來與狗無緣的我們家，聽到狗吠，彷彿聽到雷響，看到狗，像見到強盜，避之唯恐不及外，在寵物天堂的紐西蘭，家中飼養貓、狗等寵物，幾乎是全民運動，家家戶戶呈現「狗芳蹤」、「貓倩影」。許多獨居老先生、老太太，抱在手上、環繞身邊的，不是他們的兒孫，而是穠纖有致、善解人意的小貓、小狗。

就拿 Takapuna 海邊晨間散步來說，舉目可見人狗競走。洋人手上不只一隻狗，更甚者：一個人後頭跟一群，少說五、六隻的各類狗，大狗、小狗群集。有的頭戴花帽，身穿球衣，學 Rugby 球員模樣；有的穿黑色燕尾服，一副迎娶架式；有的打扮成公主；有的甚至穿起唐裝……五花八門，真是蔚為奇觀。

正看得入神。忽然，海水裡一隻小吉娃娃載浮載沉，四條小腿掙扎不已，身子翻來覆去，好像水喝多了，嗆到了。霎時間，岸上主人顧不了波濤洶湧的海浪是漲潮？還是退潮？捲起褲腳管，忙不迭的一邊往水裡奔，一邊丟棍子，丟繩子，著急得只想把他的愛犬趕緊救回來。

說時遲，那時快，一隻壯碩、其貌兇悍的大狗三步併做兩步的衝了過去，一把揪住「落水狗」的前蹄，彷彿救生員般身手矯健的划著自由式，倏地衝上了沙灘，還不時地摩蹭著、舔著小可憐的毛，彷彿想安慰小吉娃娃，試圖將牠溼透的毛舔乾。狗主人看得瞠目結舌，旁觀群眾更是驚呼連連，掌聲不絕。哇！狗的世界裡也有「英雄救美」這回事啊！

「你看！那兩隻狗狗在親親呢！」一隻穿著花襯衫、貌美、膚質白皙的狗妹妹，迎面走來，帥氣狗哥哥紳士風度的一搖一擺上前示好，還來個毛利禮儀鼻碰鼻問候。

「是喔！真是有禮貌。嘿！瞧瞧那頭，那兩隻狗在幹什麼？好像在搶東西！」

「不對！不對！我們走過去看看吧！」

「唉！那兩隻大狗怒目圓睜，四目對望，好像不甚友善喔！會不會打起來啊！快走！我最討厭這些貓啊、狗啊！該不會卯起來，咬人吧！」膽小老婆拖著老公示意離開。

「兩家主人都在場，別擔心！」現場除了「雙方家長」，旁邊觀戰的華、洋群眾越聚越多。戰火緊繃的架式，似乎一觸即發，絲毫不比人類遜色。

走近仔細一瞧！原來是主人正在丟球，訓練小狗揀拾技術，而另一隻「冒失狗」誤以為有「好料」吃，也想上前分享。

正猶疑時，不料，兩隻狗互看一眼後，搖搖尾巴，踢踢後腿，定格半晌後，竟然上演「孔融讓梨」的戲碼。在互讓一番後，由一隻貌似長者的公狗一口擒住一塊假骨頭，交回給主人，充分體現謙讓美德。哇！難道狗世界也有長幼尊卑的分際？

就這樣，你丟我揀，岸邊沙灘頓時成了狗狗教練場，又像是「大隊接力賽」的運動場，圍觀的散步群眾成了最佳啦啦隊。一時間，晨間的微寒，被這熱鬧的氛圍，驅散得無蹤無影。

「老伴，你沒聽說嗎？紐西蘭的狗從小送到狗學校受教育，不但聽懂主人說話，還挺有教養的呢！」屬狗也鍾情於狗的老伴，只要逮到機會，總不忘為心儀的狗兒們褒揚兩句。

「話是不錯，但狗、貓畢竟是畜生，獸性發作起來，咬死人的例子，屢見不鮮，你難道不知道。」老婆膽寒、義正辭嚴地反駁。

「再說，養了小狗後，咱們家院子還得築起圍牆，把自己的生活空間硬生生地縮小；而且每天早晚還得拾荒老人似的，帶著大大小小的塑膠袋、報紙，牽著你的『愛犬』出門蹓狗，揀回一大包狗狗排泄物，不是滋味啊！」

「至於養貓嘛，那就更多麻煩了。貓砂盆、貓碗、貓跳臺、洗毛精……，配備太多了，真是一言難盡。」

「還不只這些，為了貓的健康，還得注意家中盆景、植物是否對貓有毒。比照顧我們家小寶還費事。」為了阻絕老伴養寵物的思維，老婆有數不完的牢騷。

「好吧！好吧！反正咱們家老婆大人不批准，狗、貓永遠別想入門。」老公伸伸舌頭，露出詭譎笑容的說。

「咦！小狗聲？」鑰匙孔還沒轉開，一陣輕微狗吠直鑽耳膜。
「那不是對門的小哈士奇嗎？」老伴一臉訝異的驚呼。
「是啊！高太太回國定居，哈士奇帶不走，送給我們養囉！以後散步有伴了。」
「走走，快去丈量一下圍牆該怎麼處理？」老婆一邊看著精緻狗籠，一邊推著老公去修築花園圍牆。
貓狗這檔事，既惱人，亦有趣，真是數說不完。「入境隨俗」，來到寵物天堂，就嚐嚐個中滋味，姑且一試吧!!

牧羊犬的雕像

／李蘊

李蘊　一九四九年生，原電視臺高級記者，電視編導。曾四次獲電視紀錄片全國一等獎，獲各種獎項五十餘個。移民紐西蘭後，成為以文會友的紐西蘭華文作家協會會員。

我已到過紐西蘭許許多多小鎮，所以走過提卡波小鎮時，我沒有更新奇的感覺。它仍然很幽靜，沉默，像含羞的少女望著天邊淡淡的紅雲……

我因為看到過內陸太多的湖泊，所以沒有為著名的十大湖泊之一的提卡波湖有更多的震撼。只是它多了些冷峻，少了些激情，與身邊的阿爾卑斯山脈一樣揮灑著更多的清高氣質……

可是我卻被一座雕塑吸引住了。一座石頭雕塑。在一塊一米多高的臺柱上放著一個巨大的橢圓形石頭，上面抬頭挺胸地站立著一隻牧羊犬。牠的兩隻耳朵向天空直立著，高高地俯瞰著遼闊的牧場和遠處的山巒，即使是太陽落山了，牠警惕的眼睛仍逼視著每一個角落。牠骨骼結實，身長和身高恰到好處，永遠保持著勇敢守衛和隨時準備撲向前去的英俊身姿。

我是第一次看到了一個狗的雕像，第一次驚異於人類也會為狗塑像。後來我才知道這是麥肯錫地區的牧民為紀念幫助他們辛勤工作的牧羊犬而立的。從巨大圓石的搬運和造型雕刻的細緻可以看出，塑造雕像的人們是非常虔誠和認真的。更有意思的是牧羊犬的雕像立在同樣是石頭砌的一座不大的教堂旁邊，兩者相得益彰。這就絕不僅是一個景觀了，四周共同回響著虔誠、信賴和感恩的天籟之音。

站在牧羊犬雕塑前，立刻想起五年前我帶著攝製組從中國飛來紐西蘭拍攝一個農場主生活的情景。那天正趕上主人要把數以百計的羊趕進羊圈，這要多少人才能完成驅趕和集合的工作呢？正犯愁時，主人開著一輛客貨兩用車飛馳而來，車後面蹲著兩隻比羊要小得多的牧羊犬。只聽得一聲哨響，兩隻犬如箭般穿梭在羊群周圍。牠們動作柔和但機智果斷，輕鬆自如地掌控所有羊隻，隨著主人不同哨聲的指令忽而跳躍忽而緊追，很快就讓羊群老老實實全部就範。這聰明絕頂的圈羊技巧看得我們目瞪口呆。因此，那天更吸引攝像機鏡頭的，不是世界著名的紐西蘭的羊，而是有著精彩表現的牧羊犬。主人最後一聲哨響，兩隻犬輕步躍上汽車後座，一邊休息一邊看著主人隨時待命。

其實世界上的牧羊犬品種有許許多多，最有名的如「邊境牧羊犬」、「澳大利亞牧羊犬」、

「中亞牧羊犬」等等。儘管牠們有區別，但都有共同的品性——牠們因聰明敏捷而顯得格外可愛，因勇敢機智而成為牧民生存的好幫手，因盡職盡責一直是人類最忠誠的朋友。牠有著性情溫順的外表卻流露著威嚴的眼神，友愛優雅的氣質蘊藏著足夠的忍耐力。牠從遠古而來是大自然的一部分，天生不敗的勇氣創造出非凡的戰鬥力。

站在牧羊犬雕塑前我想起採訪時，牧民對我說過的關於牧羊犬的故事。一天黎明時分馬圈突然失火，正在睡夢中的人們驚慌失措，只有牧羊犬用強壯的前胸撞開圈門，將一匹匹馬驅趕出圈逃離火海，牠不顧皮毛被燒焦，用最快速度將所有的馬安全轉移；他們還說，只要有羊病了或凌晨羊群散了，牧羊犬都會陪著羊，保護著羊群直到牧羊人趕到為止；最動人心魄的是牧羊犬與狼搏鬥，牠們從沒有畏懼卻表現出最感人的獻身精神。牧羊犬的戰鬥技巧是人訓練出來的，可牧羊犬的優秀品質往往讓人望塵莫及。

由此我想到了幾十年前我在中國的東北下鄉當知識青年的情景。那時老鄉幾乎家家都養狗，目的是防止外人靠近以保安全。不知道是不是因為那裡沒有羊群，也不需要保護羊群的狗，家家門口的狗只會向陌生人狂叫，不小心就會把過路人咬上一口。看門的狗被主人喝斥後，便蹲下來喘氣，然後躺倒在地上曬太陽。這樣的狗沒有敵人，沒有職責，沒有要看守的牧場和馳騁的草原，因此也就沒有了過人的氣質和戰鬥的技巧。

以後我回到城裡看到千家萬戶都養了狗，這些狗的另一名字叫「寵物」。牠們嬌生慣養，好吃懶做，無所事事，成天在主人懷裡撒嬌，牠們所以受人類的喜愛是因為牠們已不是狗而是人的「玩物」。

同樣是狗卻有著如此不同的品質和命運，牠們都受人的喜愛，卻有著完全不同的愛的內容。世界上的狗有千千萬萬種，唯有紐西蘭的牧羊犬被人們作為英雄塑起了雕像，讓一代代人反覆講述著牠的故事，記住牠對人類立下的不朽功勞。

於是我又想起去年在中國發生的一件事。在紐西蘭生活了九年的女兒回國探親，離開的前一天，她爸爸把她領進一家上好的狗肉館吃狗肉。女兒呆呆地看著碗中的狗肉一動不動，她說在紐西蘭是不能吃狗肉的。家裡人很是不以為然，於是在噴香的狗肉湯的熱氣中女兒姍姍離去。

據說，早在西元四千年前就有關於牧羊犬的文物記載。進入高科技時代的今天，人類本可以用電腦、拖拉機、汽車代替牧羊犬來管理牧場。可是牧民們說，現代科技代替不了牧羊犬的忠誠、可靠、勤奮和可愛。人們可以失去傳統，卻無法失去自古以來的根深蒂固的情感。

今天站在牧羊犬的雕塑前，此刻我太理解當地人為什麼要塑這個雕像了。牠好像已經成為一種象徵，與早期開發紐西蘭的拓荒者不屈不撓、艱苦創業的歷史緊密聯繫在一起；牠也變成了一個符號，永遠警示人們生活除了享受外，還有拚搏和付出。對牧羊犬的尊重，其實是對忠誠、勤勞、勇敢的尊重，是對忘我、奉獻、敢於犧牲精神的尊重。人與動物同處一個世界，完全可以相互學習，相互幫助，相互愛護……

天色不早了。在我要離開牧羊犬的雕像時，不禁回頭再看牠一眼。只見那牧羊犬正揚著高傲的頭，以牠難以接近的動人魅力，挾裹著來自遠古的霞光，意氣風發地投入了大自然的懷抱……

黃昏戀歌——特別的生日禮物

／冼錦燕

冼錦燕
榮獲英女皇勳章——太平紳士，大洋洲華文作家協會會長，紐西蘭文學藝術界聯合會主席，國際傑人會紐西蘭總會總會長。

李軍與楊紅都是接近七十的退休老人，住在同一小區，因此常常都會有碰面的機會，而且他們都同是失去另一半的人，又是在小區中心內的歌唱班的同學，所以他倆都很談得來。

李軍是太極老師，他的妻子於三年前患病去世，他與女兒一家三口住在女婿的一單元內，女兒與女婿都要上班，孫子已唸中學，他不需要為帶孫子而費心，只是早上教一群街坊打太極，打完太極便去市場買菜，待女兒下班回來煮，一家人倒也其樂融融。

楊紅原是一位開朗的大笑姑婆，失去丈夫已有四年了，她丈夫是因交通意外失救而死的。丈夫過身後，她便一改其開朗的性格，整天悶悶不樂。後來她參加了太極班和歌唱班，漸漸恢復了昔日開朗的笑容。她與兒媳和孫子住在一間比較大的連體別墅裡，那別墅是楊紅過世的丈夫留下的，兒子接過父親的生意，媳婦也到公司上班幫忙，她的孫子與李軍的孫子唸同一中學也是同班，兩家人常有往來。

她負責家裡的大小事務，早上晨練後便去買菜，因而與李軍在市場常碰到，初時只打打招呼，後來楊紅與李軍相熟了，便跟李軍學習太極和一起參加歌唱班。

有一天，他們練習完太極，正準備去市場之際，李軍對楊紅耳語，「等我一會，我有話跟你說。」「好的！」楊紅點頭細聲地回答。

他倆好像很默契，待所有學員分別離開後，一起坐在公園內的椅子上，

「我們認識的時間不短了，每天看到妳的時候，我特別高興，妳一天不來玩太極，那一天我就會心不在焉，好像缺少什麼的，今天是我的生日，希望妳答應我，陪我一起過。」李軍一口氣說出他的心底話。

楊紅微笑著低下頭，突然間站起來大聲說：「好呀！生日快樂！是否你請我吃飯？吃早飯還是吃晚飯？」

聽到她開朗的笑聲，看著淘氣的笑容，他像中了獎似地，不由得一股熱流從心底湧起。儘管他是那麼樂不可支，依然不改他那溫文爾雅、細聲細語的習慣：「當然請妳吃飯啦！我們今天不在家吃了，我們去買完菜放回家後，出來走走，午餐晚餐都包，可以嗎？」

「當然可以啦！我們去哪裡走走？」

「去海邊好嗎？」李軍問楊紅。

「去海邊！太陽這麼大，會曬傷的。」

「帶頂闊邊帽擋著太陽吧，我們在海邊吃海鮮逛商店，太陽下山才去海邊走走。」

「這樣我們就趕快去買菜了。」楊紅立即拿起她的環保袋站起來，又停下說：「我還沒有問你喜歡什麼生日禮物呢？」

「哈哈！不用破費了！」

「不行的，今天是你生日，又請我吃海鮮，一定要送你一份適合你的禮物。」

「妳打算送什麼給我呢？」

「我就是要問你呀！」

「現在不告訴妳，一會見面再告訴妳！」

「好呀！學會賣關子了，好！我們先去買菜了，走吧！」

他們倆開開心心地去市場買菜了，原來經過這兩年多的相處，他們心底裡已經認定了對方是一個可以交心的朋友，只是彼此沒有明示或暗示過，今天李軍鼓起勇氣第一次約會楊紅，他不敢祈望楊紅答應，只是試試，沒料到楊紅一口答應，也沒有問為什麼只請她一個，好像心有靈犀一樣。

多年前，楊紅的開朗笑面早已給李軍留下深刻印象，只是那時妻子病危，忙於照顧而沒想太多，後來她丈夫去世，不久他病了兩年多的妻子也去世了，她跟他學太極又一起在歌唱班。接觸多了，日久生情在所難免，只是沒有人敢於踏出第一步而已。

他們約好在一家西餐廳吃午餐，這是他倆第一次單獨約會，相見時彼此都發覺對方是經過悉心打扮的，他穿著一件米色Polo T恤，淺咖啡色西褲，一頂咖啡色鴨嘴帽，襯著他的黝黑結實的皮膚，十分順眼。而她則穿了一件淺粉紅色的上衣配一條粉紫色小絲巾，一條暗紫休閒褲，闊邊粉紫與白色相間的帽子，臉上有清淡的化粧，給人感覺這雙一定是情侶，或是夫妻了。

李軍早到了十多分鐘，找到一個角落的卡坐，而楊紅準時到達，見面時，他招呼她坐下，沒想到楊紅竟然立時面泛紅雲，像一抹絢麗的晚霞。「妳今天很美！請坐吧。」

「什麼！平常我不美嗎？」她用眼睛瞄了李軍一眼，假裝生氣的樣子。

「不是！不是！平常都美，今天特別美。」李軍立即辯解。聽罷，楊紅立時展開笑靨。

「算你了！如果你說我平常不美，我就走了。」說話時楊紅很自然地流露了她的魅力，令到李軍更加如癡如醉，一時說不出話來。

一個接近七十的女人，若然沒有保養和打扮，真是像個老太婆，楊紅出身城市，對她個人的修養和打扮與同齡人相比，她確實年輕十多年，加上她五官端正，皮膚白裡透紅，看似五十開外而已。

「阿紅，妳要吃些什麼？別為我省錢，不要客氣呀！」

「好呀！來個三文魚吧。」

「我知道妳喜歡吃魚，所以今晚吃海鮮。好呀！我也陪妳吃魚，那要個湯嗎？頭盤要什麼？」

「不要啦！吃不下的，今早在家吃了碗麵條，現在都不覺得餓，若你喜歡你自己叫吧，我不是替你省錢呀。」

「哈哈！我也是，女兒上班前已弄好一碗麵給我回家吃的，剛才我告訴她今晚不回家吃飯了，她很奇怪！我告訴她要帶妳出去吃海鮮，她很高興，叫我晚一點才回來，好好享受。」

「噢！你告訴你女兒跟我出去呀！」

「是的！她鼓勵我找個伴，而且她對妳的印象很好。」

「是嗎？我沒有想過。」楊紅的臉頰真的紅了，她低下頭來不敢看對面的李軍。

他們點了兩份三文魚扒和飲料，李軍接著說：

「雖然我們沒有正式拍拖，但妳在我心裡已占了很重要的地位了，今天我拿出我最大的勇氣對妳說出了我心裡的話。」

「你這樣說我不知怎麼回答你，人家一點心理準備都沒有，但我很高興，我這麼老的女人也有人關注。」

「不！不！妳一點都不老，真的！」

「我的兒媳也希望我找個老伴，唉！像我這樣的年紀很難找的。像你這年紀的男人都喜歡找個年輕的女子啦。」

「一般的男人就會有這樣的想法，可我不會，我是需要一個志趣相投的伴侶，年輕女人不是我理想的對象。」

「那你喜歡怎麼樣的女人？」

「像妳這樣的，活潑開朗，又熱心助人，持家有道。」

「真的嗎？你覺得我這麼好。」

「我們在這兩年多來，差不多每天都見面，看在我眼裡的妳，正是我需要和渴求的伴侶。」

「為什麼你到今天才跟我說？」

「妳應該知道我是很內向的人，都是我女兒多番鼓勵我才拿出勇氣來約妳，她知道我暗戀妳很久了。」

李軍原本坐在楊紅對面的坐位，突然起來轉去坐在楊紅旁邊，很快捉著楊紅的左手，他的舉動雖然把楊紅嚇了一跳，但她心裡很陶醉，表面還要有點女性的矜持，她微微轉身對著李軍，用右手輕輕的推他一下說道：「給人家看到不好的！坐回你的座位吧。」

「不，我們坐在一起不好嗎？妳的手很柔軟，我捨不得放下。」

「那你就坐吧！反正人家看到都是笑你，不會笑我的。」楊紅微笑著用肩膀碰一下他，他把她的手握得更緊。

「笑就由他們笑吧，我眼裡只有妳，今天是我的大解放，我很開心能夠與妳單獨在一起，而且把我的心事向妳表白了，你接受嗎？」

「你說呢！女性都是被動的，我等你等到今天才說出來，以為你心另有所屬，差點我要放棄了。」

「哎喲！我真笨呀，應該去年就跟妳表白多好，省得多了一年單思病。」李軍一手握住楊紅手，另一手往自己的頭打下去。

侍應把餐送來放在桌上，他倆立即把緊握的兩手自然分開，雙眼直望著侍應，只見那侍應微笑的放下便走開，他倆才鬆一口氣。當侍應走開後李軍又把楊紅的手握緊。楊紅細聲說：「我們要吃飯了，只有一隻手怎樣吃呀？」

「我餵妳吃。」

「你要用兩隻手才可以切東西餵我的呀！」

李軍心想也是，捨不得都要放開手，這樣他倆開開心心的吃他們的午餐，吃完便乘車去海邊。

一路上他倆都是十指緊扣的，在車上也是甜滋滋的，晚上吃過晚餐，在夜涼如水月如鉤的情景下，他倆情不自禁擁吻了，這就是李軍要的生日禮物。

這一天是他們倆值得紀念的日子，半年之後，在雙方的家人見證之下共諧連理，共同過下半生的幸福日子。

寂寞「紫園」

／阿爽

阿爽

本名林爽，一九九〇年自香港移居紐西蘭後，潛心研究毛利文化，教育是她終身職業；筆耕是她業餘愛好；環保是她關心的課題。曾任紐西蘭華文作家協會第三屆會長、大洋洲華文作家協會首屆副會長；現任：紐西蘭中文先驅報「教育版」版主／「世界華文微型小說研討會」理事、「世界華文作家交流協會」副祕書長兼網站編輯、風雅漢俳社名譽社長。曾獲英女皇頒授QSM勳章、中國國務院僑務辦公室授予「海外優秀華文教育工作者」、紐西蘭職業華人成就一等獎、華文學會「中文寫作及翻譯」季軍。著作《紐西蘭原住民》及《展翅奥克蘭》獲台灣華僑救國聯合會總會佳作獎狀；已出版《紐西蘭活潑教育》、《中國童詩披洋裝》、《林爽散文集》、《微型小說——遁世》、《雲鄉龍裔毛利情》等中、英著作十本。

盛夏酷日驕陽肆虐，「紫園」內青草焦黃，群花嬌顏盡失色，彷彿女主人憔悴芳容。傷心歲月度日似年！

黃昏，自閉多時的潘美拉突然到訪，告知她將離開「紫園」回英國老家去。

想起我倆鄰居二十多年，情同姐妹，不禁悲從中來。哽咽趨前將她緊擁入懷，只覺她嬌弱身軀微微顫抖……

與潘美拉一家同住天狼星半月灣巷，這裡十六戶只我一家是華人。她住二號正對路口，是我們出入必經之處。遙記那年初夏，我一家自石屎森林香港移居滿眼碧綠的白雲之鄉奧克蘭。初來乍到當天，黃昏散步經過她家，就被庭院裡那精緻粉紫瓷牌（Purple-Garden）緊緊攝住，心中暗想：中國人的庭園文化象徵弦外之意、虛響之音；那麼這西洋人的紫色庭園又會是如何一番風景呢？

翌日遛早經過「紫園」，正駐足欣賞，前院走出一名三十左右、金髮碧眼健美少婦。她向我熱情招呼，自我介紹叫潘美拉……還忙不迭將我迎進「紫園」去。但見園裡除了鵝黃小草、碧綠大樹外，全是奼紫嫣紅花兒；還有大大小小、深淺入度的紫花盆與一系列歐式園林風格紫藍瓷器小擺設；精緻可愛！驚豔於幽邃清麗，既脫俗也高雅的獨特氣質，我與潘美拉沐浴於紫色落英下；一見如故、侃侃暢談……

潘美拉說「紫園」是她公公所命名，因婆婆酷愛紫色；他就常到園藝店選購只開紫花樹與盆栽討妻子歡心。公公走後，深愛藍花楹的婆婆憶夫成痴，整天喃喃稱那是「在寂寞、絕望中等待愛情的樹」。再看前院幽幽沁香的紫玉蘭，那卵圓花蕾披著淡黃絹毛，朵朵粉紫瓶狀花兒直立於粗壯披毛花梗上，那麼嬌小可愛。我正迷醉其豔麗芳香，潘美拉又引我到後園去，那裡叢叢枝葉繁密紫穗槐，自綠葉叢中脫穎而出，旗瓣心形紫藍花穗迎風輕曳……我的漢俳詩興即時靈思泉湧：驚豔花無數／錦繡年華誰與度／只想紫園駐。

遠親不及近鄰，我與潘美拉深諳睦鄰之道，故話題特多，很快就成了守望相助好鄰居。潘美拉丈夫馬克經營運動器材公司，為照顧痴呆症母親，小夫妻決定做頂客族，與老母同住「紫園」。二十多年來，每年平安夜我總會走訪「紫園」，送上三份聖誕禮物；而潘美拉每到中國農曆新年也會特意上趟華人超市。除夕夜晚她就 Pop-in 到我家，送上喜氣洋洋賀年卡和大紅包裝蜜餞乾果。我們就這樣惺惺相惜，相互尊重著對方的傳統節慶。我曾問來自英國的她如何慶祝新年，她說英國人愛在除夕深夜帶上糕點和美酒拜年，也習慣不先通知就 Pop-in。據說除夕夜後，第一雙邁進親友屋裡的腳將會帶來一年好運氣！

二〇〇六年元旦，我因移民後一直潛心研究紐西蘭土著毛利文化，並為移民教育而不斷努力，獲頒英女皇服務勳章 QSM。名單見報當天黃昏，潘美拉又 Pop-in 送來一張精美賀卡，內頁寫著：

「恭喜!!我最親愛的鄰居：驚訝妳的低調，我與馬克以妳為傲！」

祝賀語感動了外子，建議請他夫婦 Yum-cha 慶祝去。於是奧克蘭日（公眾假期）中午，我們頂著豔陽，沁著豆大汗珠，驅車前往本市著名的「萬壽宮」開年去。

我對潘美拉夫婦解釋：Yum-cha 是香港人習慣 -- 喝茶送點心的意思。Yum 是英文 Yummy「美味」前半，cha 是「茶」漢語拼音。兩字合在一起音意皆全，可謂中西合璧、相得益彰。那天難得馬克也放假，因他平時週末要當獨木舟義務教練，惹得潘美拉常抱怨說，自己總以園藝消磨假日。我趁機讚美她把前庭後院裝扮得像女主人般花枝招展，草地邊緣也乾淨俐落得像男主人光滑亮溜的無鬚下巴，還為我們小巷增添美感與房價。樂得潘美拉嬌笑不已，胃口大開！

看著濃妝豔抹的潘美拉和難得放假陪嬌妻的馬克吃著美味可口、目不暇給的港式點心，呷著淡淡幽香的茉莉花茶，左一句 Lovely，右一句 Wonderful，我們樂得比自個兒吃還要開心。眼看兩根代表中國文化的筷子，握在他們手裡顯然有點力不從心，要嘛把持點太低成了交叉、要嘛握得太僵，無法揮灑自如，夾不住食物。經我與外子各自細心指導與示範，經常握槳、悟性強的馬克很快就把握到竅門；可潘美拉經多次失敗後才勉強及格，最後還是失去信心而要求改用刀叉，我只好自責非好導師打圓場。嘿！別小瞧兩根小木筷，倒也考驗出老外的耐心與悟性……

去年深秋某天清晨，遛早回家，驚見潘美拉家車道上停著一輛救護車。

往常經過，我總痴迷凝視前院那株藍花楹。可那天，高大挺拔紫藍花樹顯然有點凋零，想必夜裡被狂妄西風肆意摧殘。滿地落下紫葉片，此刻正鬱鬱寡歡與枝頭上疏落鐘形紫藍花兒幽怨對泣……我心中猜疑！

忽見兩名救護員從「紫園」抬出白色擔架，潘美拉緊皺眉頭隨後。我疾步上前，輕聲安慰她：「老人家病了這麼久，走了也是解脫……」

怎料潘美拉竟淚如雨注，撲入我懷泣訴道：昨夜裡，馬克夢中突然心肌梗塞，到她清早發現時已返魂乏術。哎！馬克剛過五十，還是運動健將啊！慨嘆命運之神總愛捉弄人，暗自哀慟，為芳鄰成詩：淒淒不歸路／芳草弱袂嬌無助／未語淚先注。

怎料一波未平一波又起，馬克走後一週，他那痴呆母親也隨他到天國去與夫、兒團聚了。潘美拉七天奔波兩喪事，一下子衰老了許多。我陪著憔悴、虛弱的淚人從教堂辦完告別會，悽迷眼送年近半百、膝下猶虛的她返回「紫園」。那一刻，凝視藍花楹痴迷眼神竟蒙添哀傷淚霧：只怕往後「紫園」黃葉多，前院楹花更寂寞……。我感同身受，暗自低吟：淒淒不歸路／芳草弱袂嬌無助／未語淚先注……

今年初秋，黃昏籠罩下的「紫園」平添幾分悽涼……

我黯然神傷，目送女主人消瘦身影，默默祝願鳳凰涅槃，暗暗祈求歲月魔術師盡快撫平孤苦零丁的潘美拉那道刻骨傷痕……

淺議婚戀之今昔

／瑞瑤

瑞瑤

原名董瑞瑤。一九四〇年生於湖南長沙，曾從事工程技術工作，一九九七年移民紐西蘭後，開始寫作，是業餘作者。現為海外華文女作家協會會員。

當代社會，無論中外，但凡涉及婚戀與「性」的問題，都已成為公開的祕密。報刊雜誌上不乏「生動形象」的描繪，影視熒屏上也有「瘋狂露骨」的表演；中學生早戀早孕已不足為奇，而大學生「同居」亦司空見慣；至於某些「床戲」、「脫戲」，更是不堪入目……。古代舊時被視為最隱祕、最羞於啟齒的「性事，房事」，如今卻被現代人在光天化日之下，津津樂道，街談巷議，似乎不知人間尚有「羞恥」二字。可嘆可悲呀，衣冠楚楚的今日人類社會。

在這樣的時代背景下，我們這些身居海外的華人銀髮族相聚時，常常會感嘆，嘆世風日下的無奈，對道德淪喪的悲憤，對子孫前途的憂慮……。我們也常會憶及五、六〇年代的青少年，在傳統道德觀念的教育下，是何等的清純、正直、美好、乾淨，尤其在處理婚戀問題上，有的人甚至是天真得有些傻氣，無知到愚昧的程度。但我們卻會為那些天真幼稚、傻氣愚昧的往事而捧腹大笑，那是些多麼單純而雅趣的人生。

（一）

有一對青年，戀愛已經一年多，由於雙方家教甚嚴，還從未有過肌膚之親。一個週末的傍晚，他們到河邊小路散步聊天，晚風習習，樹影輕搖，好一幅良辰美景。姑娘的臉龐在夕陽斜照下，泛著紅光，分外嬌美。男青年真想擁她入懷，但又不敢造次，於是心生一計，心想姑娘若受驚嚇，一定會不由自主地撲進他的懷抱。於是他大叫一聲：「小心！蛇。」誰知膽大的姑娘卻停下腳步，低頭尋找，一邊問道：「蛇在哪裡？」沮喪的青年只好洩氣地說：「溜掉啦。」看官，可笑吧，你看這對青年是不是單純得有點「可憐」呀？這就是五、六〇年代青年談戀愛的真實寫照。這不是杜撰的故事，因為那位姑娘是我初中時代的閨蜜，這是她的親身經歷，一段真實的趣聞。雖不值得仿效，但其清純可嘉，不是嗎？

（二）

六〇年代後期，C生和D姐經過七年轟轟烈烈又曲折純真的熱戀之後，終於決定走進婚姻殿堂。當時正值凄風苦雨、百業凋零的文化大革命，事業荒蕪，前途渺茫，唯有結婚可以溫慰彼此冷凍的心扉。於是C生從千里之外，風塵僕僕地趕到D姐所在的城市。簡單籌備，舉行了簡單的婚禮。

主婚人、證婚人講話之後，按當時的規定，新人首先向毛主席掛像三鞠躬，向來賓三鞠躬，新人相對三鞠躬；之後就是品粗茶，嗑瓜子；唱「革命歌」，講「革命話」；坐到十點多鐘，大家高唱「革命不是請客吃飯……」的毛主席語錄歌，把一對新人送進了「洞房」。

至此，大部分來賓紛紛散去，只有一些熟識的同學、同事跟進洞房，開始了悄悄保留的傳統節目：鬧洞房。當時鬧房的「節目」比較傳統和文明。比如：要新人表演歌舞；相扶合踩水盆；兩人爭吃懸吊的喜糖、水果……等等。節目雖然簡單，但氣氛仍很熱鬧，一直鬧到深夜兩點才散場。

已經疲憊但仍興奮的C生趕緊洗浴上床，D姐卻在客廳掃地抹桌清洗杯盤，C生柔聲細語地催了三遍，仍不見D姐進房，只好悻悻地獨自入夢。這邊廂，D姐做完雜事，居然拿出紙筆，坐在燈下寫起了家信，直至天明……。這事兒剛好被對面值夜班的倉管員發現了，於是落下了新娘「新婚之夜不上床」的笑柄。

好奇的看官一定在問：那是為什麼呀？

D姐出生在「舊社會」的書香門第，讀的是孔孟之道，受的是傳統教育，青少年時代又讀了大量的中外小說，特別崇尚「精神戀愛」，在長達七年的戀愛長跑中，很享受兩人世界那種：相聚時，知心的話兒說呀說呀說不完；離別中，思念的柔情寫呀寫呀寫不盡的純情蜜意。她早已習慣於彼此的整潔穿戴，相互尊重，花前月下，心心相印，濃情厚愛都僅僅表露在信紙的字裡行間，她根本不懂男歡女愛是怎麼回事？現在結婚了，要她脫了衣服與他共眠一床，怎麼好意思呢？明天哪有臉面再相見呢？……這就是她新婚之夜不願上床的真實思想。

C生非常了解D姐，他深知，他們不是愛得不深，更不是她有什麼難言之隱，那僅僅是因為她在婚戀方面的幼稚無知，羞澀保守所致，因此，寬容善良的他並沒有因為獨眠新床而責難她。C生借助《青年婚姻生活衛生常識》一書，啟發她的心智，並曉之以理，動之以情，諄諄引導，終於把愚頑傻氣的D姐領進了真實的婚姻之門。

（三）

我有一位女同事小瓊，在六〇年代中期結婚後懷孕了，她對分娩一事毫無了解，於是去書店買了一本《無痛分娩法》回來，認認真真地研讀。據說那書是蘇聯的婦科專家寫的，讀後小瓊還向我們講她的「心得」，生孩子就跟「瓜熟蒂落」一樣，是自然現象，不會很疼的。於是她開開心心、無憂無慮地等待著寶寶「瓜熟蒂落」般順利降生。十月懷胎屆滿，那天下午，她開始陣痛，我就陪她去了醫院。開始時是隔兩個小時才痛一次，醫生說，還早著呢，你們先回去吧，小瓊嘟囔說，預產期都過了三天，這「瓜」怎麼還不「熟」呢……？

孩子滿月那天，我們一幫女同事去賀喜。小瓊捧出她心愛的胖小子，一開口就把那本《無痛分娩法》罵了個狗血噴頭。原來，她臨產時，完全沒有「瓜熟蒂落」的輕鬆自然，而是受盡了折磨。從那天下午兩點鐘陣痛開始，直到第三天的凌晨一點三十五分，經歷了三十六個小時的超痛之苦，她的寶貝才落地。而她由於讀了那本書，就天真地以為生孩子不會太疼，因而沒有任何承受分娩之苦的心理準備，所以當陣痛一再遷延時，她完全失去了抵抗能力，猶如經歷了九死一生的煉獄之苦……。她從醫院回家後，第一時間就是找出那本《無痛分娩法》，一邊大呼上當受騙，一邊用力把書撕毀，還不解氣，又將碎書付之一炬。

年輕的朋友，你是否也認為當年的「小瓊們」，真是無知得很愚蠢，卻也很可愛呢？可現在，在紐西蘭，凡十四歲以上的少女去看病時，醫生們都要問：是不是停經了？懷孕了？我的上帝，十四歲，還是個孩子呀！可早孕，確實已成紐西蘭為數不少的事實，單親家庭已成紐西蘭政府的憂慮。我就不明白，這些小少年怎麼敢如此迫不及待地「玩火」，你們想過後果嗎？

你們知道「生孩子」是怎麼回事嗎?居然就敢去「早戀」、「早孕」!孩子們,你們也太大膽了吧!十四、五歲的少男少女們,還是去認真讀書,好好珍惜一去不返的青春年華黃金檔吧。

五、六〇年代的婚戀就是如此,愛的真摯,但欠成熟;不是矯情,確屬幼稚;婚禮雖然簡樸、寒酸,但夫妻間情深意篤,志趣相投,多半都能同甘共苦,白頭偕老;縱觀今日之婚戀,真是千奇百怪。雖然也有美滿的婚姻,忠貞的愛情,但,什麼錢、權、房、車是前提;什麼人老有錢也相宜;什麼千夫愛、一夜情;什麼騙婚、閃婚、性派對……,把聖潔的男女關係搞得烏煙瘴氣,何等的可惡可氣!至於婚禮,更是互相攀比,奢華之極。豪華車隊越開越長,高檔喜宴越辦越大,婚房要豪宅,蜜月海外遊,總之,要竭盡鋪張之能事,就算債臺高築,也要風光一時。若問新人情深深幾許?答曰:不求天長地久,只要曾經擁有。天哪,這豈不是把婚姻當兒戲嗎?難怪現代的離婚率總是居高不下。

相比之下,紐西蘭的婚禮,要儉樸優雅得多。新人們多半是在教堂或公園舉行簡單的儀式,有的會招待茶點,賓客送禮多半是賀卡和鮮花。主、客雙方都輕鬆愉快,幾乎沒有奢華、攀比之風,值得國內同胞借鑒。

筆者雖然年逾古稀,但自認並非老古董,也不是封建理念的道士,我還是能夠改革開放,與時俱進的。不過,我仍然期望年輕人在戀愛時,能夠清醒一點,純潔一點;結婚時,能夠重情一點，簡樸一點。慢慢地把失落多年的「相濡以沫，相愛一生」的婚戀觀念重建起來，恢復人類應有的文明與聖潔，讓世界真正充滿愛。

（二〇一三年十月完稿於紐西蘭漢密登）

編後記
在遷徙中昇華

／林婷婷、劉慧琴

這是由加拿大華人文學學會策劃編輯的第三部華文女作家作品選集[1]，三部文集涵蓋了北美的加拿大、東南亞和歐洲及大洋洲的澳大利亞、紐西蘭。三部文集以文學的形式記載了華人移民海外近一百多年的歷史進程。而第三部文集的出版更標誌著海外華文文學已隨著時代車輪的轉動快步地進入了一個嶄新的時代。

二十世紀八〇年代，歐盟成立後，歐洲、澳大利亞和紐西蘭等許多國家，更成為華族移民之所愛。他們不再是為謀生存而遠涉重洋的苦力，也不是由於其他原因而自我流放背負著心靈十字架的一群。他們可以是為求知、為愛情或是為了尋求另一種生活方式移居異域。

他們帶著專長和資金，為追求更高品質的生活，也為滿足對異國生活的好奇，自我選擇去國拚搏，受高科技所造成的全球世界觀影響，他們沒有了漂泊的感傷，只有迎接新生活挑戰的心態，

1. 前兩部文集為《漂鳥——加拿大華文女作家選集》（二〇〇九）、《歸雁——東南亞華文女作家選集》（二〇一二）。

在當地社會形成了不容忽視的群體。

尤其是新移民女性在家庭、職業或求學多方位的調適下，受中西文化傳統的衝擊，力求新的婦女定位，於是她們以揉合著東西方文明的藝術風格，把在異國的生活風貌和自我提升的心路歷程，對自然生態，對許多人、事、物的洞察、關懷及省思，訴之文字，展現一種嶄新的生命觀和創作實力。在祖先文化母土之外，更創造了漢字文學另一朵絢麗的奇葩。

「入境隨俗」這一輯中的閒適，也正是因為有這份閒適，讓我們放慢腳步細心地觀察：土耳其人日常的生活情景，帕米爾早上菜市場上的熱鬧；荷蘭的畫室，德國舞蹈教室裡的故事，德國的朋友，漢堡的紅妝婦女會，等等。透過作者打開的這一扇扇窗戶，我們領略了在地球另一面的人們色彩斑斕的生活。

丹麥池元蓮的樸實無華的題目，卻蘊藏著一個動人的故事。四十年前異族通婚還不是那麼被人看好，為了愛，池元蓮義無反顧地來到北歐這塊陌生的土地，廝守一生，"for better, for worse……" 在這裡得到了最好的印證。

無論是〈綻放在德國山村的中國茉莉〉還是〈協議臨終關懷〉都超越了國籍、種族的藩籬，彰顯出人性的真善美，有了這份「情」，即使身處異域也不會感到孤獨、無助，這就是普世的人性價值。

老有所依、幼有所養一直是中華美德的一部分，融合、和諧是人類尋求的境界。〈洋女婿吃中餐〉和〈三世同堂的日子〉，中西文化的磨合，這些細枝末節像微小的種子撒在文集的每一個角落。不經意間模糊了文化的差距，穿越了時間和空間的隧道，親情就是親情，無需再加以種族、國籍的冠詞。

本書作者（她）們不再是「漂鳥」，哪怕關山萬里，重洋阻隔，回歸故土只是一瞬間。她們也不是「歸雁」，乘著中華文化的載體，漢語言的翅膀，他們從未真正離開過故鄉。她們身在異邦，卻時時回望，她們的視野擴大了，吸收的是養料，去除的是雜質。去蕪存菁，不僅是對自身固有的文化的反省，也是對外來文化的選擇。世界縮小了。地球村的邊沿在不斷地延伸，華文文學從來沒有過如此廣闊的天地，如此璀璨的前景。

從二〇〇九年第一部文集《漂鳥》的出版到現在不過是六年的時間，海外華文文壇竟經歷了如此巨大的變化。使我們領悟到：移民是個永久的話題，只要有人類，就會有遷徙，生命會有終結的一天，但人類遷徙的腳步卻永遠不會停止，人類的文明也就是在遷徙中不斷地前進。

經過一年多的策劃、籌備、和編輯，這本書得以順利出版，要感謝多位幕後功臣。我們最初的構想是出版歐洲華文女作家文集，首先請教歐華作家協會的創會會長名作家趙淑俠女士，不但獲得她熱情贊同和鼓勵，同時也建議我們把紐、澳和非洲女作家們的作品納入文集，展現了她多年來致力於推動海外華文文學的熱誠和關注。最近雖然由於她玉體欠安，選擇在美國過較清靜的生活，但為支持這本文集構想的落實，仍然很快地幫忙我們聯繫到歐華作協負責人，為我們順利打開了向歐洲作家們公開徵稿和交流的管道，在徵稿的主題上也給了我們許多寶貴的意見。後來又應我們的請求，為文集寫了〈導讀〉，收入書中。趙淑俠女士是我們出版這本文集最初也是最重要的一位幕後功臣，我們衷心感謝她。

這本文集涵蓋了歐洲、澳洲、和紐西蘭三個龐大的地區，限於人力，徵稿有一定的難度，本來也計劃包括非洲，後來由於聯繫問題，只好放棄。我們從二〇一四年正月底就開始作業和聯繫工作，幸獲各地熱心文友們的幫忙，為我們傳達了文集徵稿的訊息，代爭取稿源的幅度，應該感謝歐華協會郭鳳西會長、穆紫荊、麥勝梅、譚綠屏幾位重要負責人、紐西蘭林爽文友。澳洲華人作家協會會長暨澳洲移民時報主編潘華女士以及澳大利亞SBS電臺資深主播、澳大利亞華人作家節組委會主席胡玫女士在澳洲的《移民時報》為我們刊登了徵稿啟事，澳洲文友譚毅先生把文集啟事放上澳華作家網。對他們的熱心協助，我們永遠銘記，永遠感激。

感謝黃碧端教授在百忙中為本文集寫序言，序文中黃教授以「世界公民」這個名稱把海外華文寫作人提升到另一個高度看待他們的作品，她認為這本文集見證了他（她）們無論在海角或天涯寫作，都已經是「站在世界公民的基點上寫他（她）們的人生」，並能「幸運地卸下了感時憂國、失根流離的重擔」，在異域無論選擇「久居或暫留，但家回得去，選擇既不難，回首也無傷」。顯然，黃教授已把新世代的海外華文文學做了精闢的剖析。

感謝臺灣商務印書館再次支持本書的出版。感謝所有惠賜美文的作者們，從歐洲許多國家，從大西洋彼岸捎來串串說不盡的移民情懷，分享了異地扎根的掙扎、奮鬥、和生命感悟，是夾雜著歐洲文化的萬種風情，是飄散著奇異果芬芳的豐碩作品。唯受字數的限定，遺珠之憾讓我們無法呈現這三個地區更全面的女作家文學風貌，不到之處，謹祈作者和讀者見諒。

我們也要感謝學會的主委、著名詩人瘂弦先生，對這本文集一直賦予關注和指導，學會林楠和文野長弓兩位先生在文集編輯和選稿的工作上不遺餘力地予以協助和支持，使我們得以順利地完成編輯工作，對全球海外華文女作家的文學創作一系列的介紹，微盡綿薄。

鷺鳥，簡稱鷺，也稱鷺鷥，世界共有十七屬六十種鷺鳥，但屬或種間有明顯差異，即使同一鷺種在不同地域、不同季節也有差異。鷺鳥有著鶴一般飄逸的神韻，優美瀟灑，性情溫文爾雅，本文集以鷺鳥代表女作家，象徵著海外華文女作家們，雖是同種同根，但由於生活在不同的地域，接觸到不同文化「季節」的影響，創作出具多姿多彩異域風貌的作品，她們也正如杜甫詩中「一行白鷺上青天」般地，翱翔在世界華文文學遼敻的天際。

世華文學

翔鷺

歐洲暨紐澳華文女作家文集

策劃◆加拿大華人文學學會
主編◆林婷婷 劉慧琴
發行人◆王春申
編輯指導◆林明昌
營業部兼任編輯部經理◆高珊
責任編輯◆徐平
校對◆趙蓓芬
封面設計◆吳郁婷

出版發行：臺灣商務印書館股份有限公司
23150新北市新店區復興路四十三號八樓
電話：(02)8667-3712 傳真：(02)8667-3709
讀者服務專線：0800056196
郵撥：0000165-1
E-mail：ecptw@cptw.com.tw
網路書店網址：www.cptw.com.tw
網路書店臉書：facebook.com.tw/ecptwdoing
臉書：facebook.com.tw/ecptw
部落格：blog.yam.com/ecptw

局版北市業字第993號
初版一刷：2015 年10 月
定價：新台幣 360 元

ISBN 978-957-05-3013-1

翔鷺：歐洲暨紐澳華文女作家文集 ／ 林婷婷、劉慧琴 主編.
-- 初版. -- 新北市：臺灣商務，2015. 10
面 ； 公分. --（世華文學）

ISBN 978-957-05-3013-1（平裝）

839.9 104016645